내 살점

김지연 단편소설

내 살점

정출판

차
례

세상에는 스스로 우등하다고 생각하는 사람들이 적지 않다. 실제 두뇌 회전이 남유달리 빠르고 제반 조건이 빈틈없이 화려하여 적당히 오만한 채 삶을 즐기는 이들이 의외로 많다. 그런데, 이런 부류의 층들이 예사롭게 상용하는 욕지기 중에 '쓰레기 같은 인간 군상' 운운의 표현이 있다.

깊숙이 묻혀졌던 성추행, 폭행이 백일하에 드러나면서 얼굴 붉히는 군상들과 온갖 범죄자들, 최하층의 노숙자나 걸인들을 향해 '신은 저런 인간 말종들을 거두어 가지 않고…' 따위의 발언이 범람함을 접하면서 필자는 유별스레 사람의 생명을 떠올리곤 했다.

한창 나이 때 의료계 전문지 기자로 8년여를 대학병원 등을 출입처로 뛰면서 응급실에서 수술실 밖에서 검사실 앞에서 "돈 없고 무식하고 백수면 사람 아니냐_" 바락바락 바닥을 치면서 짐승울음처럼 포효하던 환자 보호자들을 많이 보았기 때문일 것이다.

따라서 본 작품집에 수록된 단편들은 등차가 없는 '생명'의 소중함과 경이로움을, 천륜의 부모도 형제도 나 아닌 생명을 언감생심 관여할 권리가 전무함을, 생명은 실리적 합리적 계산의 대상이 아닌 창조주의 피조물임을 역설하지만, 현실은 매번 전기한 모든 것을 냉소하며 어긋나게 형성되고 직조되어 감을, 엮어 말하고 있다.

나이 들수록 건강하게 오래 살고 싶은 인간의 본성과 우후죽순처럼 성행하는 장기 이식에서 내 신체의 일각도 훼손하고 싶지 않은 보통사람들의 가장 보편적인 원천적 본성 또한 본 작품집의 밑그림이라고도 볼 수 있겠다.

독자들의 일독을 바라마지 않는다.

2019년 3월
김지연

|1|

존엄하게 죽을 권리

" 세상인심이 참으로 야박하다는 생각이 든다.
친부에 대한 자식들의 인심이 이럴진대, 남남끼리의 인심은 어떻겠는가,
그런 생각이 뼈골이 아프도록 스며드는구나.
어리석은 질문 같다만, 아범한테 다시 한 번 물어보자. "

존엄하게 죽을 권리

한 달여 지속된 긴 장마로 집안은 온통 눅눅하고 사람들의 표정은 밝지 못했다. 장대같이 쏟아지는 빗줄기에 TV는 연일 뉴스특보로 제방이 터져 수몰된 지역을 보도하고 수십 명의 사망·실종과 한 해 농사가 물속에 녹아버린 농부들의 통탄을 내보냈다. 거기다 태풍까지 동반하여 가로수며 유실수가 뿌리째 뽑혀지고 거의 성숙된 과일들이 우수수 낙과되어 서민들은 올여름 채소며 과일이 금값으로 뛸 것을 걱정했다.

뿐인가, 북측은 온 세상이 만류하는 가공할 살상무기 핵核을 만들고 미사일 일곱 발을 쏘아 올려 사정거리 안의 남측 사람들을 움츠러들게 하고도 "우리 선군先軍 정치가 남측의 안정을 도모하고 대중이 덕을 보고 있다."는 상식 밖의 발언을 했다. 이어 한·미합동군사훈련 중지와 국가 보안법 철폐 그리고 쌀 50만 톤을 요구하는 적반하장의 별일을 강요했다.

북측의 억지주장이 어제 오늘의 일이 아니고 양측의 정서나 주장이 판이함을 알고는 있었지만 퍼주기 '햇빛정책'이 결국 남측 국민을 향한 탄환제조와 핵과 미사일 제조에 헌사 투구한 몰골이었음이 일목요연하게 거듭 드러남에 사람들의 낯빛은 참담했다.

최형구는 TV를 끄고 펼쳐놓았던 신문을 접어 차탁 위에 올리면서 깊은 한숨을 내뿜는다. 삶의 안팎이 심히 고단하고 미래에 대한 잿빛 불확실성 때문이다. 시골의 노모老母에게서 전화가 온 것은 바로 그때였다.

"아범이냐, 나 오늘 올라간다. 광희대학병원이라 했더냐?"

노모 특유의 쇳소리가 전화선을 쩌렁쩌렁 울리듯 했다.

"장마에 길이 험할텐데 비 좀 그치면 오시지요…"

"장마가 문제냐, 집의 일이 많아서 지금도 늦었는데…. 당숙한테 며칠간 논에 물꼬 틔우기며 재실 손질이며 집을 부탁했다. 병원으로 바로 갈테니까 기차역에 마중 나올꺼 없다."

노모의 전화는 그 말을 끝으로 끊어졌다.

"어머님이세요?"

조반을 준비하던 아내가 주방에서 음성을 높였다. 이어 "당신이 올라오신다고 뭐가 달라지나. 어차피 오래 계시지도 간병을 할 상황도 아닌데…" 했다.

아내가 노모의 상경이 환자에게 아무런 도움이 되지 않는다는 말을 이어 되뇌자 최형구가 이맛살을 찌푸리며 주방켠으로 고개를 돌린다.

"당신은, 내가 지금 아버지의 입장이라면, 집만 지키고 앉아 있겠소?"

아내는 조금은 민망스런 표정으로 최형구를 마주보며 말했다.

"상황에 따라 다르겠지요. 아버님이 한 달여나 혼수상태인 채 중환자실에 계시니… 간병을 해드릴 수도 없고, 농사며 조상 뫼시기며 종갓집 종부이신 어머님의 입장이 여느 안노인들과는 다르시니 그렇지요…"

최형구는 더 이상 반응을 보이지 않는다. 소득이 없을 일에 신경소모를 하고 싶지 않았기 때문이다. 집안일 특히 시부모에 관계되는 문제에 대해서는 일체의 양보가 없는 아내와 설왕설래해서 마음 편한 결과를 얻을 수 없기 때문이다.

아내 또한 더 이상 말을 하지 않았다. 그러나 조반이 끝나고 최형구가 병원에 가기위해 현관을 나서려 하자 뒷덜미를 잡듯 말을 꺼낸다.

"잘 됐네요, 이번에 어머님 오신김에, 아버님 문제 결정을 봤으면 좋겠어요…"

형구는 묵묵부답인 채 현관문을 밀고 밖으로 나섰다. 그녀의 마음을 이해하지 못하는 바는 아니지만 시어머니의 상경을 불편해하다가 금방 기회를 포착하려드는 그녀의 기민함이 역겨웠던 것이다. 지난 20년 세월동안 봐온 그녀의 성격이지만 그러나 문제의 성질로 미루어 쉽게 표현할 수 없는 내용을 여느 생활 이야기를 하듯 예사롭게 거론함에 마음이 우울했다.

형구의 침묵이 불편했던지 아내가 현관문을 왈칵 열고 엘리베이터의 보턴을 누르고 있는 남편에게 언성을 높였다.

"사람 말이 말 같지 않아요? 왜 아무런 대답이 없어요?"

엘리베이터가 8층에 닿고 문이 열렸다. 형구는 엘리베이터의 정지 보턴을 누르며 그녀를 돌아본다.

"그 문제를, 꼭 그렇게 말로 표현하고 나에게 다짐을 받아내야겠소? 그리고 부탁인데, 어머니 앞에서 그 문제를 당신이 먼저 어쩌

고 하는 것은 보기 좋지 않으니 좀 조심했으면 좋겠소. 내가 병원
둘러서 서울역에 나가 어머니를 바로 병원으로 뫼셔 갈테니까, 당
신도 병원에 나와 있었으면 좋겠어."

그리고 그는 승강기 속으로 들어갔다.

노모가 밀양에서 아침 기차를 타도 오후 두 세 시경에나 도착할
것이므로 서둘 필요는 없었지만, 그는 공연히 마음이 분주해져서
곧장 병원으로 직행했다.

6층의 중환자실로 올라갔다. 마침 아침 면회시간과 맞물려서 입
실할 수가 있었다. 사흘 만에 보는 아버지의 상태는 많이 피폐해
져 있었다. 전신에 거미줄처럼 얼크러진 생명 연장줄에 의해 숨을
쉬고 맥박은 뛰고 있었지만 의식은 한 달여가 되도록 돌아오지 않
은 뇌질환의 중증 상태인 채, 나날이 피골이 상접한 초췌한 모습
으로 변해가고 있었다.

그는 아버지의 앙상한 손가락을 만져보면서 "아버지 저 왔어
요…"해본다. 어떤 큰소리나 간절한 부름에도 일체의 반응이 없
는 혼수상태의 중환이었지만 그는 그렇게 불러보면서 젖은 위생
티슈로 아버지의 얼굴이며 손을 가만가만 닦아준다. 그러면서 혼
자 얼굴을 붉힌다. 요상스런 것이 사람마음이기는 하지만 아버지
를 바라보는 마음이 점차 담담해져 어떤 감정도 일지 않는 자신에
스스로 놀랐기 때문이다.

아버지가 교통사고로 쓰러졌을 당시만 해도 모든 원인이 자기
에게 있는 것으로 죄책감에 몸 둘 바를 몰라 했었다. 아버지의 칠
순잔치를 굳이 서울에서 치르겠다고 우직스럴 만큼 고집을 부렸
던 사람이 바로 그였기 때문이었다. 어머니는 문중의 일가친척들
과 고향의 종갓집에서 잔치를 치르기를 원했으나 종손宗孫인 그가

회사를 비울 수 없는 입장이었고, 보답도 지금까지 측근의 경조사에 20여년 일조만 해 온 그로서는 자신도 한 번 잔치를 치루어 보답을 받고 싶은 심정도 있었기에 서울서의 행사를 강행했던 것이었다.

결국 자신의 뜻대로 아버지의 고희古稀 잔치는 서울에서 성황리에 치루게 되었지만, 바로 다음 날 동네의 외곽도로에서 아버지가 교통사고를 당했으니, 형구의 경악스러움과 죄책감은 극에 달했던 것이다.

의사들은 응급실을 통한 중환자실 입원 직후에도 환자의 회복가능성이 희박함을 말했었다. 뇌의 완전 소실이 온 것은 아니어서 뇌사腦死 상태는 아니지만, 경증 식물인간 상태도 아니어서 소생가능성은 90% 희박하다고 했다. 그러나 형구는 의료진에게 매달렸다. 온갖 생명연장 장치를 다 시설하더라도 아버지를 소생시켜야 한다고 몸부림을 쳤다.

그렇게 한 달이 지나갔다. 아버지의 상태에는 아무런 변화가 없었다. 인공 심폐기에 의해 숨을 쉬고 항생제 투약과 화학요법, 영양주입으로 생명이 간신히 이어지고 있을 뿐이었다.

아버지가 사고를 당한 후 열흘 가까이 노모는 허둥지둥 중환자실의 복도를 벗어나지 못하다가 비워둔 고향집의 기제사와 장마 중의 농사관리 때문에 일단 하향했었다. 그리고 매일 전화로 환자의 상태를 체크해왔었다.

간호사가 면회시간이 끝났음을 알렸다. 병상마다에 둘러 서 있던 보호자들이 머뭇머뭇 병상을 비껴나기 시작했다. 중환자실의 환자 대부분이 사경을 헤매거나 생명 연장줄에 매달려있는 반죽음 상태의 중환들이어선지 병상을 벗어나는 보호자들의 표정은 어둡고 비장했다. 훌쩍이며 나가는 보호자도 있고 다시 못 볼 사람처럼 돌아보고 또 돌아보며 중환자실을 벗어나는 여인들도 있었다.

"아버지… 오늘 어머니가 오신댔어요. 나중에 다시 뵐게요"

그는 아버지의 손을 가만히 놓아주며 머리를 숙여 귓가에 속삭여준다. 아버지의 표정은 여전히 미동이 없고, 그는 땅이 꺼질 듯한 한숨과 힘께 병실을 벗어난다.

노모는 정확히 오후 3시에 서울역 출구를 나왔다. 형구는 재빨리 다가가 노모의 가방을 받아들었다. 햇빛에 그을고 피로에 쩌들은 노모는 놀란 얼굴로 근무 중에 마중을 나오면 어쩌느냐고 걱정을 한다.

"오늘은 공휴일입니다"

"무슨 날이냐?"

"제헌절이예요"

"병원으로 바로 가자"

"점심은, 어떻게 하셨어요?"

"삶은 감자로 해결했다"

"식당차로 가서서 더운 국이 있는 것으로 드시지 않구요"

"밥 한 톨 못 먹는 사람도 있는데… 그런 호사가 가당찮지…"

형구는 더 이상 반응을 보이지 못한다. 산 사람은 살아야 될 것 아니냐는 말보다 노인이 뻑뻑한 감자에 체하실까 걱정되어 그렇다고 대응을 하고 싶었지만 삼킨다.

노모의 마음은 오로지 환자의 근황에만 가있을 것이기 때문이다.

"조금도, 변화가 없는 것이냐?"

그의 예감은 어긋나지 않았다. 차가 병원 방향의 도로로 접어

들자 노모는 어저께도 그저께도 전화로 확인한 내용을 다시 물어본다.

"예…"

형구는 길지 않은 대답을 길게 느끼게끔 말끝에 여운을 단다. 의도적인 것은 아닌데 어머님이 오신 김에 아버님 문제 결정을 보자던 아내의 말이 순간적으로 떠오르면서 대답 끝이 무거워졌던 것이다. 노모의 한숨소리가 차 속을 꽉 메우듯 했다.

형구의 말대로 아내는 병원에 미리 나와 노모를 맞이했다. 노모를 맞이하는 아내의 눈빛이 유독 빛이 나고 행동도 삽삽했다. 할 말이 가득한 낯빛으로 마침 면회시간임을 강조하면서 어머니를 중환자실로 안내한다. 그리고 처연하게 환자를 바라보고 앉은 노모의 뒷켠에서 볼 일 마려운 사람처럼 서성거렸다.

"영감, 나 왔어요. 푹 쉬었으면 이제 눈 좀 떠 보시오…"

노모의 꺽쉰 소리가 환자의 온몸 위로 쏟아지듯 했으나 아버지의 표정은 미동이 없었다. 지극히 미세한 실낱같은 움직임조차 없었다.

"화색이… 좀 도는 것 같지 않으냐?"

노모가 환자의 얼굴에서 눈을 떼지 않은 채 낮은 소리로 중얼거렸다. 형구는 노모의 환시幻視 현상일 것이라 헤아렸다. 어떤 형태로든 소생의 변화를 간절히 원하는 노모의 타는 마음을 알기에 박절하게 그렇지 않음을 말할 수가 없었다. 그러나 노모의 뒷켠에서 서성거리던 아내는 가당찮은 말이라는 듯 완강하게 부정했다.

"그렇지 않아요. 한 달 전보다 더 사색인 걸요. 피골이 상접해지시구요. … 무의미한, 상황일 뿐이에요"

형구는 아내를 돌아보며 이맛살을 왈칵 찌푸린다. 거침없는 그녀의 말투가 폭탄처럼 두려웠기 때문이다. 그런데 노모는 환자의 얼굴과 가슴을 어루만지면서 고개를 저었다.

"아니다. 그렇지 않아, 너희들은 매일 보니까 그렇게 느꼈을지 모르겠다만 내가 떠날 때보다 확실히 얼굴에 화색이 돌아! 몸이 야위어지는 거야 곡기를 들지 못하니 도리 없지만 병은 분명히 나아지고 있어! 그렇지요, 영감? 조금만 더 힘을 냅시다! 이까짓 아찔한 어지럼증 병 같은 거, 이겨내지 못할 당신이 아니라는 걸 나는 알거든요!"

노모의 음성에는 환자에게 힘을 돋궈주려는 안간힘이 배여 있었다.

면회 시간이 다 되어 복도로 나왔을 때였다. 아내는 노모를 집으로 가시자고 했다. 예순 아홉의 노인이 다섯 시간을 줄곧 차를 타고 왔으니 적지 아니 피곤할 것으로 형구 역시 그러기를 원했으나 노모는 굳은 표정인 채 말없이 보호자 대기 의자에 앉았다. 그리고 며느리를 똑바로 쳐다보았다.

"에미는 학생을 가르치는 선생이면서, 어떻게 환자 앞에서 그렇게 모진 말을 할 수 있단 말이냐- 내가 실망했다."

형구는 아내와 둘이 있을 때 그녀에게 지적하려던 말을, 노모가 그냥 넘어가지 않음에 낭패감을 갖는다.

"무슨 말씀이세요? 아, 그 얘기요? 환자가 듣지 못 하시잖아요"

"환자가 들을 수 있는지 없는지 네가 어떻게 안단 말이냐. 설령 환자가 듣지 못해도 환자 앞에서 그런 절망적인 말을 감히 한단 말이냐-"

아내가 오히려 딱하다는 표정을 짓곤 노모 앞에 마주 앉았다.

"어머님이 모르셔서 그래요. 의사가 아버님 상태가 완전 뇌사는 아니지만 고령으로 이제는 뇌사 상태나 다름없고 절대로 회복 불가라고 말했어요. 사실은 그 문제 때문에 일단 집으로 가셔서 가족회의를 갖자는 것이었는데…"

그때 형구가 나섰다.

"어머니, 집 사람이 생각이 짧았어요. 죄송합니다. 많이 피로하실 텐데 어서 집으로 가셔서 좀 누워 쉬시도록 하시지요. 점심도 시원찮게 드셔 시장하실 텐데요…"

"에미 말은 그게 아닌 것 같다? 너들 집으로 빨리 가서 회의를 하자는 것이 목적인 모양인데, 갑자기 무슨 가족회의란 말이냐?"

노모가 심히 못마땅한 표정으로 형구와 며느리를 번갈아 쳐다보았다.

"그게요, 어머님…"

아내가 또 나섰다.

"시끄럽소- 먼 길 오신 노인이 숨도 돌리시기 전에 이게 무슨 철딱서니 없는 행투란 말이요-"

형구의 음성이 갑자기 높았던 탓으로 주위에 흩어져 앉았던 사람들의 시선이 이들에게로 쏠렸다. 노모가 의자에서 천천히 일어났다.

"그래 내가 많이 피곤하다. 여기 오느라 며칠을 계속 무리해서 일을 하고 오늘은 새벽부터 서둘렀더니 온 몸의 뼈골이 다 쑤신다. 애비야, 이 병원 후문 쪽에 찜질방이 있더구나. 그리로 날 좀 데려다 주고 너희는 들어가거라. 찜질방에서 국밥도 사 먹고 잠잘란다. 형자한테 연락해서 찜질방으로 오라하고."

"집으로 가셔야죠!"

"아니다, 찜질방이 몸 푸는 데는 훨씬 좋다. 무슨 가족회의인지는 모르겠다만 내일 저녁 때 너거 집에서 모두 만나자, 서울의 가족이라야 너희 부부하고 형자 부부, 나 그리고 대학생이 된 우리 종손자 찬혁이도 참여시켜야 되겠구나”

노모는 말을 마치자 앞장서 복도를 벗어나기 시작했다. 형구는 당신이 한 번 결심하면 쉽게 굽히려 들지 않는 노모의 성격을 알고 있을 뿐만 아니라 차라리 찜질방으로 가는 편이 피곤은 풀릴 것이라 헤아려저 더 반대는 하지 않는다.

형구는 누이에게 어머니의 상경을 알리면서 그녀의 요구대로 노모에게 전화를 바꾸었다.

노모는 대뜸 누이를 나무라기부터 했다.

“너는 공휴일인데도 아버지한테 들려보지 않느냐- 뭐가, 어째? 너를 못 알아본다고, 너를 세상에 없는 보물처럼 사랑하던 아버지를 벌써 잊었어- 시끄럽다, 어떤 이유도 핑계일 뿐이야-”

노모는 일방적으로 소리를 지르곤 전화를 끊어버렸다.

피로 때문인지 예의 없는 며느리의 냉랭한 언행 때문인지 과민해진 노모의 기분은 쉽게 개여질 것 같지 않았다.

“고모는 지난 일요일에도 다녀갔어요.”

아내가 끼어들었다. 시누이가 병원의 아버지를 잊은 것이 아니라는 사실을 말하려는 것 같았지만 노모는 걸음을 멈추고 아들 내외를 돌아본다.

“형자가 일주일에 한 번씩만 다녀간단 말이냐? 너희들도, 그러하냐?”

“아범은 일주일에 두 번은 들려요. 저는 아이들 과외수업 시키느라 고모처럼 주말에만 들리고요”

아내가 또 다시 그렇게 대답했다. 노모가 그대로 멈추어 선 채,

심호흡과 함께 두 눈을 잠시 감았다가 뜬다.

"그랬구나… 나는 모두들 매일 한 번씩은 들러서… 아버지를 격려하고 위문하는 줄 알았구나…"

노모는 땅이 꺼질 듯한 한숨을 거듭 잦히면서 그 순간부터 더이상 말을 하지 않았다. 찜질방에 도착해서도 형구가 들고 있던 당신의 가방을 뺏듯이 당겨 쥐고는 앞장서 건물 안으로 들어가 버렸다.

"어머니…"

형구가 당황하여 노모를 불렀으나 노모는 돌아보지 않았다.

"매일 병원에 들르지 않았다고 화나셨네요! 하지만 어머님도 현실을 직시하셔야 돼요. 직장에 목매달고 사는 자식들이 어떻게 하루 한 번씩 들려요? 당장은 섭하시겠지만 아버님 문제를 해결보기 위해서는 하루라도 빨리 상황판단을 하시는 것이 마음정리에 도움이 되실 텐데…"

아내가 찜질방 속으로 이미 사라진 노모의 서슬 푸른 뒷모습을 바라보면서 말했다.

형구는 얼굴을 붉히고 아내를 쏘아보았다.

"당신, 어머니께 꼭 이래야 되겠소? 종부라는 당신이 얼마나 경박하고 몰인정한 언행을 구사하고 있는지 알고 있소?"

아내는 의외로 의연한 낯빛으로 고개를 끄덕였다.

"미안해요. 일부러 노친의 심기를 긁었어요. 노친이 얼마나 존심 강하시고 성격 강하시고 당신 위주의 권위주의자이신지 다 아시잖아요. 사범학교를 졸업하시자마자 쓰러져가는 최씨 종갓집의 종부로 들어오셔서 기어이 집안을 일으킨 대찬 어머님이신데, 아버님 문제 순순히 동의해주실 것 같지 않아서 궁리 끝에 맞서기로

한 거예요."

"맞서서 어쩌겠다는 거요? 어머니의 기를 올려 쓰러지시게 할 작정이요? 안되오, 얼마간은 어머님의 의향대로 따라야 할 거요. 아버지 문제 함부로 발설할 내용 아니니, 어머니의 의견만 여쭈어 보는 것으로 끌어가야 할 것이오. 어떤 이유로든 간에, 당신이 내 어머니께 불손한 행투는 나는 절대로 용서하지 못하오."

그는 이느 경우에서나 어김없이 발휘되는 아내의 작위적인 계산 습관에 내심 불안감을 지우지 못하면서, 낮은 소리로 힘주어 말한다. 아내는 대답 없이 입귀로 미소만 머금었다.

다음날, 노인은 아침 7시 경에 찜질방을 나와 대학병원으로 갔다. 미술학원을 운영하는 딸이 출근하기 전에 찜질방으로 들리겠다고 했지만 개의치 않았다. 며느리 못지않게 더욱 괘씸하게 느껴지는 딸이었다. 친정어머니가 상경하여 낯선 찜질방에서 몸도 풀 겸 밤을 지내겠다고 하면, 만사 젖히고 달려와 함께 있어줄 것으로 믿었는데 "그럼 푹 쉬시라"며 다음날 아침에 들리겠다. 하곤 끝내 나타나지 않았기 때문이다.

노인은 중환자실 복도에서 출입구의 유리문을 통해 영감의 병상을 더듬었다. 면회시간 전이어서 입실을 할 수 없었지만 먼빛으로라도 보고 싶어서다.

영감은 어저께와 마찬가지로 온갖 생명 연장줄을 매단 채 시체처럼 누워 있었다.

노인은 주치의사를 찾았다. 아침회진을 끝내고 연구실로 들어서던 의사는 노인이 어느 환자의 보호자인지 처음에는 알지 못하는 표정이었다.

"아, 최충식 할아버님 보호자시군요. 그렇지 않아도 아드님을 만나보려던 참이었어요. 할아버님께는 이제 중환자실의 처치는 더 이상할 것 없고… 일반실로 옮겨야 하거든요…"

노인의 얼굴이 순식간에 밝아졌다.

"좀 회복이 되신 거로군요! 그래서 일반실로 옮기려는 것이지요?"

의사가 노인의 주름진 얼굴을 가만히 바라보면서 고개를 저었다.

"입원 당시의 상태보다 훨씬 더 좋지 않습니다. 할아버님의 소생은 어렵습니다. 중환자실에 계셔도 더 이상의 치료 방법이 없기 때문입니다. 그러니 가족들과 의논하셔서…"

"박사님, 환자가 사망한 것은 아니지 않습니까. 몸을 털고 일어날 수도 있는 것 아닙니까. 숨도 쉬고 맥박도 뛰고 몸이 따뜻한데, 언제 어느 때 의식이 돌아올 수도 있는 거 아니냐구요? 깨어날 때까지 그대로 중환자실에서 치료해야 되는 것 아닙니까?"

환자를 포기하는 것처럼 느껴지는 의사의 말에 노인은 흥분하여 말이 빨라졌다. 의사가 딱하다는 표정으로 마주 바라보았다.

"할머니, 말씀을 알아듣지 못하시는군요. 환자분께서는 현재의 인공적인 생명연장 시설에 의해서만 생명이 유지되고 있을 뿐입니다. 더 이상의 치료방법이 없다는 말씀입니다. 아드님과 의논 하십시오. 저는 지금 외래환자를 진료할 시간이거든요."

의사는 책상 위의 송수화기를 들어 외래의 간호사에게 바로 출발하니 진료준비를 하라고 지시했다.

노인은 짧은 목례로 그네 앞을 스쳐 나가는 의사의 뒷모습을 멀거니 쳐다본다. 의사의 말을 이해하지 못하는 것이 아니었다. 더 이상의 치료방법이 없다는 말은 소생가능성이 없다는 뜻이고, 일반실로 옮김에 굳이 보호자들과 의논을 하라는 것은 무의미한 생명연장 장치를 거둘 것인지, 그 상태로 일반실로 옮겨 사망할 때까지 장기 입원을 시킬 것인지를 결정하라는 내용일 터였다.

'의사야 이래도 저래도 상관없을 텐데, 왜 소생 가망성이 없다는 말을 거듭 강조하는 것일까. 물론 효용가치 없는 인공장치를 제거하여 이차피 살아나지 못할 환자에게 더 이상 고통을 주지 말고 죽음을 맞이하라는 뜻이겠지…. 하지만, 영감은 깨어날 거야. 삶에 대한 강렬한 욕망으로 기어이 백수를 살자던 사람인데… 온갖 방법을 동원해서라도 깨어나게 해야지…'

노인은 고개를 설레설레 내저으면서 주치의사의 연구실을 나와 다시 중환자실로 갔다. 첫 면회시간이 10여분이나 남아 있어 그네는 중환자실 출입구의 유리문에 또다시 다가서서 내부를 들여다보려 했다.

"아니, 어머니 도대체 왜 핸드폰을 꺼놓고 계셔요? 어디에 계시는지 알 수가 있어야지요."

그때 노인의 딸이 그네의 등 뒤에서 소리를 높였다. 노인이 돌아섰다.

"찜질방으로 갔었잖아요. 아침에 들리겠다고 했는데 왜 기다리고 계시잖고 먼저 나오셨냐구요?"

40대 초반의 딸은 짜증이 묻은 말을 연이어 터뜨렸다.

"간만에 보는 늙은 어미에게 보자마자 따지는 것이냐? 내가 너를 보러 온 것이 아닌데, 왠 이러쿵 저러쿵이야. 무심한 년 같으니라구. 어미가 천리길 와서 혼자 찜질방에서 밤을 지내겠다고 하면 만사 젖혀놓고 와서 함께 있어주어야 할 년이, 제 편할대로 하구선, 이제는 충전 끝난 전화를 꺼놓고 기다리지 않았다고 짜증이냐?"

"나는 찜질방에서는 잠을 못자거든요. 그건 엄마가 무리한 요구를 하신거예요"

노인은 시종 얼굴을 펴지 않는 딸을 가만히 마주본다.

"그래, 네 말이 맞는 것 같다. 어미가 딸에게 무리한 요구를 해서 미안하구나…. 야박한 년 같으니라구…."

"아침은, 드셨어요? 안 드셨으면 제가 병원 구내식당 일러드릴게요. 저는 지금 나가봐야 하거든요"

딸이 선 자리에서 돌아설 채비를 했다.

"병원까지 와서, 지금 면회시간 다 되었는데 아버지도 안 보고 갈 참이냐?"

"보면 뭘 해요. 돌이나 다름없는 죽은 사람인데… 기분만 우울해져요. 저녁에 오빠 집으로 오라고 하던데, 그럼 그때 만나요. 오전에 해결할 바쁜 일이 있거든요"

"아니…"

딸은 그 말을 끝으로 돌아서 중환자실 복도를 걸어 나가고 노인은 입술을 달싹이며 그런 그녀의 뒷모습을 허탈스런 표정으로 바라보았다.

그날 저녁. 아들의 집 거실에는 노모와 형구, 며느리, 딸, 사위 그리고 금년에 대학생이 된 손자 찬혁이를 포함 여섯 명이 둘러앉았다. 분위기는 처음부터 가볍지가 않았다. 노모의 표정이 경직되어 있었기 때문이다. 딸과 동갑이면서 고등학교 미술교사인 사위가 소퍼에 꼿꼿이 앉아있는 노모의 어깨를 두 손으로 눌러 주면서 장모님의 어깨근육이 많이 뭉쳤다는 등 분위기를 풀어보려 애를 쓰고 있었다.

"무슨 회의냐, 빨리 시작하지 않고 왜 이리 뜸을 들이는 거냐."

노인이 별 내용도 없는 화제들로 시간을 흘려보내고 있는 사위와 형구를 바라보며 채근했다. 그러자 진작부터 형구에게 재촉의 눈짓을 보내던 며느리가 노인의 채근을 기다렸다는 듯 먼저 말을 꺼냈다.

"마침 어머님도 오시고 해서, 아범이 아버님 문제에 대해서 의논을 하고 싶다고 하더라구요…"

며느리는 그 말을 시작으로 다음 말을 이으라는 듯 남편인 형구의 얼굴을 주시했다.

형구의 얼굴이 붉어지기 시작하더니 붉은 색조가 목덜미께로 번졌다.

"의사의 얘기가… 이제, 더 이상의 치료방법도, 효과도 없음을 강조하면서…. 가족들과 의논을 해보라는 뜻을 비치더라구요……현재의 상태를 유지하는 것은 무의미하고…. 오히려 환자에게 고통을 주는 방법이 될 수도 있음을 언급하면서…"

형구는 힘들게 말을 끊고 차탁 위에 얹혀진 물컵을 들어 벌컥벌컥 마신다. 누구도 얼른 형구의 말에 입을 열지 않았다. 노모는 반쯤 눈을 감고 앉아 있었다.

"그러니까, 아버지가 이미 사망한 상태나 다름없다는 의사의 말이군요?"

딸이 노모의 얼굴을 잠시 살피더니 형구의 말에 구체적인 표현을 얹었다. 그러자 며느리가 시뉘의 말을 받았다.

"그럼요, 주치의사가 그런 말을 할 적에는, 현재의 아버님 상황이 환자나 가족들에게 고통뿐으로 의미 없는 소모임에 안타까워서 그러는 것이겠지요"

역시 노모의 얼굴을 슬쩍 살핀 후에 이번에는 사위가 처남댁의 말을 거들었다.

"그래도 양심적인 의사이네! 하긴 개인병원이 아닌 대학병원이니 자기 수입과는 상관없겠지만, 환자가 폭주하는 병원인데 중환자실 자리를 차지하고 있는 것도 문제는 되겠구만…"

노모와 찬혁이를 제외한 네 사람의 의견이 바통 넘기는 릴레이 선수들처럼 차례로 도출된 셈이었다. 얼마간의 침묵이 흘렀다.

노모는 아침녘에 만난 주치의사를 비롯 아들 딸 사위 며느리의 뜻조차 모두 '이쯤에서 효과 없는 무의미한 생명연장시설을 중지하자', '그냥 편안히 저세상 가시도록 도와주자'는 것임을 파악하면서 가슴이 서늘하게 비어짐을 느낀다. 어느 정도 예상했던 내용이었지만 그래도 혼수상태 한 달 정도에 천륜의 핏줄들이 아버지의 소생을 위한 치료를 중단하자는 엄청난 결정을 구체적으로 보려하고 있음에, 노인은 말없이 듣고만 있었다.

"어머님은… 어떻게 생각하셔요?"

며느리가 노모의 침묵이 부담스러운 듯 급기야 채근했다. 노모는 깊은 한숨과 함께 지긋이 감았던 눈을 뜨면서 모두를 한번 둘러보았다.

"세상인심이 참으로 야박하다는 생각이 든다. 친부에 대한 자식들의 인심이 이럴진대, 남남끼리의 인심은 어떨까… 그런 생각이 뼈골이 아프도록 스며드는구나. 어리석은 질문 같다만, 아범한테 다시 한 번 물어보자, 지금 너의 아버지 상태가 정확하게 어느 정도냐? 의사 말을 앞세운 너희들 말로는 마치 뇌 전체가 기능을

소실해버린 뇌사인 것처럼 말하는데, 실제로는 몇 달 아니 몇 년
후에라도 소생할 수 있는 식물인간 상태가 아니더냐?"

형구가 노모의 물음에 낮은 음성으로 대답을 했다.

"의사의 말이 처음에는 중한 식물상태라 했습니다만, 시일이 경
과되면서 뇌사에 가까운 상태로 점차 악화되었다고 하더라구요.
아버지의 고령이 악화원인이 아닌가 싶습니다만."

그때, 시종 듣고만 있던 찬혁이 뇌사와 식물인간과의 차이가 무
엇이냐고 고개를 갸웃거리며 형구를 쳐다보았다.

"뇌사나 식물상태 환자의 공통적인 증상이 심한 의식장애를 갖
고 있는 것은 너도 알 것이다. 뇌의 기능에는 식물적인 것과 동물
적인 것이 있는데 식물적인 경우는 의식장애 속에서도 호흡 · 순
환 · 소화 · 배설 등의 기능은 유지되지만, 동물적인 경우는 생각
하거나 운동 · 지각 등의 대뇌 기능이 상실한 상태라고 했다. 뇌사
는 대뇌 · 소뇌 · 뇌간 등 뇌 전체의 기능이 완전히 소실된 것을 말
하고, 현재 우리나라에서도 뇌사가 죽음으로 인정되고는 있다."

"그러니까 두 케이스 모두 의식불명 상태라 구분하기가 어렵지
만, 뇌사는 다시 살아날 수 없는 상황이고 식물상태는 소생할 수
도 있는 상태를 말하는 것이군요?"

"그렇다는구나. 뇌사는 온갖 생명연장 장치를 시설하고 있어도
2주 정도 되면 심장박동이 멈추지만 식물 경우는 의식불명상태가
수개월에서 수년에 이르기도 하고 드물지만 다시 회복될 수도 있
다는 것이지"

"그럼 할아버지 경우는 사고 당시에는 식물인간 상태였는데 점
점 나쁘게 진행되어지고 있다는 것인가요?"

"그렇다는구나. 식물인간 상태서는 뇌사로 진행되거나 심장이

멎는 심장사로 바로 악화될 수도 있지만, 뇌사는 2주 전후에 곧바로 심장사로 간다고 하더라구"

그때 노모가 형구와 찬혁의 대화를 잘랐다.

"아범 말대로 너희 아버지가 뇌사로 진행되었다면 2주 후에 심장사로 끝내 사망할 것인데 무엇이 걱정들이란 말인가. 생명연장장치를 서둘러 중단해야 될 이유가 없지 않느냐 이 말이다. 뿐이냐, 뇌사가 죽음으로 인정되고 있다면 의사가 가족들과 의논 하라 마라 말할 필요가 없지 않으냐. 사망 했다고 분명히 진단하고 절차를 밟으면 될 것 아니냐. 그렇게 못하는 이유가, 처음보다 악화는 되었지만 완전 뇌사상태가 아니기 때문이 아니겠느냐?"

그러자 모두들 말이 없었다. 형구도 딸도 사위도 며느리도 어색한 낯빛으로 서로의 얼굴을 바라보기만 했다. 찬혁이만 고개를 끄덕거렸다. 그러나 연신 고개를 들어 형구에게 눈짓을 보내던 며느리가 뭔가 심히 답답하다는 표정을 짓곤 입을 열었다.

"어머님, 의사가 아버님의 상태를 말한 것은 3주가 다 되어 가거든요… 그런데 실제 뇌사나 식물상태가 이론적으로는 양자의 구별이 분명하지만 즉각 눈에 보이는 결론이 나오는 즉시성이, 또한 반드시 필히 이론대로 되는 절대성이 되지 못하고 무한정의 시간 경과를 요하는 경시성과 상대성을 지녔기 때문에…"

노모가 언성을 높였다.

"이제는 너희들이 의사가 다 됐구나, 그런데 무슨 말인지 나는 얼른 이해가 되지 않는다. 간단히 쉽게 말해라. 그러니까 뇌사와 식물상태가 이론은 그러하지만, 사람에 따라 반드시 그렇지 않을 수도 있다는 말 아니냐. 절망적인 뇌사에서도 살아날 수 있고 식물상태서도 곧바로 숨이 끊어질 수도 있다는 말 아니냐?"

찬혁이 나섰다.

"할머니 말씀이 옳아요! 의사들은 쉽게 말하지 않고 즉시성이니 절대성 따위의 단어로 인체마다 유별함을 어렵게 말하고, 그러면서 오진의 가능성도 방어하는 것 같아요. 자기들이 빠져나갈 출구를 만드는 것 같기도 하구요."

노모의 얼굴이 밝아졌다.

"그렇지, 우리 찬혁이 어른 다 되었구나! 판단력이 예리하구나! 나도 그렇게 생각한다. 그러니까 할아버지는…"

그때 딸이 몸을 앞으로 내밀며 노모의 말을 가로챘다.

"어머니, 아버지에게 더 이상 기대를 하지 말아요. 사람마다 개인차가 있기는 해도 아버지는 일흔이세요. 세상 떠나신 거나 다름없다구요. 인공심폐기, 인공투석기, 화학요법, 항생제 투여, 영양 투여로 단지 숨만 쉬고 있을 뿐인 아버지에게 더 고통을 줄 수는 없잖아요. 편안히 가시게 해 드리자구요. 의사는 진작부터 장치를 제거하거나 일반 환자실로 옮기거나 결단을 내리기를 원하고 있는데, 언제까지 끌고 있을 것이냐구요. 어서 장례 치르고 재산상속 지분대로 정리하고 엄마도 더 늙기 전에 오빠집으로 올라오시라구요. 오빠 올케가 시골 가서 종갓집 지키며 종손 종부 노릇하고 살 것이 아닌데, 어머니 건강할 때 정리해야 지요. 엄마 혼자 버티고 살다 수족 못 쓸때 합가하면 그때는 부양 문제 등, 서로가 더 힘들어진다고요"

딸의 거침없는 말에 가장 당황해 하는 사람은 형구와 며느리 그리고 사위였다. 그들은 저마다 "아니 고모…", "얘, 너…", "여보…" 한마디씩 중얼거리면서 딸의 말을 저지하려는 듯 손짓까지 했다.

순간, 노모의 검게 그을은 얼굴이 심하게 경직되어 뻣뻣해지는 것 같았다. 그네는 딸을 향해 상체를 꼿꼿이 세웠다.

"이게 무슨 소리냐? 좀 상세하게 말해 보아라. 어차피 죽은 목숨이나 다름없는 아버지에게서 생명유지 장치를 제거하자는 너희들의 목적이, 바로 종갓집 정리와 전답 상속에 있었던 것이냐? 그러하냐? 아범아, 네가 한 번 말해 보거라"

형구가 완강하게 고개를 흔들었다.

"아닙니다. 어머니. 형자가 제 멋대로 지껄이고 있는 것입니다."

며느리도 고개를 내저었다.

"그래요 어머님, 저도 고모의 속생각을 오늘 처음 들었습니다."

그러자 딸이 냉소 비슷한 웃음을 입귀로 깔면서 형구와 며느리의 말을 받았다.

"그래요. 어머니, 나 혼자 생각일런지도 모르지요. 오빠나 올케가 나한테 이런 말을 터놓고 한 적은 없으니까요. 종손 종부의 입장에서 절대로 드러내 말을 할 수도 없는 내용이지만 말입니다. 그러나 현실이 그러하지 않습니까, 어머니 살아계실 때까지만, 종갓집인 것입니다. 그 수많은 제례행사에 종손인 오빠내외가 얼마나 참여를 했습니까. 물론 부모님이 계셨으니 믿고 그럴 수도 있지만 제가 보기엔 오빠내외 종갓집 종손의식 갖고 있지 않아요. 뿐만 아니라, 오빠 조기정년 앞두고 개인 사업체 계획을 구상하고 있다고 들었어요. 종갓집 전답을 담보로 자금 조달을 할 것이라는 정보까지도요. 그래서 제 생각이나 오빠내외 생각이나 별 차이는 없을 것이라 혼자 헤아려 본 것이지요."

"너…, 닥치지 못해-"

형구가 벼락같이 소리를 질렀다.

노모가 차탁 위의 엽차 잔을 천천히 들어 올려 두어 모금 마셨다.

그리고 지그시 눈을 감았다가 떴다.

"할머니… 괜찮으세요?"

찬혁이 벌떡 일어나 장식장 속의 의료함을 열더니 청심환 한 알을 꺼내 껍질을 벗겨 노모에게 건넨다.

노모는 괜찮다고 하면서도 손자의 다정한 배려가 고마운지 약을 받아서 입안으로 넣고 우물거리듯 씹었다. 다시 물 잔을 들어 입안에 가득 찬 약을 가까스로 넘기면서 두어 번 목기침을 한다. 그리고 감정을 억제하듯 잠시 숨을 돌리곤 입을 열었다.

"참으로 엄청난 생각들을 너희들은 하고 있었구나. 그러나 모두 차후 문제이다. 아버지 문제로만 돌아가자. 너희들이 개인적인 목적으로 그러면서도 마치 아버지를 위해서인 양 장례를 앞당기려 하는, 그것과 상관없이 나는 너희들 아버지에게 부착된 생명유지·생명연장 장치의 제거를 하지 않을 것이다. 그리고 1년이고 2년이고 종답宗畓이 아닌 내가 평생 일궈놓은 전답을 팔아서 진료비를 대더라도, 너들 아버지가 살아나시기를 간절히 기원할 것이다. 그렇게 하는 것이 네 아버지에 대한 내 도리이고 가족의 도리이기 때문이다."

또박또박 매듭짓듯 당신의 마음을 펼치는 노모의 말을 며느리가 잘랐다.

"어머님 그것은 무의미한 행위일 뿐이예요. 아버님을 위하시는 방법이 아니예요. 사람은 누구나 존엄하게 죽을 권리도 있어요. 가시는 길이 편안하셔야지 온갖 인공적인 기계줄을 걸어 오도 가도 못하게 고생을 시키시면 안 된다는 것이지요"

"존엄하게 죽을 권리라 했느냐? 그 말은 네 시아버지께는 적절한 말이 아닌 것 같다. 육체의 고통이 극에 닿는 말기암 환자에

게, 또는 회복은 절대 불가능하지만 오로지 생명유지에만 목적을
두었거나 했을 때, 혹은 본인이 생명연장 시설을 절대로 거절했을
경우, 당사자가 주변의 정리를 깨끗이 다하고 가족들의 애도 속에
이승을 하직 할 수 있을 때, 비로소 존엄하게 죽을 권리를 행사하
는 것이라 알고 있다. 의식장애로 육체적인 고통은 아무것도 느끼
지 못하는 더욱이 백수까지 살기를 진정으로 원하던, 생명애착이
남 유다른 너의 시아버지께는 해당사항이 아니다.”

"하지만 어머님, 아무것도 느끼시지 못한다고 말씀하시지만, 그
러나 저는 아버님의 상태를 지속하는 것은 분명히 고통을 드리는
것이라 생각해요"

며느리가 노모의 말을 끝내 긍정하려 들지 않았다.

"그만해두어라. 내 입에서 험한 말 들어야 억지를 그치겠냐? 아
직 숨도 쉬고 맥박도 뛰고 온기가 있는 살아있는 사람을, 빨리 명
줄 끊자는 짓이 살인이지 존엄하게 죽을 권리를 지켜주는 것이더
냐? 감히 부모에게 어떻게 그럴 생각을 했단 말이냐? 살아나지 못
할 환자가, 반복되는 지옥 같은 통증의 고통 속에서 나 좀 떠나게
해달라고 절규라도 하더냐? 아니면 엄청난 진료비로 집안이 망하
게 되었더냐? 모두 해당사항 아니지 않느냐, 네 연놈들이 치료비
한 푼이라도 보태었더냐? 전부 내가 다 내고 있다. 그래, 거듭 말
하지만 몇 년을 끌어 내 돈 다 떨어지면 전답 팔아서라도 네 아버
지를 나는 더 살게 할 것이다. 세상의 배은망덕한 자식들이 재산
때문에 부모 빨리 죽기를 바란다는 통계가 있었다는 말을 들었지
만, 내 자식들은 다를 줄 알았다. 고이연 것들 같으니라구, 문병조
차 제대로 하지 않으면서 전답에만 눈독을 들여 어쩌고저쩌고 궤
변 따위나 늘어놓고…"

"어머님 그게 아니잖아요. 그건 오해세요. 아버님을 생각하여…"

"시끄럽다- 의사나 너희들 말대로 아버지가 회생불가능이라면 언젠가는 돌아가실 것 아니냐. 몇 주 전부터 뇌사로 진행되고 있었다면 그래 고령이시니 지금쯤은 심장사로 명줄이 끊어질 때가 되지 않았느냐 말이다. 내가 좀 흥분했다마는, 정말로 너희들 섭섭하다. 긴 병에 효자 없다는 말은 있지만 너희들이 간병하는 것도, 돈 들이는 힘든 상황도 아니면서, 너희들 이기심에 아버지를 위한다는 미명을 얹어 아직 두 달도 안 된 환자를 서둘러 감히 치료를 중단시키겠다고 떠벌이니, 숨이 막힌다. 찬혁이가… 다행히 알아서 자리를 비꼈구나. 찬혁이가 너희들 입장이 될 수 있음을 한번들 생각해 보아라. 그러는 게 아니다."

노인의 음성이 잦아들 듯 멈추어지자 며느리가 심히 일그러진 표정인 채 말을 받았다.

"찬혁이 들을까 걱정하시지 마세요. 우리는 찬혁이에게 '도저히 가망 없다는 의사의 진단이 내리면 생명 연장줄 매달아 더 고생시키지 말고, 또한 통증으로 몸부림치면 주저 없이 함량 따위 관계치 말고 진통제를 주사해 달라'고 말해 놓았어요. 인공 심폐기로 숨 쉬고 화악요법 항생제 투여 인공영양 주입 등으로 생명을 유지시키는 행위는, 환자에게 엄청난 고통만 가중시키고 가족들 입장에서도 비인간적인 처사임을 분명히 말해 두었어요. 이미 그렇게 약속이 되어 있어요. 그리고 어머님 말씀에 가망 없는 연명장치 제거를 '살인운운' 하셨는데 천부당만부당한 가당찮은 말씀이세요. 진정으로 아버님을 위해서인데, 어머님이 그렇게 받아들이심은 저희들과 도무지 허물 수 없는 세대적인 정서 차이가 있기 때문인 것 같아요"

다음 날, 노인은 어깨를 처뜨린 채 중환자실에서 남편의 얼굴을 뚫어지듯 내려다보고 있었다. 그지없이 선량하고 낙천적이던 그러나 어구찬 데가 없어 곤잘 당하기도 하던 영감이 당신의 힘으로 어쩌지도 못한 채 나무토막처럼 놓여져 있는 모습에, 새삼 허망함과 심장께가 찢어지듯 미어져 손으로 가슴을 쓸어내린다. 영악한 사람에게 당하고 두 손 놓은 채 아내만 쳐다보던 생전의 그 모습처럼, 영감은 그네만 쳐다보고 있는 것 같았다. 일년 정도만이라도 의식을 되찾을 수 있다면 50년 가까운 그와의 사이에 불편하고 미진했던, 아니 오로지 그만을 위한 삶을 살아줄 수 있을 것 같은 간절한 마음이 된다.

그렇게 생각해서인지 환자는 어저께보다 더 심하게 피폐해져 보였다. 예감이 이상했다. 노모는 서둘러 의사를 찾았다. 의사가 환자의 제반 상황을 체크하기도 전에, 얼굴을 바라보는 것으로 "준비하십시오. 3~4일 넘기기 힘들 것 같습니다." 했다.

노인은 망연자실한 채 말을 잊어버린다. 그러다 혼자 고개를 끄덕이며 입술을 다져 문다.

"그럽시다, 집으로 가십시다. 큰 산 아래 당신의 태알 자리로 가서 편안히 가셔야지요. 선친들의 따스한 기운이 서려있는 보금자리로 가자구요. 그곳에 계셨으면 여생을 다할 수 있었는데…. 혁이 아비 끝까지 만류하지 못했음이 천추의 한이 되었소만…. 그러나 천리 밖에 내던져져, 이렇듯 허무하게 객사客死를 할 수는 없지요… 가실 때는… 그래요, 조상들의 품 안에서 품위 있게 가셔야지요…"

즉시 앰뷸런스가 병원현관에 대기하고 환자는 모든 제반 생명유지 시설을 그대로 매단 채 수련의사와 간호사 등, 두 사람의 동반

응급조치를 받으면서 차량으로 옮겨져, 환자의 본향인 밀양으로 향했다.

"부탁합니다. 집 안에 들어서기 전까지 심장박동이 멎어서는 아니 됩니다. 살아계셔야 합니다. 그래야 객사를 면하는 것 입니다."

앰뷸런스의 가속 이동으로 밀양에는 빠른 시간에 도착했다.

집을 지키던 당숙과 벙어리 머슴 송서방이 혼비백산하여 대청마루로 사랑채로 방으로 안마당으로 갈팡질팡했다.

앰뷸런스의 응급 베드에 그대로 뉘인 채 환자를 안방으로 조심조심 옮겨 뉘었다. 의사와 간호사의 이마에 땀방울이 송글송글 맺혀 있었다. 그들은 지극히 조심스럽게 환자의 상태를 체크했다.

"많이 약해졌습니다만… 심장은 희미하나마 뛰고 있습니다. 짧지 않은 긴 거리를, 환자께서도 혼신으로 버텨주신 것 같습니다! 할머님 오셨을때 함께 집으로 진정 오시고 싶으셨던 모양입니다! 기적입니다!"

인상이 섬세한 젊은 의사가 경이로운 낯빛으로 환자의 심장께를 거듭 살피며 말했다.

노인이 안도감으로 길게 숨을 몰아쉰다.

"이런 상태에서 호흡이 얼마나 갈 수 있습니까?"

"오늘 밤을 넘기기 어려울 것 같습니다…"

의사가 말했다. 노인이 숙연한 얼굴로 고개를 끄덕인다.

"이제, 생명유지 시설을…, 모두 거두어 주십시오."

의사는 소생이 불가한 환자의 몸에서 보호자의 요구로 생명연장 시설을 제거한다는, 유인물에 노인의 사인을 받고서야 한 달여 환자를 구속했던 제반 시설을 거두어 냈다.

거짓말처럼 환자의 얼굴이 편안해 보였다. 움푹 패인 볼에 홍조가 돌고 미소까지 머금는 듯, 노모의 눈에는 남편의 얼굴이 그렇게 변해 보였다.

환자는 그날 밤 아들·며느리·딸·사위와 손자가 뒤따라 내려오고도 다섯 시간을 더 숨을 쉬다가 다음날 아침에 드디어 운명運命했다.

세상이 온통 북측의 미사일과 물난리로 아우성을 치는 2006년 7월에.

| 2 |

맨손 체조

❝ 우리의 생명은 억만금보다 더 소중합니다.
우리가 이 찬란한 세상에 태어났음은 축복이고
조물주의 선택입니다.
따라서 우주의 은혜를 받은 위대한 나의 생명은, 소명감으로
철저히 운영되어져야 합니다. **❞**

맨손 체조

"아버지는 저런 상황에 처하시면 어떻게 선택하실까? 권위주의와 노탐·노욕에 굳어진 노인은 아니지만 당신의 운명殞命이 가름되는 상황에서도 쿨 하실까? 평생 존경받는 은사로 참 삶의 강사로 연일 초빙되는 명사이신데, 선택이 좀 남다르실 거야…"

"다르시겠지, 아버지는 열려있는 분이니까."

선우노인이 외출하기 위해 거실 쪽으로 다가서자 TV 앞에 앉았던 두 아들이 주고받는 말들이었다.

"외출하세요?"

큰아들이 서둘러 TV를 끄며 반사적으로 몸을 일으키자 둘째아들도 자리에서 일어났다.

"승현이는, 몇 시 차로 내려갈 것이냐?"

노인이 부산에서 올라온 둘째아들에게 묻는다.

"친구들 좀 만나보고 밤기차로 내려 갈려구요."

"마흔을 넘긴 나이에 아직도 친구 타령이냐? 지난밤에도 말했다만, 네 아내 말이다. 주말에다 첫 제사인데 함께 참례하지 않아 내가 많이 섭섭해 하더라고 전해라."

"…예…"

노인은 주방에서 나온 큰며느리가 신발장에서 구두를 꺼내놓자 고맙다는 짧은 인사말을 남기곤 현관문을 나선다.

아들 둘이 잔디 마당을 지나 대문까지 따라나서며 잘 다녀오시라 인사한다.

강연시간까지는 여유가 있었다. 노인은 천천히 지하철역으로 향하면서 심호흡을 내뿜는다.

지난밤에 치른 아내의 첫 기일忌日에 자식들과 며느리들의 성의 없는 건성적인 태도가 사뭇 마음에 걸려 아침부터 기분이 밝지 못했다.

흔히 말하듯 아홉고개가 걸림돌이어선지 예순아홉의 아내는 지난해 5월, 마사토가 섞인 비탈길에서 아래로 질주하는 차를 피하려다 넘어져 뇌진탕으로 급사했다. 예기치 못한 사건에 가족들은 충격을 금치 못했고 특히 금실이 좋았던 선우노인은 허탈감으로 우울증 치료를 받기도 했다.

그에게 아내는 40여 년을 함께 교단에서 제자 양성을 해온 막역한 동료이자 반려자였다. 그녀의 타계他界는 당신의 신체 일부를 잃어버린 상실감을 갖게 했고 그 아픔은 일 년이 경과되었어도 가신 상태가 아니었다. 따라서 아내의 첫 기일이 그에게는 형식적인 의식이 아니라 그녀를 온몸으로 맞이하는 소중한 날이었고, 사나흘 전부터 긴장하여 이날을 기다렸으며, 영혼에게나마 혼자였던 그간의 속앓이와 그리움을 모두 읊어 낼 것이라 생각했다. 그녀를 당신의 생명만큼이나 의지하고 살았음을, 떠난 후에 절감케 되었음을 필히 말하리라 마음을 모우고 있었다.

그런데, 첫 제사상의 차림에서부터 노인의 기분은 어두워지기 시작했다. 주말이라 함께 사는 큰아들과 며느리가 손수 정성으로 제사음식을 마련할 수 있었을 법한데, 메와 탕국 외는 모두 반찬 가게에서 사들인 것이었고, 더우기 아내의 제자였던 둘째 며느리는 몸살기운이 있다는 이유로 불참까지 했던 것이다.

아내는 거의 맹목적이다시피 두 아들이며 며느리들을 챙기고 사랑했었다. 젊은 시절 직장생활로 두 아들에게 사랑을 쏟지 못했다는 미안스럼 때문인지 뭐든 주려했고 손자들을 돌봐주려 두 집을 번갈아 출·퇴근을 할 정도였다. 특히 사업에 실패한 큰아들의 아파트와 공장이 부채로 넘어가자 그들 가족을 본가로 불러들여 1층을 통째로 비워주는 배려를 했다. 이런 과정의 모든 처리를 아내는 선우노인과 의논을 하기보다 어쩔 수 없는 상황을 부모인 우리가 보듬어 줄 수밖에 없지 않느냐는 당연론을 폈고, 아들 식구를 2층으로 올리자는 선우 노인의 주장에 그들 식구가 더 많으니 넓은 아래층을 통째로 비워주는 것이 서로가 편치 않겠느냐고 했었다.

그렇게 큰아들 가족을 아내는 본가로 끌어들였고, 생활비는 물론 손자남매의 과외비까지도 당신의 연금으로 충당하는 사랑을 보였는데, 그녀의 첫 제사상은 실로 쓸쓸하고 누구도 어미를 그리워하는 진정어림이 없어 노인은 분노까지 솟구쳤던 것이다.

지난밤, 선우노인은 아내의 위패와 영정 앞에 술 한 잔을 따루어 놓고, 울컥 솟구치는 오열을 지그시 참아내며 "떠나면… 그것뿐인데… 그리도 아등바등 자식들 챙겼소? 이제, 야박한 이승 걱정 딱 끊으시고 편히 쉬시오…"했다. 그리고 내친 김에 고개를 돌려 두 아들과 며느리 손자 남매를 지긋이 바라보며 "기일을 챙김은, 조상을 추모하고 내 뿌리의 근원을 생각하면서 자신의 정체성을 찾는데 의미가 있는 것이다. 나는 너들 어머니가 지금 바로 내 옆에 앉아계신 것 같다. 숨소리도 들리는 것 같다. 너희들은 아무런 감도 느껴지지 않느냐"고 했다.

그들은 서로를 바라보며 침묵으로 시종했다.

노인은 긴 말을 하지 않았다. 다만 아내가 유별하게 아끼던 둘째 며느리의 불참에 대한 섭함과 제사음식은 나물 한 가지 무침에도 너희들 손수 진정한 마음으로 정성을 모우라고만 했다.

신호등 앞에 섰다. 거리에는 사람들이 많지 않았다. 노인은 문득 거실을 스칠 때 아들 둘이 TV를 보며 나누던 대화를 떠올린다. '아버지가 저런 상황에 처하면 어떤 선택을 할까?' 그들은 그렇게 말했고 그가 나타나자 큰아들은 TV를 얼른 꺼버렸다. 필히 뭔가 선택하기 쉽지 않은 상황을 두고 말함이겠지만, 일단 궁금증을 접어버리기로 한다. 잠시 후에 복지회관에서 갖게 될 강연에서 무슨 내용을 강조할 것인지를 정리함이 우선이었던 때문이다.

주최측인 시市에서 정한 강좌의 큰 타이틀은 '폭주하는 고령인구의 대책'이었고, 3개월간 아홉 차례 연이어 가져야 할 동일 주제의 강연이었다. 마침 이날은 노인 청중들과 상견례를 겸한 첫 날이어서 실제 큰 부담은 없었다.

복지회관 강당에는 주말인데도 의외로 노인들이 가득 차 있었다. 평상시보다 주말에는 가족들과 어울려야 할 것 같지만 오히려 더 많이 모인다는 복지사의 안내에 그럴 수도 있겠다는 생각을 떠올려본다. 세상의 풍속이 급속도로 바뀌어져 주말에 부모를 찾아오는 자녀나 손자도 드물어지고, 가족 나들이에서도 노인들은 제외되어 화창한 날, 딱히 할 일도 없는데다 마침 이날의 강연주제가 노인 당사자들과 직결되는 문제여서 인 것 같았다.

예상은 틀리지 않았다. 복지사가 강사인 선우노인을 소개하고 '폭주하는 고령인구 대책' 운운의 강연주제를 잇달아 발표하자마자, 강당 중앙부에 앉았던 노인이 버럭 소리를 지르며 자리에서 일어났다. 그리고 누구에게랄 것도 없이 삿대질부터 해댔다.

"오래 살아서 뭐 우쨌다는 것이고―, 오래 사는 거이 죄다 이 말이가? 안 죽어지는 걸 우짜라꼬 대책이라니, 늙은이들 너무 많으니께 암살이라도 하겠다는 거야 뭐야, 젊은 놈들 걸핏하모 늙은이들 너무 오래 산다꼬, 가는 곳곳마다 노인 떼거리뿐이라고 악다구니를 한다더니, 무슨 대책을 우찌 세운단 말이고"

시市에서 내건 강좌의 주제가 노인 거세의 부정적 측면으로 해석이 된 모양이었다.

노인의 행동이 돌발적이고 목소리가 유난히 큰 데다 억센 사투리까지 곁들여져 얼핏 만장한 노인들이 눈살을 찌푸리거나 폭소라도 터트릴 것 같은데, 분위기는 의외로 그렇지 않았다. 오히려 고개들을 주억거리며 정색한 표정들이었다.

노인의 바로 뒷자리에 앉은 노란 점퍼를 입은 노인이 앉은 채 말을 받았다.

"늙은이들이 많기는 많지. 빠고다 공원이나 종삼전철역 가면 우글우글 삼일운동 만세 부르러 나온 사람들처럼 득실거리니께. 끼니때 되면 물떡국이나 국수 한 사발 얻어먹을려고 길게 줄서서 꾸무적 거리는 거 보면, 나도 늙은인데 화가 솟구쳐. 농촌 가면 일손 모자라서 아우성인데, 품삯 일만 해도 건강 찾고 용돈도 벌텐데 손 놓고 놀기만 하려드니…. 나야, 유치원 다니는 손녀 봐주는 일이라도 있다지만…."

그러자 동향 창컨에서 유리창으로 들어오는 햇살을 즐기듯 받고 있던 노인이 자리에서 일어났다.

"아까도 우리끼리 말했지만, 문제는 문제인 거여. 고령자가 많아지니 생산량은 줄어들고, 저출산으로 돈을 버는 젊은이는 적어지니 언바란스인 거여! 젊은이들 생각이, 자기들 뼈 빠지게 벌어서 오래 사는 노인들 치닥거리한다고 투덜대는 말도 틀린 말은 아닌 기지. 바로 오늘도 전철에서 노인좌석 때문에 싸우는 걸 봤다구. 마흔 안팎의 젊은이가 몸이 고단한지 노인석에 턱하니 눈을 감고 앉아 있는데, 일흔 조금 넘은 듯한 괄괄해 보이는 노인이 젊은이가 노인석에 앉았다고 호통을 치더라구. 그랬더니 젊은이가 튕기듯 몸뚱이를 일으키며, 당신들은 공짜 전철을 타면서 좀 서 있으면 어떠냐고 되레 큰소리를 치더라고. 자기들이 뼈 빠지게 번 돈으로 세금내서 당신들 공짜 차 타게 해주는데, 돈 낸 사람이 몸이 좀 아파 앉아 있으면 안 되냐고, 소리를 지르더라구요."

노인이 잠시 말을 끊고 앉은 사람들을 둘러보았다. 당신 말에 동의를 구하는 표정이었다.

"그래서요? 그 노인이 젊은 놈한테 당하기만 했어요?"

앉은 노인들이 다음 상황을 채근했다.

"당하긴요? 아, 이 노인이 목청을 더욱 크게 돋구더니 쩌렁쩌렁한 목소리로 '이 사람아, 우리는 뱃가죽이 등짝에 붙도록 굶어가면서 피를 토해가면서 일했다. 참혹한 전쟁 겪어 쌩고생하면서, 폐허된 나라 복구시키려고 죽을 둥 살 둥 일해서 이 나라가 이만큼이나 살게 됐다. 자식들 굶기지 않고 공부 갈쳐서 이 나라 대들보 만들려고, 잘 살게 해줄라고 손끝이 닳아 지문이 없어질 정도로 일했다— 이제는, 공짜 차비 정도는 대접 받아도 된다. 젊은이 덕으로 대접받는 게 아니고 우리 늙은이들이 벌어 놓은 내 돈으로 사는 거다.' 라고 소리치더라구요. 전철 안 사람들이 모두 다 듣게끔 말입니다. 그러더니 우리 노인들 복창 후렴인 '당신은 평생 안 늙고 젊을 것 같으냐?'면서 끝을 맺더라구요."

"바른 말 했네! 속 시원하게스리."

"맞어. 맞어, 우리는 우리가 번 돈으로 대접받는 게여!"

빼곡히 앉아있던 노인들이 환하게 웃으며 너도나도 한마디씩 했다. 통쾌한 기분인 것 같았다.

선우노인은 당신이 회관에 도착하기 전부터 이날의 주제에 대해 그들끼리 토론이 되고 있었음을 파악하면서 잘 되었다는 생각을 한다. 어차피 첫 시간이라 상견례를 겸해 노인들의 현실적인 사고나 상황을 들어 앞으로의 강의에 참고하려 했던 것인데, 이미 분위기가 조성되어 있었던 때문이다.

"그래서요? 전철 안 사람들의 반응은, 어떠하던 가요?"

선우노인이 밝은 표정으로 관심을 보이자 다른 노인들도 채근하듯 고개들을 끄덕였다.

"잘 물어보셨어요. 세상이 참말로 많이 변했더라구요. 도대체 사람들이, 관심들이 없었어요. 쩌렁쩌렁한 노인의 고함소리가 전철 안을 울릴 정도였는데 두서넛 장년들이 저들끼리 서로 마주보며 피식 웃을 뿐이고, 젊은이들은 하나같이 스마트폰인가에서 눈을 떼지 않더라구요. 등산복 입은 청년 두세 명이 노인들을 흘끔흘끔 흘겨보면서 '자기들 먹고 살려고 애썼지 나라 위해 일했나?' 빈정거리다가 '자기들 안방인줄 아나봐? 하여간 이나라 꼰대들 몰상식은 토픽감이야!'라며 수군거리더라구요. 그래서 바로 옆에서 듣고 있던 내가 '자기들 먹고 살기 위해 한눈 팔지 않고 개미처럼 일한 그것이 국력이 된 것이고 나라가 부강케 된 것이지, 당신들이 일하는 것도 마찬가지라고' 했지요. 그랬더니 그들은 더 대꾸 없이 자기들끼리 계속 마주 보며 여전히 킬킬거리다가 마침 전철이 멈추자 내려 버리더라구요. 이날의 소란을 좋아하는 사람들은 노인석에 버티고 앉은 여섯 명의 노인들과 나뿐이었다구요."

노인들이 웅성거리기 시작했다. 옆의 사람들과 고개들을 끄덕거리며 세상이 확실히 변했다는 사실을 주고받는 것 같았다.

처음 발언했던 노인이 다시 일어났다. 이번에는 전혀 사투리를 섞지 않았다.

"그러니까 세상은 경로사상 같은 거는 진작에 없어졌고, 멸시나 괄시를 받지 않으면 다행일 정도로 노인들에게 결코 동조적이지 못하다는 거 아닙니까. 어쨌거나 지금 세상은, 모두가 잘 살게 된 데다 의학이 발달되어 백세 장수도 코앞이고, 아프지 않고 오래 살고 싶음은 인간의 본성이고 이상이지 죄는 아니라 이 말입니다. 우리 노인들, 위축되지 말라는 말입니다. 누구에게도 내가 오래 살아서 미안할 이유가 천만에 없다는 것입니다. 노인들도 걸핏하면 '나도 노인이지만 노인들이 너무 많아… 죽지들 않아… 지겨워…' 하며 투덜거리기도 하는데 노인 많은 것이 지겨우면 자기라도 빨리 죽으라구요. 걸핏하면 내뱉는 '빨리 죽고 싶다'는 새빨간 거짓말도 하지 말라구요. 그렇게 말한다고 아무도 당신을 동정하거나 훌륭하다고 생각하지 않는다구요. 괜히 속에 없는 말 주절거리고 노인이 노인 타박하는 말은, 스스로 자기비하를 하는 행위이고, 노인 무시하는 젊은이들의 기를 살려주는 것이니 만큼 삼가야 한다 이 말입니다. 당당하라구요. 아프지 않고 좋은 세상 오래 사는 것은 내 꿈과 희망이 이루어진 것이니, 즐기라구요. 우주의 섭리에 의하면, 우리의 평생은 찰나이고 딱 한 번만 주어지는 삶이라구요. 하루하루를 억만금의 보물보다 더 소중하게 아끼고 즐기라구요! 숨 끊어지면, 내 삶의 모든 것은 순간으로 끝나지요. 그것뿐이라구."

"옳소! 옳소─"

이구석 저구석에서 동조하는 소리가 터져나왔다. 회관 안은 실바람으로 두런거리던 숲이 드디어 큰 바람을 일으키듯 술렁거리기 시작했다.

강단에 선 채 노인들의 반응을 세밀히 지켜보던 선우노인은 시종 고개를 끄덕이며 웃음을 머금었다. 자연스럽게 만들어진 고령자들의 토론장이 된 분위기를 거듭 만족스러워하면서 계속 이어가는 편이 유익하겠다는 생각을 다진다. 첫 시간에 상대의 심중을 꿰뚫어 볼 수 있다는 것은 앞으로의 강좌에 실질적인 도움이 되기 때문이었다.

그는 후렴을 넣듯 노인의 말에 다시 적극적으로 동조한다.

"그럼요, 어른신 말씀 옳습니다! 하루를 억만금처럼 보듬고 즐겁게 살아야지요. 건강하게 가능한 오래오래 말씀입니다!"

그러자 단상 바로 아래에 앉았던 여성 노인이 혼잣말처럼 중얼거렸다.

"너무 오래 사는 것도 과욕이고 죕니다. 적당히 살다 가야지요…" 했다.

선우노인은 그 여성어른의 말을 또한 놓치지 않았다. 소리가 크지 않아 주변의 너댓 사람 외는 듣지 못한 듯싶어 다시 큰 소리로 되들려 준다.

"지금은 백세시대라고 사람들은 입 모아 말합니다. 의학의 발달로 백세를 넘기고도 기십 년을 더 살 수도 있다고 합니다. 그런데, 어르신의 말씀처럼 건강하게 오래 사는 것도 정말 과욕이고 하물며 죄일까요? 여러분들의 적나라한 의견을 들어보았으면 좋겠군요."

앞서 부풀어 올랐던 실내의 분위기는 다시 고즈넉이 가라앉았다. 새로운 과제를 받은 듯 노인들은 조용한 표정이 되면서 선우 강사의 얼굴을 쳐다보았다. 생각해 보는 듯싶었다. 그리다가 복도 켠으로 자리한 베레모를 쓴 70대 후반쯤의 노인이 발언권을 달라는 듯 손을 들며 자리에서 일어났다.

"죄라고는 할 수 없지만 욕심이라고는 볼 수 있지요. 옷에 분변 칠하면서 식솔들에게 고통을 주는 신세가 되면 비참해서 어떻게 살지요? 건강하다 해도, 백살을 살겠다는 것은 과욕인 것 같아요."

그는 주변의 노인들을 돌아보며 동의를 구하듯 했다. 그러자 옆에 앉은, 비슷한 연령으로 보이는 두 노인네도 고개를 끄덕였다. 일행인 듯 다른 노인들에 비해 옷차림이며 점잖은 표정이며 흰 살갗이며가 비교적 세련되고 여유스러워 보이는 층이었다.

누군가 이들에 맞서 반대의견을 피력할 것 같은데 한동안 반응이 없었다.

"그러면, 어르신께서는 백 살을 사는 것은 과욕이므로 백 살이 되기 전에 자신의 마지막 정리를 스스로 하실 생각이십니까? 예를 들어 백 살을 턱 밑에 두고 병이 들어도 치료를 거절하거나 생명을 연장시킬 수 있는 의료시설도 거절하시겠다는 것입니까?"

선우노인의 표정은 부드러웠다.

실내의 분위기는 더욱 조용해졌다. 베레모의 노인이 특이하게 바른쪽 어깨를 으쓱 한 번 올리며 말을 이었다.

"아프지 않고 백 살까지 살아지면야 일부러 명줄을 끊을 수는 없지만, 그러나 죽을 병이 들면 살겠다고 발악하지는 않겠다는 것이지요. 물론 생명연장시설을 안 할 것입니다. 자연사 할 것입니다. 그리고 사후에는 시신을 대학병원에 기증할 것입니다. 만약 뇌사 상태가 되면 신장이나 각막 등 필요한 장기들은 모두 이식이 필요한 사람들에게 기증할 것입니다. 썩어질 몸뚱이, 그렇게 사회에 내놓고 조용히 아름답게 스러질 생각을 하고 있습니다!"

베레모 노인의 음성은 높지 않으면서도 설득력이 있었다. 노인들의 표정이 각양각색으로 변했다. 고개를 크게 주억거리며 훌륭한 생각이라고 엄지를 세워 동조를 하는 노인이 있는가 하면 냉소하듯 옆사람하고 수군거리는 이도 있고 이해할 수 없다는 뜨악한 낯빛을 짓는 노인도 있었다.

처음부터 베레모 노인의 의견에 찬동을 표하던 역시 세련된 차림의 두 노인이 동시에 당신들도 그러한 생각을 갖고 있으며 이는 후손들에게 보여줄 어른들의 도리라고 했다. 아름답고 훌륭한 노인들의 '마지막 정리'의 모습이라고도 했다. 그러자 여기저기서 박수를 치기도 했다.

더 이상 반론이나 이견이 나올 것 같지 않았다.

회관에 가득 찬 어림잡아 2백여 명은 될 듯한 노인들의 분위기는 베레모 일행의 '죽을 병 들어도 더 살려 하지 않고 장기기증과 사체기증까지 하는 아름답고 훌륭한 마지막 정리'의 실천이 너도 나도의 뜻이고 꿈이고 희망이듯 연신 고개를 크게 끄덕거리기도 했다.

누군가 이들에 맞서 반대의견을 피력할 것 같은데 한동안 반응이 없었다. 선우노인이 말을 이었다.

"그럼 여기 계신 어르신들은 중병이 들어도 약 처방이나 수술도 거절하고 마지막 의료수단인 인공심폐기나 영양 수액 등의 처치도 일절 사양하시고 오로지 자연사 하시겠다는 생각들이신 모양이지요?" 하고 상황을 요약하여 확인하듯 물어본다.

그때였다. 베레모 노인의 말을 처음부터 비웃듯 옆사람과 킬킬거리던 창켠의 노인이 마치 더는 못 참겠다는 듯 자리에서 벌떡 일어났다. 앉은 모습으로는 도무지 알 수 없었던 땅딸막한 작은 키의 노인이었다. 그러나 운동이나 노동 혹은 농사를 지었던 사람처럼 어깨는 넓고 앞가슴이 유난히 앞으로 도드라져 암팡져 보였다.

"글씨요, 나는 아니구만요, 나는 오래오래 백 살 넘도록 살고 싶거덩요. 수단방법 가리지 않코 오래만 살 수 있으면 무슨 짓인들 다 해서라도 죽지 않고 살고 싶거덩요. 우짜다 이 좋은 세상에 한 번 태어났는데, 뭣 땜에 누구를 위해서 병들어도 약도 안 묵고 죽을 날만 기다린단 말입니까? 죽을 병에 걸려서, 말기 암 환자로 어떤 방법으로도 살아날 수 없는 병에 걸렸다 해도, 식물인간이 되어 인공호흡을 해야 숨을 쉰다 해도, 나는 이 세상에서 하루라도 더 살고 싶다는 말이지요. 그런데, 죽을 병이 생기면 모든 투약과 시술을 거부한다구요? 샛빨간 거짓말하지 말라구요. 죽는 건 이차 문제고 당장 온몸이 찢어질 듯 아픈데, 고통으로 하늘이 노오래지는데, 오래 안 살려고 참아요? 아무리 훌륭한 일, 아름다운 일에 중독된 사람이라 해도 부닥치면 살려달라 발작할 것인데, 지금 아프지 않은 몸이라고 그런 허세를 부립니까? 그리고 내 장기를 왜 남에게 떼어 줍니까? 죽은 몸뚱이 전부도 대학병원 시체해부실에 기증한다구요? 사람이 죽고 사는 것은, 제 운명일 뿐인데, 그리고 어차피 죽지 않을 사람 있나요? 다른 사람 조금 더 살리자고 하나 뿐인 제 몸뚱이를 난자질시키냐구요. 나는 죽어서라도 내 몸뚱이 훼손시키지 않을겁니다. 두 번 죽지 않아요. 곱게 흙속에서 흙으로 썩어지고 싶거덩요."

어깨가 강건하고 앙바틈한 노인이 마치 목에까지 차오른 말을 토해내듯 단숨에 말하곤 의자에 털썩 앉았다.

실내의 분위기가 또 다시 술렁거려졌다. 베레모 노인의 반응보다 고개를 끄덕이는 사람들이 더 많아지고 희희낙락 터놓고 웃어대는 사람도 손뼉을 치는 사람들도 있었다. '맞소! 맞소!' 소리치는 사람도 있고, "그래도 너무했다. 세상에 자기밖에 없구만, 함께 사는 세상 자손도 이웃도 도우면서 서로서로 더불어 살면 될 텐데" 하는 여성 노인도 있었다. 염주를 습관처럼 손으로 굴리고 있던 후더분한 인상의 할머니가 혼잣말처럼 중얼거리는 뒷말이 마른 나뭇잎을 밟는 듯한 소란스러움을 가라앉게 했다.

여성노인의 낮은 음성을 제대로 들은 사람은 실제 많지 않았지만 그러나 여성노인의 근거리에 앉아있던 여느 앙바틈한 남자노인이 반사적으로 다시 몸을 일으켰다.

"할머니는, 남을 위해서 무슨 일을 하셨습니까? 그래, 할머니는 자손들을 위해서 백 살에 가까우면 아파도 약을 먹지 않고 그냥 죽어 주겠습니까? 나는 어차피 죽어 썩어질 테니 숨통 미처 끊어지기 전에, 내 몸속의 내장들을 떼서 남을 주겠습니까? 당신의 몸뚱이를 의과대학 해부학 연구실의 프로말린 탱크에 절였다가 판대기에 올려 갈기갈기 뜯겨지고 칼로 난자 당하겠습니까. 괜히 진짜 자기 속 마음하고 다른 말을 하시믄 안되지요"

그러자 할머니가 발끈했다.

"남의 속을 어찌 안다고 그리도 섬뜩한 말을 하나요? 얼마나 많은 사람들이 장기를 기증하고 있는데, 숨도 끊어지기 전에 장기를 떼 낸다니, 참말로 몹쓸 사람이네… 나 원, 저리도 독한 사람이니 자기밖에 모르제…"

그러나 앙바틈한 남성노인도 지지 않았다.

"할머니, 장기는 조금이라도 살아 있을 때 남에게 떼 주어야 그것이 다른 몸에 가서 살아납니다. 그래서 몸뚱이는 살아있고 머리만 죽은 뇌사상태에서, 그러니까 신체 전부가 죽지 않았지만, 뇌사를 죽음으로 법으로 만들지 않은 옛날 같으면 아직도 살아있는 몸인데, 그것들을 떼어냄으로써 완전히 숨을 끊게 한다는 것입니다. 아직도 무슨 말인지 모르겠습니까? 그래서 할머니는 오래 살면 자손들에게 미안해서 병들어도 약도 안 먹고 숨도 끊어지기 전에 내 뱃속 내장들과 눈알까지 모두 도려내주고 꼴까닥 숨 끊을랍니까?"

할머니가 얼굴을 찌푸리고 상체를 진저리 치듯 부르르 떨었다.

"저런, 저런 저 영감 말뽄새 보게. 세상에 모두 자기같이 인정머리 없고 이기적이고 표독스런 사람만 사는 줄 아는 모양일세. 얼마나 숭고한 정신의 사람들이 많은데 남을 위해 희생하고 봉사하면서 덕을 쌓고 세상을 아름답게 만드는 선인들이 얼마나 많은데…. 썩어질 몸, 내 장기 하나로 다른 사람이 살 수 있고 또한 그 장기가 다른 사람 몸에 가서 살아있으면 부분이나마 내 몸이 더 살아있을 수도 있는 것이고, 선행으로 복을 짓는 사람들이 얼마나 많은데… 모두가 척박하고 독한 당신같은 줄 아나봐…"

앙바틈한 노인이 빙긋 웃었다. 그러나 눈빛은 날카로웠다.

"할머니는, 그렇게 선행하십시오. 그런데요 할머니, 신문이나 TV

에서 자식의 장기가 남의 몸에서 살아있을 것을 위안삼아 부모가 자식 장기를 절제하도록, 모든 생명연장시설을 떼게 하는 것을 보셨지요? 자식의 생명줄을 감히 끊도록 허락하는 그게 진정 올바른 선행일까요? 사람은 누구도 남의 생명을 단절시킬 권리는 천만에 없거든요. 자식도 부모도 말입니다. 그런데…"

그때였다. 강당의 중앙부에 앉아있던 비만형의 노인이 '맞소' 하며 자리에서 일어났다. 목소리가 유달리 우렁차고 커서인지 사람들의 시선이 일제히 그 노인에게 쏠렸다.

"맞는 말씀이요! 티비에서 드라마 연출을 하듯 부모와 가족들이 울며불며 자식에게 걸려진 생명연장 줄을 떼 내고, 수술장으로 보내는 것을 본 적이 있어요. 마치 성스러운 행위를 치르듯 분위기를 잡습디다마는, 그게 뭡니까. 살인행위 아닙니까? 그렇지요. 부모가, 말은 못하지만 아직도 숨이 붙어 있는 자식의 생명을 끊을 권리가 있느냐구요. 마찬가지로 자식도 부모의 생명연장 줄을 제거할 권리는 없다 이겁니다. 그런데 말입니다. 요즘 대학병원에 가면 중증환자나 말기환자에게 장치되어있는 인공호흡기와 심폐기 등을 보호자인 가족들이 제거해 줄 것을 요구하면, 병원에서 그렇게 해준다구요. 이게 뭡니까, 본인의 의사는 상관없다 이겁니다. 합법화 되어 있지는 않지만 곧 합법화 되겠지만요, 부모의 생명을 자식이 좌지우지 한다는 것입니다. 이게 말이 되느냐 말입니다."

그러자 단상 가까이에 앉은 노인이 앉은 채 말을 받았다.

"예전에는 죽을 병이라고 진단이 내려지면 객사시키지 않는다는 이유로 입원도 시키지 않고 바로 집으로 데려가기도 했어요. 낫지도 않을 병, 돈만 처넣고 환자를 더 고생만 시킨다고 말입니다. 내가 아는 어떤 자식은 부모 병원비로 살던 집까지 없었지만 결국 부모는 죽고, 지하 월세방으로 전전하는 사람도 있는데 그것도 참 딱하더라구요."

여러 노인들이 또 다시 고개들을 주억거렸다. 선우노인은 이쯤에서 자유토론의 장을 마무리해야 되겠다는 생각을 한다. 단상 위 마이크를 조절하면서 여러 어르신들의 말씀이 모두 옳다고 우선 결론 부분부터 말한다.

"우리의 생명은 억만금보다 더 소중합니다. 그리고 우리가 이 찬란한 세상에 태어났음은 축복이고 조물주의 선택입니다. 따라서 조물주의 은혜를 받은 소중한 나의 생명은 스스로 철저히 관리하여 건강하게 오래오래 즐겁게 장수하셔야 합니다. 무엇보다 자신의 생명이 나 아닌 타인에 의해 훼손되어서는 천만에 아니 되겠지요. 그래서 저는 여러분에게 지금 정신 선명하시고 몸 건강하실 때 내 마지막 길의 나의 의사를, 분명히 해두시는 것은 좋다고 생각합니다. 중병으로 시한부 판정을 받았을 때, 생명연장시술을 받을 것인지 아닌지를 내가 분명히 밝혀두시면, 자칫 내 의사와는 다른 억울한 경우를 당하지 않을 수도 있기 때문입니다. 그런데, 대부분의 어른들은 지금처럼 건강하실 때는 하나같이 무리스런 연장시술을 받지 않겠다고 90% 이상이 말씀들 하시는데, 정작 병원에 입원을 하게 되면 10명 중 10명이 하나같이 어떤 방법을 다 동원하드라도 살려만 달라고 의사에게 간절히 부탁한답니다. 아마 그것이 본인의 진정한 속마음이겠지요."

"맞습니다! 사람들의 본성은 무조건 건강하게 오래 살고 싶음이 정답이라니까요. 괜히 어쩌고저쩌고 그건 본성이 아니고 정신적 허영이라니까…"

앙바틈한 노인이 앉은 자리에서 혼자 결론짓듯 덧붙였다. 선우

노인이 웃음을 머금었다.

"그렇습니다. 우리 노인들의 대부분의 생각은 나머지 삶을 즐겁게 건강하게 오래 살고 싶은 것입니다. 다만 가족을 비롯한 타인에게 피해를 주지 않으면서 행복하게 살 수 있는 방법이 무엇인지가 주요쟁점이 될 것이고, 앞으로 여러분들과 함께 연구해 보려고 합니다. 파고다 공원이나 종로3가 지하철 역, 각 지역의 노인회관 등에 가면 온종일 백수로 어슬렁거리거나 무료급식소 앞에 우두커니 줄 서 있는 노인들을 봅니다. 젊은 사람들 눈에 비춰지는 이분들의 모습이 쓸모없는 잉여인간처럼 보일 수도 있을 거예요. 제가 드리고 싶은 말씀은, 무슨 일이든, 할 수 있는 일이 있으면 손수 일을 하자는 것입니다. 도시에서도 살펴보면 자원봉사에서부터 작더라도 수입이 될 수 있는 일들이 반드시 있을 것입니다. 하고자 하는 적극적인 관심과 뜨거운 의욕이 문제라는 것이지요. 잘 관리하면 30년 이상의 삶이 남았는데 매일을 백수로 어슬렁거리기에는 너무 억울하지 않겠습니까? 시골에 가면, 노인이 소일삼아 할 수 있는 일이 얼마든지 산적해 있지 않습니까. 몸을 끊임없이 움직이는 일은 바로 장수의 지름길이라는 걸, 흐르는 물은 결코 썩지 않듯이 움직이는 몸은 병들지 않는다는 엄연한 진실을, 왜 모두 잊고 있는 지 안타까울 때가 있어요."

"그렇소, 맞소! 폭주하는 노령인구의 해결책이 바로 나왔네! 일합시다! 일합시다! 흐르는 물은 썩지 않고 움직이는 몸은 병들지 않습니다. 그것이 바로 우리가 살 길이요! 더 오래 살 길이요!"

선우노인의 말이 끝나기 무섭게 앙바틈한 노인이 두 팔을 번쩍 들고 일어나 선 자리에서 빙빙 돌며 소리쳤다. 박수소리가 터졌다. 더이상의 반론을 제기하는 까탈스런 노인도 없었다. 어쨌든 좋은

게 좋은 것 아니냐는 무리를 따라가는 일상의 무력한 노인들로 모두 돌아가 있었다.

그날 밤. 자정이 다 되었을 무렵이었다. 바깥의 소란스런 기척에 눈이 떠진 선우노인은, 둘째 아들이 이날 부산으로 내려가지 않고 만취하여 다시 집으로 온 것을 알 수 있었다.

아침에 친구를 만나보고 내려간다더니, 종일 술타령을 한 것인지 답답한 생각이 들었으나 마침 이날이 공휴일이어서 학교 출근에는 문제가 없을 것이라 안심했다.

그런데 둘째의 언성이 높았다. 거실에서 지르는 소리인지 2층의 서재 방으로 둘째의 취한 음성이 고스란히 파고들었다.

"형수님 그러시면 안되지요. 어머니의 유품은, 그것이 구리반지 하나라 해도 민우 에미와 의논해서 나누어야 되는 거 아니예요. 민우어미가 하나뿐인 동서고, 형수님처럼 당당한 이집 며느리인데 말예요. 그리고 우리 어머니는 구리반지가 아니라 금비녀 금반지 금목골이 금팔찌 금열쇠 등 금붙이가 많았어요. 학교 재직시에 교육청으로부터 상도 받고 환갑 때 스승의 날 때 제자들로부터도 선물 받은 것이 거의 금붙이였어요. 우리 어머니는 금매니아일 정도로 금을 사랑하셨거든요. 그런데, 그 유품들, 우리 어머니가 형수님에게만 내림가보로 물려 주셨다구요? 우리 어머니, 그러실 분 아니라구요, 할머니께서 물려주신 닷 돈짜리 쌍가락지는 물림인 걸 알아요. 하지만 기타는 아니거든요. 그런데, 형수님이 몽땅 어머니 유품을 다 가져요? 이건, 이건 말이 아니지요."

큰아들의 소리를 죽인 말이 이어졌다.

"아버지 주무셔, 밤중에 술 마시고 와서 웬 행패야? 내일 아침,

술깨고 이야기 하자. 어서 들어가, 어서 들어가 자라구."

"놔요, 놔—나, 아버지께도 드릴 말 많아 큰아들만 아들이고 둘째는 자식 아니냐고 묻고 싶어 "

선우노인은 상체를 일으켜 앉았다가 한숨과 함께 다시 드러눕는다.

못들은 척 참섭을 하지 않는 것이 조용해질 것 같았던 것이다. 실제 둘째에게 도움될 할 말도 없었지만 형에게 떠밀려 방안으로 들어갔는지 둘째의 소리도 점점 멀어졌다. 노인의 잠은 천리만리 달아나 버렸다. 크게 중요하게 생각하지 않았던 문제가 새삼 커다랗게 다가옴에 가슴이 무거워졌다. 둘째아들과 둘째며느리의 응어리진 마음이 그대로 여과 없이 그의 가슴으로 전달되어 왔던 것이다. 시어머니 첫 제사에 불참한 둘째며느리의 마음이 비로소 헤아려졌지만, 아는 척 하지 않기로 그러나 어떤 형태로든 어루만져 주어야 하겠다는 생각을 한다.

작년, 아내의 장례식을 치르고 삼우제三虞祭가 끝난 날이었다. 묘소에서 돌아오자 큰며느리가 선우노인에게 "어머니가 돌아가시기 전에 집안의 내림보물 쌍가락지와 몇 점의 패물을 주시며 장손의 내자內者에게 잘 물려주도록 당부하셨다"고 말한 적이 있었다. 그때 노인이 언제 그것들을 전해 주었냐고 물었을 때 사고 당하기 한 달 전쯤에 어머님이 자기를 불러 안겨주었다고 했었다.

그러나 노인은 아내가 사고 나기 사흘 전에도 외출 시 걸었던 금목걸이를 수건으로 닦아 패물함에 넣는 것을 본 적이 있어, 바로 삼우제를 지내던 날 가족이 묘소로 간 후 집에 남았던 큰 며느리가 아내의 장롱 속에서 보석함을 꺼냈으리라 생각했다. 그러나 무안스러워할 큰 며느리를 생각해서 더는 따지거나 확인하지 않았고, 실제 닷 돈짜리 쌍가락지는 내림보석이라 접어 넘어가려 했었다. 다만 당신의 40년 학교생활에서 받았던 금붙이들도 아내가 함께 관리했던 터라, 수십 냥은 될 것이라 헤아려졌고 바로 현금처럼 사용할 수 있는 것이어서 아깝다는 생각은 했었다. 그러나 그 모든 금붙이가 큰며느리에게 다 넘겨져 작은며느리가 섭섭하겠다는 생각을 그때는 한 적이 없었다.

그런데 일 년 만에 그 문제가 둘째의 원성에 의해 두드러짐에 안타까웠지만 그렇다고 새삼 큰며느리에게 금붙이 일부를 둘째에게 나누어 주라는 말을 하기가 쉽지는 않았다. 왜냐하면 아직도 사업 부도의 후유증이 남아있어 큰며느리가 금붙이를 소지하고 있을 것이란 생각을 하지 않았고, 오히려 새삼 건드려서 큰아들의 어려운 상황을 시시콜콜 다시 듣게 될 수도 있다는 우려가 그를 머뭇거리게 했다.

둘째가 건넌방에서 비로소 잠이 든 모양인지 아래층이 조용해졌다.

선우노인은 새벽녘까지 잠을 들이지 못하고 뒤챘다.

공장과 아파트가 빚에 넘어가고도 아직도 부채가 남은 듯한 큰아들의 우울한 낯빛과 어머니의 유품 한 점 받지 못해 섭해하는 둘째내외의 상한 심정이 바로 자신의 아픔이고 부담으로 편치 않았던 것이다. 새벽녘에 잠시 잠들었다 일곱 시경에 눈을 떴다.

바른쪽 다리에 쥐가 나면서 통증이 심했다. 바른 자세로 곱게 잔 날 아침에도 가끔 종아리께가 뻗질러지면 순간적으로 병원을 떠올리지만 통증이 없어지면 그런대로 그냥 지내왔던 것인데, 이제는 더 무심할 수 없겠다는 생각을 한다.

선우노인은 아래층 주방으로 내려가 냉수 한 컵을 들이키곤, 장식장 속의 꿀병을 꺼내 식탁 위에 내려놓는다. 며느리가 일어나면 둘째에게 속풀이 꿀물을 타주기를 원해서였다.

뜰로 내려섰다. 담장 가상자리의 정원수들이 연초록 잎새를 물고 그를 반기는 듯했다. 노인은 잔디밭 가운데로 진입하면서 뻐근한 어깨를 풀기 위해 팔 돌리기를 시작한다. 통증은 사라졌지만 완전히 풀리지 아니한 바른쪽 다리도 휘둘러 본다. 그때였다.

"아버지 그렇게 오래 살고 싶으세요 "

등 뒤에서 비아냥거리는 듯한 그러나 발음이 분명치 않은 둘째 아들의 소리가 났다. 선우노인은 우뚝 멈추어 서며 돌아본다. 등골에 서늘한 기운이 쩌르르 흘러내림을 느끼면서 우선 큰 소리로 응대한다.

"그래! 백 살 넘어 살려고 체조한다! 왜, 안 돼냐 "

"그, 그러십시오. 누, 누가 뭐랍니까?"

아들은 감나무 아래로 비틀대며 가더니 바지춤을 비집어 오줌을 깔긴다.

"쟤가, 쟤가…, 쌩오줌은 독한데… 거기다 알콜까지 섞였으니, 감나무 춤추겠다. 도대체 얼마나 마셨으면 아침까지 작취미상이냐… 들어가자. 내가 꿀물 타 줄테니"

"아, 아니요. 아버지가 무슨…… 그런데, 아, 아버지. 나도 말예요. 형처럼 이 집에 들어오면 안 돼요? 서울로… 전근이 될 것 같거든요…"

아들이 바지춤의 앞단추를 느릿느릿 꿰며 비틀거리더니 바른손으로 감나무를 붙잡는다.

"오냐! 환영이다. 들어오너라! 네 어머니 묵던 2층 큰 방 비었잖냐. 민구는 나랑 서재에서 자면 되고, 좋다! 나는 대환영이다!"

"아, 알았어요…"

아들이 먼저 집 안으로 들어갔다. 선우노인은 뒷짐을 지고 잔디 마당의 부드러운 흙을 힘주어 밟는다. 초등학교 교사인 둘째가 본가로 들어오고자 하는 이면에는 전근 때문만이 아닐 것이었다. 부모의 유일한 재산인 마당 넓은 집 한 채가 형에게로 통째로 상속될 것을 우려하는 마음도 없지 않으리라 싶었다. 생각해보면 아내나 자신이 큰아들이 사업을 시작하고 부도가 날 때까지 쏟았던 정성에 비하면 둘째에게는 결혼 후 단 한 번의 도움도 준 적이 없었기에(요구한 적도 없었지만) 이날 아침따라 그것이 마음에 집혔다. 더욱이 아내와 당신의 유품인 적지 않은 금붙이들조차 큰며느리의 소유로 넘어갔음이니, 둘째를 향한 노인의 안타까움은 더했다.

천성이 밝고 선량한 둘째의 '그렇게도 오래 살고 싶냐' 소리는 작취미상의 혼미한 시선 안에 팔다리를 흔들대는 늙은 아비의 모습이 안스러워서 그저 해본 소리일 것이라고 노인은 믿고 싶었다. 실제 그렇게 믿었다. 그런데 왜 둘째가 그렇게 말했을 때 등골로 찬 기운이 쩌르르 뻗쳐져 올랐던 것인지. 둘째의 심층바닥에 도사린 아비에 대한 부담스런 속마음의 분출이라는 생각이 동시에 떠올랐던 것인지. 노인은 경미한 현기증을 느낀다. 결코 미루어 헤아리고 싶지 않은 '그냥 적당히 살다 빨리 좀 가시지…' 하는 메시지는 천만에 아니고 그냥 속뼈 없이 무심히 던진 일상적 언동일 가능성이 짙다는 것으로 선우노인은 애써 생각을 모두어 보려 한다.

문득, 아침녘 자식들의 "저런 경우, 열린 마음의 우리 아버지 같으면 어찌 할까" 주고받던 내용이 바로 생명연장시설의 제거에 대한 내용이 아니었을까 떠올려 본다. 더욱이 둘째가 형에게 길게 의문의 말을 꺼냈었다. 다시 한 번 등줄기에 서늘한 찬 기운이 뻗

지르면서 모골이 송연해지는 느낌을 받는다.

노인은 첨예스럴 만큼 위축되어 있는 자신에 분노를 느끼면서 서서히 멈추어 선다. 그리고 혼잣소리로 뇌까린다.

"그래, 알고 싶으냐? 나는 백 살까지 살 테다. 삼십 년은 더 살 테니 신경들 끄라…. 죽을 병 걸리면, 내 연금 이어줄 착하고 성실한 간병인 구해서, 호스피스 병동으로 옮길 것이다. 인공심폐기도 시설하지 않고 수액도 영양주사도 맞지 않고, 극심한 통증 오면 진통제 용량 상관없이 놓아주는 조건의 간병인과, 더는 버틸 수 없을 때까지 내 옆에서 나를 지켜주고 배웅해 줄 따뜻한 사람 옆에서… 그렇게 종료할 것이다."

그는 혼잣말을 끝내고 하늘을 쳐다본다.

실제 그 말이 당신의 진심인지 아닌지 불확실하다. 닥쳐봐야 알 것도 같다.

발밑의 잔디밭이 밟기에 부드럽고 푸근한 것이 심란한 마음을 편하게 만드는 역할을 했다. 연초록 잎새들도 서러운 마음을 위무하듯 아침 바람에 살랑거렸다.

그는 문득, 자식들로부터 자유스러워지고 싶다는 생각을 떠올린다. 순간적인 그 발상은 금세 잎을 틔우고 꽃을 달고 열매를 맺는 한 그루 수목으로 숲으로 번성하면서 노인은 비로소 가슴이 활짝 트여짐을 느낀다.

그날로부터 한 달 후, 선우노인은 유일한 노후 재산인 대지 1백80평 건평 60평의 단독주택을 두 아들 앞으로 증여했다. 그러나 아내와 심혈을 기울여 일궈놓은 이승의 흔적이 쉽사리 허물어지지 않도록 선우노인 당신의 이름으로 가등기도 함께 했다.

|3|

명줄

" 간혹 흐느낌의 소리가 섞였지만
또다시 침묵은 계속되었다.
내 호흡이 정지되기를 모두들 지켜보고 있는
서늘한 그림이 펼쳐져 보였다. "

명줄

칠흑 같은 어둠 속으로 부연 빛살이 일렁거리면서 의식이 깨어 난다. 진작에 아득히 떠났던 소리의 파편들이 무한한 공간에서 어 떤 형체로 조합되면서 제자리로 찾아드는 느낌이다. 우주의 심부 에서 터지는 신음처럼 기이하게 다가들던 형형색색의 음절이 제 각각 춤을 추듯 짝을 맞추면서 드디어 음音의 형태로 변형된다.

소리가 들리기 시작한 것이다. 현몽인 듯도 싶고 신의 말씀인 듯 도 싶은 음향의 입자들이 구름덩어리처럼 몰려온다. 그러나 느낌 일 뿐 울림의 형체를 가름할 수가 없다. 보담도 멀미를 앓듯 심하 게 울렁거리는 뇌 속의 흔들림이 고통스러워 격렬하게 몸태짓을 해본다. 그러나 신체의 어느 한 부분도 움직여지지가 않는다. 깊은 잠에서 깨어난 듯도 싶고, 붉은색 오토바이와 공중으로 부웅 떠올 랐다가 길바닥에 처박혀진 상황인 듯도 싶다. 비몽사몽간이다. 다 시 몸태짓을 해본다.

'일어나야지… 일어나야지…'

여전히 손가락 한 개도 움직여지지 않는다. 몸체가 어디에 놓여 있는지 조차도 알 수가 없다.

질붉은 오토바이의 앞머리가 비껴 선 몸체의 허리께를 바람처럼 치고 스친 장면이 선명하게 부각되어 올 뿐이다. 내가 자리한 곳이 시멘트 포장의 길바닥임을 인지한다. 등이 차겁다는 느낌조차 없다.

'… 일이나야지… 누구 없소…' 소리쳐 본다.

여전히 생각일 뿐이다. 입에 재갈이 물리고 몸뚱이는 쇠사슬에 묶인 것일까, 미동도 않는다.

그런데 사방을 떠돌던 소리의 파편들이 말의 형체를 갖추면서 귓속으로 스며들기 시작한다.

"여섯 달째야. 아버지의 목숨을 우리가 붙들고 늘어질 권리 없어, 더 고통스럽게 해드릴 수가 없다구요. 이건 자식들의 도리가 아니야" 무슨 소린가? 가마안, 딸의 목소리다. 무엇이, 아니지 누구를 여섯 달씩이나 고통스럽게 내버려두었다는 것인가? 자식들의 도리가 아니라구? 그럼, 나란 말인가? 그렇치, 아내는 오래 전에 타계했으니까.

"현행법은, 소생할 가망이 없더라도 연명시설을 제거 할 수가 없게 되어있어. 인공심폐기를 강제로 제거케 하면 가족도 의사도 살인행위로 구속된다는 거야"

이건 큰 아들의 목소리다. 미처 큰 아들의 말을 해득하기도 전에 딸의 음성이 튈 듯이 흐트러진다.

"우리가 병원을 잘못 온 거야. Q대학병원은 소생 불가한 환자에겐 자체적으로 연명시설을 하지 않기도 하고 가족들의 진료비 부담과 객사를 시키지 않겠다는 이유만으로도 얼마든지 퇴원시켜.

아버지를 편히 가시게 해드리자구요. 아버지는 존엄하게 죽을 권리가 있어"

"그러나 우리는 진료비 운운할 만큼 가난하지 않고 더욱이 진료비 부담은 전적으로 아버지 통장에서 지출되고 있잖아. 또한 객사 운운의 구차스런 이유를 댈 만큼 우리는 유치하지도 않잖니, 무엇보다 기적이라도 일어나서 아버지가 다시 일어나실 수도 있는 것 아니겠어?"

"오빠, 꿈 깨. 의사는 천만분의 일도 소생가망 없다고 했어. 긴 병 효자도 자발호흡 없이 인공심폐기에 의해서만 3개월 식물인간이면 두 손 든다고 했어. 그런데, 아버지는 지금 6개월 식물인간이야"

"의사와… 다시 의논해 보자…"

아들과 딸의 음성이 끊어지며 주변이 갑자기 적막해졌다.

감이 잡혀왔다. 내가 위치한 곳은 오토바이와 부딪친 길바닥이 아닌 대학병원의 병상이며 내 상태가 죽음을 앞둔 소생불가의 말기 환자임을. 여섯 달이나 의식 없는 식물인간으로 다만 인공심폐기에 의해 목숨 줄을 이어오고 있음을. 그리고 아들과 딸이 의사를 만나보러 병실을 나갔음을.

그때였다. 문 여닫히는 소리가 거칠게 나면서 낯선 여자의 투덜거리는 센 말이 쨍하게 튕겨졌다.

"어히구, 징글징글혀. 일주일만에 애비 보러 왔으면 대소변 기저귀나 한 번 갈아주고 가든가. 욕창부위라도 살펴보고 돌려뉘어라도 주든가. 지애비 죽었나 살았나 언제 죽나 살펴만 보고 가는 것도 모자라 뭐가 어째? 이제는 죽기를 기다리다 못해 인공 심폐기 제거하고 영양주사와 약물주입도 중단시키겠다구? 제발, 어서 죽으라는 말이잖아? 말세다. 말세, 큰 아들 대학교수면 뭘 하고 딸년 유명 디자이너면 뭘 해, 사업한다는 막내 놈도 몇 달 전에는 지 애비 볼 적마다 징징 울어대더니 이제는 이 핑계, 저 핑계로 병원에 오지도 않잖아. 그나저나 이 어른 떠나면 나는 어쩔거나, 움직이는 환자보다 목석같은 이 영감은 수발들기가 수월하고, 더욱이 자식들 무관심에 무간섭이니 팁 따위는 없어도 마음이 편하고, 하는 일에 비해 수입은 짭잘한 편인데…"

여자의 지절거림으로 나의 상황을 더욱 구체적으로 확인할 수가 있었다.

음성에 쇳소리가 섞인 여자는 6개월여 나를 돌봐온 간병인인 모양이었다. 내 자식들에게 '년 놈' 자의 상소리를 거침없이 구사하는 품새로는 그들에게 불만이 많은 것 같았지만, 얼핏 나를 동정하고 있는 느낌도 갖게 했다. 나로 하여 이익을 얻는 단순히 상거래 측면에서의 말일 뿐이겠지만, 어떻든 그 느낌은 일말의 안도감을 갖게 했다. 내 생명에 위기危機가 닥쳐오고 있음을 감지했던 것이다.

나는 이제 분명히 의식이 돌아오고 있는데, 자식들은 나의 고통을 덜어주고자 의도적으로 절명絶命을 결정하려는 것 같았다.

깊은 벼랑으로 몸뚱이가 쉬익쉬익 하강하는 느낌이더니 머릿속이 뿌연 색깔로 뒤덮여지면서 깊은 정적이 내렸다. 더 이상 아무것도 떠오르지도 느낌도 없는 무아의 상태가 지속되었다. 의식이 단절된 죽음의 늪으로 다시 진입하여 인공심폐기에 의해 숨을 들이마시는 생물체로 돌아갔다.

소리가 왔다. 소리라기보다 내가 나 임을 깨닫게 하는 순간이 왔다. 내 머문 곳이 이승인지 저승인지 가늠은 되지 않았으나 분명히 소리는 또다시 들려왔다.

"형! 뭘 그렇게 망설여요? 이건 아버지를 위해서, 아버지의 고통을 덜어드리자는, 자식의 도리를 다 하자는 거 아닙니까요. 언제까지 이런 상태로, 다시 돌아오시지도 못할 길을, 자식들이 가로막고 고통을 드리느냐구요"

막내아들 영찬의 목소리였다. '저런…' 의식이 들락날락하기 시작하면서 그래도 은근히 의지해 보려던 아들이었다. 어려서 어미 잃어 유난히 애착 가던 막내였고 간병인의 투덜거림대로 처음 쓰러졌을 때 가장 서러워했다는 그였는데, 아버지의 완전 절명을 독촉하고 있는 것이 아닌가.

"몇 년을 기다리는 사람도 있어…. 의사도 영희도 연명장치를 제거하자는 생각이지만, 어떤 형태로든 호흡을 하고 심장도 뛰고 계신데, 어떻게 제거할 수가 있느냐 말이다. 이런 상황도 한계가 있을 것이야. 깨어나시든 돌아가시든…. 그때까지 기다려 보자구…"

큰아들 영우의 대답이었다. 언제쯤인지 딸과의 대화에서 의사와 다시 의논해 보겠다던 큰 아들의 반응에 심장이 무너졌었는데 연명장치를 제거하지 않기로 마음이 굳혀진듯하여 안도의 숨을 내쉬었다.

"형, 분명히 알아두세요. 지금 아버지는 엄청난 고통을 받고 계신 거라구요. 우리가, 그렇게 만들고 있는 거라구요. 아버지는 편하게 돌아가실 권리도 있다구요. 떠나지도 살지도 못하는, 형벌의 상태로 일곱 달이 넘고 있다구요"

영찬의 목청이 높아지고 있었다. 딸이 큰 아들인 영우에게 생명 연장장치를 제거하자고 독촉한 것이 엊그제인 듯싶은데 벌써 또한 달이 보태어지는 모양이었다.

의식이 돌아왔다 나갔다 하는 기점이 흡사 마취에서 깨어나듯 의식이 들어왔을 때의 기억과 현실이 연결되어 혼란이 왔다. 그동안 한 달이 경과되었다면 자신의 의식이 30여일이나 다시 소멸되어 있었다는 말과 같았다.

이날의 의식상황은 유달리 명징한데, 어떻게 여러 날을 또 그렇게 혼수상태에 빠져 있었던 것인지 소생 가망에 대한 간절한 희망이 점점 무너져 내렸다.

그때, 영우와 영찬이 아닌 여느 익숙한 소리가 귓속으로 파고들었다.

"어떤 나라인지는 기억이 안 나지만, 뇌사환자가 20년 만에 깨어났다는 얘기를 TV에서 본 적이 있구만요. 우리 어르신은, 뇌사판정 받으신 것도 아니고 그냥 뇌가 좀 다치셔서 깨어나시지 못하신 거 뿐인데…"

"아줌마- 아줌마가 뭘 안다고 남의 일에 끼어들어요- 아줌마는 간병이나 잘 하라구요-"

영찬의 벼락같은 고함소리가 천둥치듯 주변을 흔들었다.

"하이구, 간 떨어지겠네… 그래요, 잘, 모르지만요, 있는 집에서 아직 병상에 계신지 일 년도 안 된 아버지의 치료를 중단하자니, 딱해서 그러는 거지요"

옳거니 싶다. 간병하는 여인의 소리가 그렇게 믿음직 할 수가 없다. 얼굴을 본 적도 없고 두 번째 목소리를 들을 뿐이지만 당당하다는 느낌이다.

영찬의 소리가 다시 터졌다.

"아줌마, 간병 그만두고 싶어요?"

"영찬아-"

막내를 부르는 큰 아들의 소리가 뒤섞이는가. 했는데 여인의 소리도 이어졌다.

"뭐라구요? 간병인 바꾸고 싶어요? 일곱 달이나 정성 다해 간병하면서 그래도 가족 같은 마음에 한마디 했다고, 간병 그만두라는 거요? 그럽시다, 당장 그만둘테니 자식들이 잘 모셔 보시오-"

슬리퍼 끄는 소리와 문 여닫기는 소음에 이어 큰 아들의 여인을 만류하는 소리가 범벅 되어졌다.

간병을 그만두겠다는 여인의 흥분된 음성이 느닷없이 뒤통수를 치면서 내 의식은 다시 스러지고 말았다.

꿈인지 현실인지 알 수 없는 상황 속에서 나는 7층 건물의 옥탑방에 사지를 벌린 채 행복에 겨워 있었다. 밖은 영하 20도에 가까운 혹한으로 도시를 얼어붙게 하고 거기다 칼바람조차 엉켜 금년 들어 가장 추운 날씨라고 TV는 수십 번도 반복하여 보도하고 있었다.

따끈따끈한 방바닥에 몸뚱이를 누이고 당금의 편안함과 느긋한 환희로움이 바로 내 인생의 정점頂點이라 주절거리며 흐뭇해했다. 시장통 노점에서 채소장수로 시작한 장삿길이 50여 년 만에 시장통 대로변 7층 건물의 주인이 되어 연봉 2억여 원의 알부자 노인이 되었으니 세상에 무엇이 부럽겠는가.

못 배운 것이 한이 되어 아들 딸 3남매를 저들이 원하는 대로 공부시켜 교수 사장 만들고 각자 제 벌이에 충실하니 행복지수의 핵심은 거기에도 있었다. 살만하자 천생 복 없는 아내는 사망하고, 나는 오로지 건물 증축하고 다시 세 들이는 일로 평생을 살아왔으니, 이제 건물을 더 높이지 않아도 월세는 넘치게 들어오고, 나는 평생 그렇게 해온 습관대로 머리맡의 금고에 현금을 쌓았다.

　나는 은행을 믿지 않았다. 주식이며 채권도 관심 없었다. 건물 임차인들의 보증금만 은행에 예치할 뿐 순수입이 되는 임대료는 현찰로만 접수하여 금고에 차곡차곡 채웠다. 가장 큰 지출이던 자식들의 학업도 끝나고 그들이 완벽하게 자리 잡을 때까지의 지원도 종료되던 5년여 전부터는 건물의 보수비와 세금 외는 특별히 지출되는 항목도 없었다.

　지하 2층 지상 7층 건물의 20여개 업소를 임대하여 운영하고 월세를 받으면서도 관리인을 따로이 두지 않았다. 내가 직접 뛰었다. 건물의 옥탑방에 살면서 술도 담배도 물론 즐기지 않았고 더구나 죽은 아내가 불쌍하여 여자도 사귀지 않았다. 찢어지게 궁핍하던 유년적부터 몸에 배인 근검절약이 백팔십도로 달라진 상황에서도 변하지 않았고 그렇다고 불편함을 느끼지도 않았다.

　돈을 모으는 재미 외에 더 이상 가는 어떤 즐거움을 나는 알지 못했다. 따라서 나의 금고에는 고액의 현금다발이 반듯반듯 빼곡히 쌓여지기 시작했고 실제 전체 금액이 얼마인지조차 회계장부를 보지 않고는 셀 수도 없는 상태였다.

　지하에서 옥탑까지의 오르내림은 나의 빠트릴 수 없는 운동이었고 월세 계산은 치매를 방지하는 두뇌운동이었다.

　내가 옥탑방에서 가장 즐기는 것은 장판 바닥의 따뜻함이었다. 어릴적, 이엉 걷어낸 썩은 짚더미로 군불을 흠씬 지핀 흙방에서 뒹굴던 기억은 나의 칠십 평생 삶에서 가장 흐뭇한 추억이었고 달큰한 향수였다. 귀퉁이가 깨진 흙화로에서 잘 익혀진 고구마를 꺼내 껍질을 벗겨주던 엄니와, 넙죽넙죽 그것을 받아먹던 기억 또한 나에게는 천금같은 그리움이었다.

나의 머리맡에는 항시 군고구마와 삶은 옥수수와 살찐 칡뿌리와 맵싸한 배추뿌리와 노르스름한 배추 속잎과 생무우가 깎여진 채 놓여있고, 나는 입맛 당기는 대로 그것들을 시식하며 즐겼다. 유년·소년 때 즐겨먹던 음식이 평생의 간식으로 나를 즐겁게 했던 것이다.

나는 연두색 배추 속잎을 우적우적 씹다가 고소하고 알싸한 맛을 음미하면서 새삼 갈구리 같던 엄니의 거칠은 손을 떠올린다. 밭일 논일 부엌일 가릴 것 없이 동네 상머슴처럼 이집 저집의 일 속에 파묻혀 살던 곱사등이 내 엄니. 그녀에게 외아들인 나는 세상의 전부였었다.

투박한 손바닥이 뺨이라도 쓰다듬으면 아들은 아프다고 소리를 내질렀다. 초등학교를 졸업할 때까지 엄니는 단 한 번도 학교에 나타나지 않았고, 아들이 노점장사를 벌일 때도 어미가 아닌 먼 친척인 냥 행동했다. 아들이 장가를 들기도 전에 그 엄니는 만성 지병이었던 폐렴으로 사망했다.

나에게 엄니는 가슴에 깊숙이 간직된 한恨의 덩어리였다. 오로지 나를 위한 희생의 당신 인생이었기에 아픔이고 그리움이며 회한이었다.

울었다. 따끈따끈한 옥탑방 장판바닥에서 네 활개를 편 채 배추 고갱이를 씹고 있던 나는 코끝을 찡긋거리며 뜨거운 눈물을 흘리고 있었다.

나의 의식은 또다시 가뭇가뭇 사라지고 있었다.

그러나 모래밭 끝자락에서 피어오르는 아지랑이처럼 또 다른 아름다운 정경이 시야 안으로 펼쳐졌다. 금고 속 돈 한 보퉁이 싸안고 귀향하자던 우리 모자의 꿈이 비로소 이루어지고 있는 현장 같았다.

응어리진 한이 고스란히 묻혀진 고향, 알토란같은 기름진 전답 만여 평에 동네 장정들과 아낙들이 허둥지둥 농삿일을 하는 속에 곱사등이 어머니와 내가 느릿한 걸음새로 그들을 격려하는 정경이, 그림처럼 펼쳐졌다.

한 뼘만한 땅 한 뙈기 없던 엄니는 비어 있는 남의 논두렁이나 산비탈에 콩이나 호박 따위를 심었다가 흐드러진 욕사발과 함께 채소들이 발길에 짓밟혀지는 수모를 수도 없이 당했다.

그런데, 그 엄니는 아들이 장가를 들어 떡판 같은 손자들을 낳고 돈을 갈구리로 긁어대듯 하는 거짓말 같은 세상을 구경도 못한 채 이승을 등졌고, 나는 고향의 기름진 옥답을 비로소 매입하려던 신묘년 벽두에 정신을 놓았다.

지축을 울리는 굉음이 내 의식을 고향의 들판에서 벗어나게 했다. 마치 지진이라도 일어나듯 강한 흔들림의 난타전이 다름 아닌 병실 문 여닫기는 소리였음을 간병인의 흥분된 말투에서 알 수 있었다.

"여보시오 어르신- 이제 그만 자고 일어나 보시오- 귓가에 꽹가리를 쳐볼까요? 병상이 흔들릴 정도로 문을 쳐 닫았는데도 그냥 목석이시오? 자식놈들이 기어이 어르신 명줄을 끊어 놓을 모양인디… 어이구, 불쌍도 해라, 안댁이라도 있었으면 이렇게 속절없이 당하지는 아니할 터인데…"

이게 무슨… 말인가. 큰 아들 영우가 기어이 동생들의 뜻에 동의키로 했다는 내용인 것 같았다.

'안 돼-'나는 반사적으로 소리를 내질렀다. 사력으로 몸태짓을 해보았다. 여전히 막막한 의식일 뿐이고 의식마저도 심장이 내려 앉는 충격 때문인지 휘청거렸다.

"하기사 내가 무슨 걱정인고? 간병이 더 이상 필요 없다니 내사 돈만 받고 떠나버리면 그만인 걸… 그래도 일곱 달이나 돌본 탓인 지 남 같지 아니하니, 든 정은 없어도 난 정은 있는 모양일세…"

간병인의 혼잣말은 이어졌고 나는 암담한 절망감으로 자즈러졌 다. 내 육신에 얽혀있는 제반 연명시설이 제거될 것임은 돌이킬 수 없는 엄연한 사실인 모양이었다. 거칠게 체머리를 흔들며 목줄 대를 솟구쳐 보았다. 꺼이꺼이 울음을 터뜨려 보았다. 그러나 여전 히 마비된 몸통은 미동도 않고 머릿속은 뒤범벅을 쳤다.

또 다른 소리가 섞여지는 울림이 있었지만 혼돈 속에서 의식은 그것을 읽어내지 못했다. 애써 울음을 멈추고 머리를 안정시키려 심호흡을 했다. 길게 빠르게 들숨 날숨 짓을 거듭했다. 일정한 억 양의 소리가 드디어 들렸다.

"동의했어. 그것은 아버지 외는 이 세상 어느 누구도 알 수 없어. 그간 전문가들만 다섯 팀이 수차례 다녀갔지만 끝내 열지 못했어. 시간만 소모한 거야. 도리 없어. 법적 장치 아래 쇠를 녹여 개폐할 수밖에…. 글피, 아침이야. 아이들도 상복을 입혀야 할거야"

큰아들 영우의 목소리였다. 소리가 낮고 빨랐다. 반응하는 사람 이 없으니 큰며느리와의 전화통화인 것 같았다.

그런데, 얼마 전 영찬과 대화를 나눌 때의 의젓한 큰아들이 아니 었다. 음성은 딱딱하고 기계 같았다. 지극히 사무적이었다.

순간, 소름이 오소소 솟는 느낌과 함께 머릿속이 명징해지기 시 작했다. 아들이 말한 내용은 금고문 개폐開閉에 관한 것임을 직감적으로 알 수 있었다. 금고문을 열기위해 전문가들 다섯 팀이 몇 차례 이미 다녀갔지만 성공하지 못해 이제 어쩔 수 없이 3남매 모두 집합한 자리에서 공개적으로 쇠를 녹여 내용을 꺼내겠다는 것임을…

그러니까 큰 아들은 내가 부재중인 7개월간 빌딩과 옥탑방을 관리하면서 혼자 기어이 금고속의 내용을 확인하기위해 그것 때문에 아비의 생명연장 시설 제거를 유보하고 있었던 것처럼, 그러나 이제 더는 방법이 없어 법적상속을 받겠다는 것으로 해석할 수 있었다.

내 직감이 틀리지 않음을 확인케 하는 아들의 다음 말이 있었다.

"늦어도 내일까지는 입국하라구. 맏며느리가 제자리는 찾아야지. 지독한 양반이야. 빌딩의 권리증이며 임차인들과의 계약서며 보증금예치통장이며 제반서류가 일체 모두 금고 속에 있나봐. 옥탑방 구석구석 지하 보일러실까지 샅샅이 뒤져보아도 공과금용지 한 장 없어. 물론 그간의 임대료는 내 통장에 입금했지. 글쎄, 그건 오픈해봐야 알 수 있어. 전화 끊고 어서 티켓 예약해. 영희, 영찬 올 시간이야"

큰아들 영우의 소리는 거기에서 멈추어졌다. S기업 기획실에 근무하는 며느리가 외국출장 중인 모양이었다.

어떻게도 표현하기 어려운 심정이었다. 심장께가 난자되고 드릴로 뼈가 깎이는 듯한 배신감에 숨을 더 쉴 수가 없었다.

재산이 공개되기 전에 은밀히 혼자 이득을 취할 방법을 찾느라 생명연장시설제거를 미루어 온 그가, 차라리 제거를 재촉하던 동생들보다 더 냉혹하다는 생각이 들었기 때문이다.

사고로 정신을 놓기 전부터 막내 영찬은 사업자금지원을 끊임없이 말해 오던 터였고 영희는 신촌에 패션카페를 내겠다며 밑반찬을 만들어 옥탑방에 들릴 때마다 지원 요청을 해왔었다. 수차례 도와주었어도 그들은 습관처럼 계속 손을 벌려 왔다.

소생 가능성이 없다고 생각하는 아비를 편안히 놓아주자고 안달하던 그들의 속내가 영우와 다를 바가 없다 하더라도 그들이 영우보다 덜 섭섭하게 느껴짐은 장남에게의 믿음이 무엇에도 견줄 수 없을 만큼 크고 무한했기 때문일 것이었다.

그러나 금방이라도 기지개를 켜고 일어날 것처럼 순간적으로 명징해지던 의식은, 불안과 공포감으로 바작바작 죄어지더니 그나마 스러지려 하고 있었다.

'안 돼… 안 돼….'

너무 투명해서 차라리 외경스럽던 의식은 황막한 사막 위의 모래바람이듯 전신을 핥으며 지나가고 있었다.

뙤약볕이 따갑게 내리쬐는 8월쯤의 논두렁길을 발가벗은 열 살 전후의 소년이 내달리고 있었다. 논두렁길이 끝나는 지점에 수로를 겸한 작은 내(川)가 흐르고 있었고 그곳에는 이미 네댓 명의 아이들이 멱을 감고 있었다. 소년이 물속으로 뛰어들자 아이들이 소리를 지르며 그에게 물사레를 쳤고 소년 또한 그들에게 물덤벙을 치며 어우러졌다.

맑은 냇물 속에는 기다란 잎새의 수초들이 쉬임없이 일렁거리고 새끼 물뱀도 가끔은 헤엄쳐 여자아이들은 숫제 멱감기를 하지 못했다. 소년은 아이들의 무리 속을 헤치고 길게 뻗은 수로의 윗 켠으로 헤엄쳐 갔다. 그리고 물속으로 잠수하여 얼크러진 수초 속에서 새까만 물방개며 주먹만 한 우렁이를 한 움큼씩 집어냈다. 소년의 목적은 바로 그것들을 잡는데 있었던 모양으로 아이들이 뒤좇으며 소리 지르고 삿대질을 해도 아랑곳하지 않았다.

그런데 어느 커다란 손바닥이 소년의 머리를 힘껏 눌러 물속으로 처넣었다.

"움디 자슥이, 맨날 눈깔이 볼가 갖고 니 혼자 다 잡으모 우짜노, 그래 이자슥아 숨도 쉬지 말고 다 잡아봐래이"

소년이 발버둥을 쳤으니 머리를 짓누르고 있는 큰 손은 더욱 힘을 주며 비껴지지 않았다.

소년이 눈을 뜬 곳은 논두렁 위의 풀밭이었다. 곱사등이 엄니가 엉엉 울어대며 소년의 배와 가슴께를 두 손으로 꾹꾹 누르고 있고, 그녀가 힘을 줄때마다 불룩한 뱃속이 출렁거리며 소년의 입과 코에서 물이 쏟아졌다.

"천지신맹님! 억만금 겉은 내새끼 살려주시소, 지는 죽어도 좋십니더 지를 데리고 가고 제 새끼 살려주시소, 살려주시소-"

소년의 의식이 돌아온 줄도 모르고 곱사둥이 엄니는 처철하게 울부짓고 있었다.

논두렁에는 소년보다 작은 아이들만 둘러서 있고 읍내 중학교에 다니다 퇴학 당한 큰 손 임자인 돌식이는 보이지 않았다.

"천지신맹니임- 내 아들 살려주시소- 살려주시소-"

모랫벌 위로 바람처럼 스쳐지나가던 의식이 그녀의 소리를 따라 돌아오는 듯했다.

엄니의 절규가 상기도 귓속에서 읍소하고 있는데, 주변이 어수선스러웠다.

"아버지…" 아득히 먼 소리가 들리는가 싶더니, "아버님-" 제법 큰소리가 가까이서 들려왔다. "할아버지!"라는 반가운 부름도

산울림처럼 이어졌다.

"모두, 인사들 드렸느냐?"

큰아들 영우의 가라앉은 음성이 뱉어지는가 싶더니 흐드득 흐느끼는 소리도 들렸다.

오… 논두렁 위의 젖은 흙땅과 엄니의 울부짖음 속에서 휘청거리던 의식이 순간적으로 섬광을 발했다. 영우의 결정이후 벌써 이틀 밤이 지나고 연명장치시설을 제거하는 순간이 온 모양이었다. 가족이라는 사람들이 나를 저승길 보내기위해 마지막 인사들을 하고 있는 상황 같았다.

나는 온몸을 발작하듯 흔들며 소리를 질렀다.

'나는 살아 있어- 살아 있다구- 그대로 두라구- 영우야, 영희야, 영찬아-'

나를 둘러 선 사람들 어느 누구도 피맺힌 내 소리를, 미친 듯 전율하는 내 몸짓을 느끼지 못하는 것 같았다. 항상 그러하듯 평온한 표정으로 인공호흡기에 의해 숨을 쉬고 있는 목석과 다름없는 늙은 몸뚱이, 그 이상이지 못한 것 같았다. 심장은 터질듯 컹컹 박동치고 머리를 흔들어 눈을 흡떠보려 혼신의 기를 얼굴로 올렸으나 마비된 육신은 미동도 하지 않았고, 여전히 어느 누구도 광란하는 내 속을 알지 못했다.

의사들이 병실 안으로 들어서는 듯했다. 소리는 없었으나 감이 왔다.

"이, 이보시오- 호흡기 떼기 전에 나 뇌 촬영 해보라구- 나, 의식이 돌아 왔다구, 들락날락하지만 나 살아나고 있다구-"

피를 토하듯 울부짖듯 절규하는 내 소리가 그들에게 통한 것일까. 조용했다. 그러나 짧지 않은 그 침묵이 무서웠다. 나에게 어떤 조치가 이루어지고 있는 것일까. 육신이 마비되어 내 몸에 어떤 위해가 가해져도 감지할 수 없는 처지가 원망스러웠다.

그러나, 마지막 연명시설을 제거하기 전에 신체의 반응을 재확인하는 과정은 필히 있을 것이라 믿었다. 아무리 반년 넘게 반죽음의 식물상태로 누워 있었다지만 마지막 제거과정의 상태확인만큼은 형식적이라 할지라도 기본적인 순서이며 원칙이라 확신했다. 그래서 내가 느끼지 못하는 이 순간의 침묵은 바로 그 과정이라 판단했고 그들은 필히 의식이 돌아와 있는, 살아있는 나를 발견할 것이라 생각했다.

따라서 그들은 환희를 터트리며 시설 제거는커녕 더욱 적극적으로 나를 치료할 것이며, 나는 다시 소생하여 여분의 삶을 누리며 살 수 있으리라 기대했다.

마음이 초조해서인지 이어지는 침묵이 백년처럼 길어진다 싶었다. 공포와 두려움이 또다시 엄습하고 심장이 컹컹 터질 것처럼 천방지축 뒤웅질을 쳤다. 그렇게 느껴졌다.

그때였다. 양철지붕 위에 굵은 우박 소나기가 한꺼번에 와르르 쏟아지듯 "아버지, 하. 할아버지, 아버님"이 합창되고 큰소리의 오열도 동반되었다.

'이게 뭔가…' 숨을 들이마셨다. 나에게 어떤 현상이 일어나고 있는 것인지 소리의 반응으로 집어낼 수가 없었다.

"서서히… 떠나실 것입니다. 영안실 운영은, 호흡이 완전히 중지되고 시신을 안치한 후에 이루어져야 할 것입니다."

의사의 목소리인 것 같았다. 내 의식은 하얗게 탈색되어졌다. 상황이 헤아려졌던 것이다. 나에게서 연명시설은 이미 제거되었고, 합창처럼 터지던 울음소리는 제거 순간의 이별사였음을, 그리고 내 숨이 꿀꺽 멈추어지면 나를 시체실로 안치한 연후에 조문객을 받으라는 의사의 말이었음을.

간절히 원한, 내 신체의 생사여부에 대한 재확인과정은 없었던 것 같았다. 필요성을 느끼지 못할 정도로 나는 이미 그들에게서 죽은 몸인 모양이었다. 신체는 마비되었어도 이렇듯 의식은 아직도 명징한데, 의식을 읽어낼 첨단의 의학기술이 부진하기 때문인지 누구도 그럴 필요성을 추호도 느끼지 아니하기 때문인지, 어떻든 나는 완벽하게 죽음의 문턱에 서 있는 것 같았다.

간혹 흐느낌의 소리가 섞였지만 또다시 침묵은 계속되었다.

내 호흡이 정지되기를 모두들 지켜보고 있는, 서늘한 그림이 펼쳐져 보였다.

나는 심장을 벌름거리며 두 눈을 부라렸다. 아직도 내가 숨을 쉬고 살아 있음을 그들에게 전달하는 방법이 없다 해도 나는 삶을 포기할 수가 없었다.

이 냉혹하고 야박한 사람들에게 충천한 분노의 폭발음을 터트려 깊숙한 상채기를 남겨주고 싶었다. 벌렁벌렁 가슴을 솟구쳐 숨을 쉬었다.

'엄니… 엄니… 나를 살려 주소! 고향 전답 모두 매입해서… 뼈에 저린 우리의 한을 풀어야 할 꺼 아니요, 엄니, 엄니…'

여전히 주위는 조용하고, 내 의식은 더욱 펄펄 살아 사뭇 살기를 띠었다.

"자발호흡이… 좀 길어지는 군요…"

의사의 목소리가 들렸다.

"얼마나… 갈까요?"

큰 아들 영우의 소리가 이어졌다.

"길면… 오늘 저물녘까지 갈지도 몰라요… 삶에 집착이 강한 분 같으시네…"

의사의 말이었다.

인공심폐기를 비롯 수액, 영양투여제 등 모든 생명연장시설이 제거되고도 내 자발自發 호흡은 사흘이나 더 계속되었고, 자식들은 하루가 백 날 같은 마음으로 내 죽음을 기다렸다.

자발호흡이 열흘까지 이어져도 수액, 영양, 호흡보조 없이 방치되었던 나는, 정확히 열하루 만에 숨을 놓아버렸다.

|4|

옴 마

" 놀랍게도 아내는 더이상 이야기를 끌려하지 않았다.
아니 반박하려 들지 않았다.
아들은 그것 자체만으로도 다행이라 생각하며
한숨을 잦힌다. "

옴마

봄날 꽃밭의 노랑나비처럼 화사하게 차린 여자가, 소파의 구석
켠에 항아리처럼 놓여 있는 진주댁을 흘끔 스쳐보곤, 현관문을 소
리나게 닫고 나갔다. 마지막으로 집을 나간 사람이다.

진주댁은 그제서야 상체를 꿈틀거리며 작은 몸뚱이를 일으켜 소
파 위로 기어오른다. 비로소 숨을 내쉴 수 있는 당신의 세상이 된
것에 희벌쭉 볼을 실룩이며 가슴께를 편다. 이어 두 다리를 소파
위로 끌어 올려 양반 앉음새를 만들며 여느 날 아침 녘처럼 맞은
켠 액자 속의 노인을 바라본다. 다섯 사람이 옹기종기 어우러져
미소를 머금고 있는 액자 속 중앙부의 여인을 응시한다. 아무리
두 눈 부릅뜨고 살펴보아도 젊고 아름다운데 아들은 그네가 바로
어머니 당신이라고 했다.

어저께와 그저께에도 그러했듯 진주댁은 속바지 주머니에서 손
거울을 꺼내 사진 속 여인과 자신의 얼굴을 비교한다. 어림없다.
사진 속 여인은 검정 머리에 갸름하고 단아한 모습인데 손거울 안

의 여자는 백발에 그나마 탈모하여 붉은 살갗이 드러나고 퀭하게
꺼진 눈과 함몰된 입술 거기다 주름이 빈 곳 한군데 없이 짜르락
깔려 있다. 마귀할멈 같다. 사진 속 여인이 슬픈 눈으로 자기를 바
라보는 듯하여 진주댁은 고개를 외로 꼰다.

'내가 아니야… 아들이라 말하는 이 집의 착한 사내가 거짓말 한
것이여. 늙어 쭈그러진 원숭이의 얼굴처럼 왜소하고 초라한 이 낯
짝이, 지렇듯 우아한 여인과 같은 인물은 아닌 거여' 그러나 나쁜
기분은 아닌 듯 진주댁의 볼이 경미하나마 벌쭘거린다.

그때, 별안간 현관문이 거칠은 소리를 내며 벌컥 열리더니 좀 전
에 나갔던 여자가 후다닥 다시 들어 왔다. 곧장 안방으로 들어가
스마트폰을 바른손에 들고 나오다 소파에 엉거주춤 엎드려 있는
진주댁을 돌아보며 "나도 당신처럼 되려나봐" 했다. 그러다 두 눈
을 벌려 뜨며

"어쭈, 소파에 올라 앉으셨어? 발을 씻든가… 양말이라도 신든
가, 더러운 발로 쿠션 다 버려놓잖아— 내숭스럽기는…"

여자가 큰소리로 내뱉곤 현관문을 다시 쾅 닫고 나갔다.

놀란 진주댁이 미처 소파에서 비껴 구석진 당신 자리로 내려 앉
을 겨를도 놓치고 당황하여 두 다리만 소파 아래로 내리는데 여자
는 속사포처럼 이미 현관 밖으로 나갔다.

진주댁은 컹컹대는 가슴에 손바닥을 붙이며 여자가 나간 문 켠
을 바라본다. 또 들어설 것 같아서다. 며느리는 진주댁에게 집안에
서 가장 어렵고 무섭고 긴장감을 주는 사람이다. 집안에 다른 사
람이 없을 때는 사뭇 공포감이 느껴지는 사람이다. 아들은 그 여
자를 진주댁의 며느리이고 당신의 아내이며 손자들의 어미라고
했다. 낯설기로는 아들이라는 사내와 손자라는 두 아이와도 별반

다를 바 없지만, 며느리는 그들과는 많이 다르다. 며느리는 면전에서는 전신이 위축되고 경직되는 신체적 증상을 겪는다. 왜 그러한지 연유를 진주댁은 알지 못한다.

진주댁이 세상살이의 제반사와 단절된 것은 작년 10월 하순경부터이다. 그러니까 정확히 일곱 달 조금 더 되었다. 아들 내외가 출근하고 손자 형제를 등교시킨 후 언제나 그러하듯 설거지를 하기 위해 주방으로 향하다가 거실의 차탁 앞에서 스르르 주저앉아 버렸다. 현기증을 느낀 것도 아닌데 전신이 마비된 듯 마음대로 몸을 움직일 수가 없었다. 심장이 공포감으로 벌름거려 진주댁은 가까스로 차탁 위의 전화로 아들을 불렀다. 그리고 의식을 잃어버렸다.

진주댁이 눈을 떴을 때는 쓰러진 날로부터 사흘 후, 병실 침상에서다. 사람들이 그녀를 둘러서 내려다 보며 한꺼번에 소리를 질렀다.

"어머니— 할머니—"

진주댁은 뜨아한 표정으로 그들을 멍하니 바라보기만 했다. 낯설었던 것이다.

"어머니! 나 아범이에요! 알아보시겠어요? 어머니, 저 어미예요, 할머니 나 현찬, 나 민찬—"

그녀를 둘러 선 사람들은 다투어 고개들을 내밀었다. 진주댁은 여전히 그 어느 누구도 알 수가 없었다. 자신이 누구인지도 판가름이 되지 않았다.

의사가 왔다. 한숨 잘 주무시고 깨셨냐며, 여기 모인 사람들 모두 할머니 가족들이라고 했다. 점차 기억이 돌아올 것이라며 사람들을 모두 밖으로 나가게 했다.

그런데, 일곱 달이 지났어도 가족들은 물론 자신이 누구인지 친척, 지인 그 어느 누구도 기억하지 못했고, 아울러 자신의 일상사와 함께 식욕도 의욕도 언어도 상실해버린 상태가 되어버렸다. 당신의 천직이던 가사 돌보기며 손자 챙기기며 부처님 경전 읽기며 베란다의 화분에 물 주기 등 제반 일에서 슬그머니 손을 놓아버렸다.

의사는 말했다. 진주댁의 병명은 뇌 촬영 결과 뇌수두증과 전측두엽퇴행이 혼합된 치매癡呆라고 했다. 치매증상을 유발하는 원인 질환을 세분하면 70여 가지에 이르고 '알츠하이머 병'과 '혈관성 치매'가 가장 많지만 두개강 안에 많은 양의 뇌척수액이 괴어서 인지기능과 언어기능이 저하되고 신체장애까지 오게 되는데, 거기다 퇴행성의 전측두엽까지 동반되는 양상은 흔치 않다고 했다. 뇌척수막 사이나 뇌실·척수내강에 물(림프액)이 많이 고이는 원인은 아직 밝혀지지 않았지만, 치료법은 뇌를 절개하여 뇌와 척추에 튜브를 연결시켜 림프액이 순환되게 하는 것이 가장 최선의 요법이라고 했다.

발병하던 날 전신에 일시적 마비증상이 왔을 때도 척추로 뇌 속의 물을 빼내면서 몸은 풀렸지만 의식을 잃었던 것인데, 실제 물은 뽑아낼수록 더 자주 차게 되어 뇌의 전 기능이 빠르게 저하될 수 있으므로 수술적 순환요법이 최선이라는 것이다.

뇌 촬영상에 나타난 증상은 실제 놀라웠다. 뇌 중앙부로 깨트리지 않은 커다란 명란젓 크기의 검은 영상이 시커멓게 가로 누워 있었는데, 그것이 점차 증대되고 무거워져서 뇌의 전 기능을 상실시키며 급기야는 저능아의 상태로 대소변의 인지까지 상실하게 될 것이라 했다.

아들은 연일 눈물바람을 하며 진주댁의 수술을 결심하기에 이르렀다. 그러나 의외로 주치의사는 적극적이지 못했다. 수술을 한다고 상황이 호전되리라 기대함은 무리이고, 다만 현재의 상태를 조금 더 유지하는 정도의 성과만 볼 수 있을 것이라고 했다. 원인은 수두증뿐만 아니라 전측두엽의 퇴행까지 복합되어 있기 때문이라 했다.

며느리의 수술 반대도 적극적이었다. 일흔이 넘은 노인에게 그나마 현재의 상황을 유지하거나 자칫 그르칠 수도 있는 난해한 수술을 굳이 큰돈 들여 감행할 필요가 없다는 것이 그녀의 주장이었다.

그러나 아들은 노모가 이상 더 악화되길 원치 않았으므로 어렵지만 최선을 다해 시술해 줄 것을 의사에게 간곡히 부탁했다. 그런데 당사자인 노모의 거부반응이 완강했다. 아들과 의사 사이에 수술 운운의 말이 나오면 고개를 채머리 흔들듯 두 팔을 내저어 싫다는 반응을 분명히 했다. 아들의 팔을 붙들고 머리를 절개하지 말아달라는 손동작과 함께 기음을 발했다. 전신을 경련하듯 떨고 충혈 된 두 눈에 눈물까지 머금었다.

"아, 알았어요, 어머니… 수술하지 않을게요, 그럼, 약과 식사는 절대로 거르시면 안 돼요. 아셨지요?"

아들이 노모의 어깨를 감싸 안으며 곡기를 끊듯 하는 그녀 앞으로 흰죽 그릇을 당겨 수저를 쥐어주곤 했다.

결국 당사자인 환자의 간절한 반대와, 시술해도 큰 효과를 얻지 못한다는 의사의 담담한 낯빛에 아들은 수술치료는 접기로 하고 집안도우미 겸 간병인을 구했다.

그러나 시간제로 구한 간병인은 출퇴근이 일정치 않았고 집안은 점점 어수선해졌다. 맞벌이 아들내외를 위해 집안 살림을 도맡아 살고 손자들의 일상까지 챙겨주던 진주댁의 발병은, 집안의 질서며 뿌리를 뒤흔들어 놓았고 손자들은 매일 아우성을 쳤다. 그러한 상황도 시간이 지나면서 그런대로 적응이 되어갔다. 깔끔하고 평화롭던 예전의 집안 분위기는 없어졌지만 어지럽고 서툴고 빈 채로 일상은 유지되었다.

주말에는 온가족이 대청소를 하고 식탁에는 거의 반찬가게에서 사들인 음식으로 채워지고 손자들은 자유방만해졌지만 하교 후 전전하는 학원들은 요행히 잘 다녔다. 끊임없이 간식 챙겨주고 간섭하고 보살펴주던 단아하고 자애롭던 할머니가, 머리숱이 빠진 엉성한 백발에 핏발 선 붉은 눈과 숫제 의치를 빼버려 함몰된 입술에 심하게 쭈글진 얼굴을 하고 소파 구석에 박혀 앉아 있거나 당신 방구석에 웅크리고 누워있음을 보면서, 초등학교 3학년짜리 작은 손자는 할머니가 갑자기 귀신이나 마귀 같다고 울음을 터뜨린 적도 있었다. 그러나 저들을 낳아준 엄마보다 키워준 할머니에 더 의지해 살아온 탓인지 특히 작은 손자는 진주댁을 동정했다. 억지로 할머니를 식탁에 끌어 앉히고 식은 죽을 레인지에 덥혀 먹도록 한다거나 과자나 아이스크림을 사면 나누어 주곤 했다.

"할머니 나 진짜 몰라? 작은 강아지 민찬이야— 진짜 할머니 자기 이름도 몰라? 박정자 여사야. 박정자, 따라해 봐."

진주댁은 아이의 얼굴을 물끄러미 바라보기만 했다.

그러나 6학년의 큰아이는 달랐다. 냄새 난다 식탁에 앉지 마라, 세수해라, 눈꼽 떼라, 원숭이 같으니 의치 빼놓지 마라, 옷 좀 바꾸어 입으라, 발 좀 씻으라, 할머니는 천치 바보 멍청한 짐승 같애—, 밖에 절대 나가지 마 창피해— 하고 싶은 말을 다했다.

그러나 집 안에 아무도 없고 진주댁만 소파 구석에 웅크려 있으면 죽 그릇에 숟가락을 꽂아 먹으라고 갖다 주기도 했다. 가끔 큰손자의 불손한 말투에 아들이 아이를 엄하게 나무라고 더러 종아리에 매질을 하는 경우 진주댁이 괴성을 지르며 아들을 만류했다.

"정말, 하루도 편한 날이 없어— 치매는 국가에서 치료해 준다던데, 요양원으로 보내자구요—"

그날도 큰아이를 나무라는 남편을 향해 며느리가 짜증 섞어 말했다. 진주댁이 소파 구석에서 불안한 눈빛으로 그들을 바라보고 앉아 있는 면전에서 큰소리로 거침없이 그렇게 말했다.

아들이 얼른 진주댁의 표정을 살피면서 며느리의 손을 잡고 방으로 들어갔다.

"당신 왜 그래, 어머니 앞에서"

"어때요, 들어도 무슨 소린지 알지도 못하는데—"

"아시는지 모르는지 당신이 어떻게 알아? 어떻게 당신까지 점점 어머니께 함부로 하는 거야? 우리에게 어떤 어머니신데 함부로 대하는 거야? 우리가 이만큼 사는 것도 어머니가 살림 맡아주고 아이들 키워준 덕분 아니냐구. 수차 말했지만, 나는 어머니를 요양원에 보내지 않아, 요양원에 보내는 것은 어머니를 바로 폐기하는 것과 다름없으니까, 나는 절대로 어머니를 버릴 수 없어—"

아들은 감정이 격해 오르는지 꺽쉰 음성으로 거칠게 말하곤 방문을 열고 나가버렸다.

"자신은커녕 아들도 손자도 알아보지 못하고 감정도 감성도 느끼지 못하는 목석같은 노인인데, 오히려 비슷한 사람들이 모여 있는 요양원이 본인이나 가족들에게 나을 것 아니냐구— 점차 대소변 인지도도 없어진다는데, 간병인은 10여 일에 고작 한두 번밖에 다녀가지 않는데, 누가 치우란 말이냐구— 옷을 벗으려 들지 않으니 속옷은 지린내로 쩔어 코를 찌를 정도이고, 도무지 씻지를 않으니 온 집안이 비위생적으로 전염병이 돌 것 같단 말예요—"

방문을 거칠게 닫고 밖으로 나왔으나 아내의 속사포 같은 말들이 고스란히 귓속으로 박혀들었다.

아들은 서둘러 집안 대청소를 끝내고 진주댁을 화장실로 부축하러 들었다. 진주댁이 버둥거렸다.

"어머니, 제발 씻어야 해요. 그래야 손자들이 좋아하지요. 자, 저하고 씻자구요."

아들이 땀에 젖은 얼굴로 소파 구석의 진주댁을 안아들고 욕실로 향한다. 정작 욕실 바닥에 몸체가 놓여지자 진주댁은 다소곳해졌다. 아들이 노모에게 걸쳐진 상하의가 붙은 헐렁한 옷을 머리 위로 벗겨내자 뼈와 가죽뿐인 살갗이 드러났다. 보기가 민망할 정도로 앙상했다. 3주만에 몸을 씻겨주는 셈인데 그간 너무 야위어졌다는 생각에 아들은 명치께가 쩌엉해져서 잠시 눈을 감는다. 그러다 두 눈을 부릅떴다. 피골이 상접할만큼 야윈 것도 놀랍지만 무릎께며 엉덩이께며 등허리 등에 펴져있는 푸른 멍자국 때문이었다.

아들은 서서히 차오르는 분노를 느낀다. 지난 주말에는 당직으로 회사에서 근무했던 터라 아내 아니면 간병인이 목욕을 시켰을 것인데, 어떻게 해서 생긴 타박상의 흔적들인지 담박에 소리쳐 물어보고 싶었다.

그러나 아들은 일단 참는다. 수건에 비누를 문대어 노모의 몸 전체를 고루 닦아준 후 미지근한 물로 비눗물을 씻어낸다. 특히 샤워기로 백발의 머리와 항문께 등을 고루 씻어주고 마른 수건으로 부드럽게 살갗을 눌러 닦아준다. 노모의 표정에 평온함이 돌면서 아들이 내미는 속옷을 구부정한 자세로 입는다. 그러나 거실로 나선 노모는 다시 소파 구석으로 찾아 들어가려 했고 아들은 그런 노모를 붙잡는다. 그리고 소파 위로 힘주어 노모를 앉게 한다.

"제발 어머니, 여기가 어머니 자리예요. 예전처럼 여기 소파 위에 앉아서, 저 텔레비전을 보는 거야, 이렇게 말이요. 그리고 힘들면 이렇게 여기에 드러눕는 거야, 알았어요? 저 구석으로 내려가면 안 된다구요."

자꾸만 구석 켠으로 쏠리는 노모의 몸을 소파 위에서 움직이지 못하게 하자 노모는 몇 번이나 주방 켠에서 서성대는 며느리의 모습을 옆 눈으로 살폈다.

아들은 또 다시 낭패감 비슷한 감정을 느낀다. 타박상 자국을 만든 사람이 아내라는 감을 다시 갖게 되지만 섣불리 말을 꺼내지 못한다. 노모의 면전에서 또 다시 큰소리를 내면 어머니에게 불안감을 줄 것 같아서지만, 무엇보다 노모의 문제로 아내를 계속 예민하게 만들고 싶지 않았던 것이다.

그러나 모른 척 묻어버리기에는 멍자국들이 너무 컸고 큰 상처만큼 그의 마음이 탔다.

그날 밤, 잠자리에 들기 전에 그는 아내에게 지나가듯 말을 꺼냈다.

"지난주에는 어머니 목욕을 간병인이 해드렸나?"

"글쎄요, 여자가 오다 말다 하니까 잘 모르겠네, 왜요?"

"어머니 몸에 멍자국이 많더라구. 어디 부딪친 것인지, 목욕탕에 미끄러져서 생긴 것인지 궁금해서"

"부딪친 것이겠죠. 소파 구석에 앉았다가 집안에 사람만 없으면 소파로 부르르 올라가고, 어떨 때는 냉장고 문을 열었다 닫았다 수십 차례 반복하고, 혼자 화장실에 들렀어도 얼마든지 부딪칠 수 있으니까."

"그럴 수도 있겠군…. 간병인이 많이 바쁜가? 일주일에 두 번만 와도 주말에는 우리가 돌봐드리고 그런대로 커버가 될 것 같은데…"

"일이 많아서 일주일에 한 번 오기도 힘들다고 하더라구요."

"간병인을 바꾸어야 하겠군…. 당신에게 미안하지만, 어머니께 좀 더 신경 써주어요. 어쩌겠소 부모님이신데…. 지금까지 우리 살림 다 맡아 하시면서 아이들 키워주셨는데…. 당신 알다시피 나에게는 어머니가 내 생명보다 더 소중한 분이잖소…."

"그만해요, 청상에 혼자 되어 더구나 유복자로 태어난 당신 하나 키우면서 수절하고 살아왔다는 말, 천 번도 더 들었네요. 부모 소중하지 아니한 사람 없다구요, 알았어요. 그만 자요."

놀랍게도 아내는 더이상 이야기를 끌려하지 않았다. 아니 반박하려 들지 않았다. 아들은 그것 자체만으로도 다행이라 생각하며 한숨을 잦힌다.

다음날, 아들은 간병인에게 바쁘시더라도 거르지 말고 어머니를 잘 좀 보살펴 달라고 부탁을 했다. 그러나 의외의 말을 들었다. 일주일에 두 번씩 들리는데 부인이 일주일에 한 번씩만 오게 하더니, 한 달여 전부터는 요양원에 갈 것이니 들릴 필요가 없다고 했다는 것이다. 덧붙여서 노인 스스로 화장실을 이용하고 손발을 씻도록 훈련이 되어야 하므로 온갖 시중을 다 들어주는 간병인의 손길은 오히려 환자에게 도움이 되지 않는다고도 했다는 것.

아들은 조금은 아연한 기분이 된다. 어떤 방법으로든 노모를 요양원에 보내버리기 위한 아내의 책략임을 깨달으면서 낭패감에 젖는다. 그러나 일단 간병인에게 의무적인 일수는 지켜야 할 것 아니냐며 종전대로 아파트에 들러 노모를 도와달라고 부탁한다.

요양원 입소는 보류하고 있다는 말로 그나마 아내의 입장을 세워준다. 간병인은 알았다며 부인에게 확인시켜 달라고 했다.

아들은 간병인과 통화를 끝내고 한동안 자리에 앉은 채 움직이지 않았다. 간병인의 방문이 이미 한 달 전에 중지되었다면 피골이 앙상한 노모의 몸뚱이에 서린 멍자국에 대한 의혹이 다시 불거졌지만, 머리를 저었다. 걸음이 온전치 못해 이곳저곳에 부딪쳐 발생된 타박상이리라 생각했다. 그러나 그 형상이 심하여 여전히 가슴이 탔다.

아내에게 간병인이 다시 들르게 되었음을 말하자 그녀는 천연덕스럽게 "오, 이제 시간이 난대요? 다행이네" 했다. 표정 한가닥 변하지 않았다. 아들은 더는 반응을 보이지 않는다. 따지고 들어 그녀의 거짓을 드러낸다 해도 결과는 노모에게 이로울 것이 없다는 생각 때문이었다. 아예 그녀의 책략을 들추어내다 보면 이판사판 싸움판이 벌어질 것이고, 그렇게 되면 아내는 터놓고 요양소 보내는 일을 강하게 추진할 것 같기 때문이었다.

그렇게 또 한 달여가 지나갔다.

도시는 용광로처럼 뜨거워져 모두 헉헉거렸다. 폭염의 칠월이라 해도 예년에 없이 40도에 가까운 날씨는 거리의 사람들을 휘청거리게 했다.

진주댁의 몰골은 더 초췌해져 소파 구석에 처박힌 채 시체처럼 눈을 감고 있었다. 조반 시에 아들이 떠먹여주는 미음 몇 숟갈 외에는 온종일 입 다시는 것 없이 웅크리고 앉은 채 잠을 잤다. 완전히 기력이 쇠진한 채 움직일 힘도 없는 것 같았다. 아들은 회사의 상반기 결산 때문에 마음 같지 않게 그런 노모에게 세심한 신경을 쓰지 못했다. 아내와 아이들에게만 할머니 끼니 잘 챙겨 드리라고만 부탁했다.

"지린내가 집안 구석구석에 배었어, 먹은 것도 많지 않은데 똥오줌은 왜 그리 많이 싸— 온 몸뚱이가 똥덩어리야, 기저귀가 흠뻑 젖어 범벅인데도 빼지 않으려 한다구. 의사 말 하나도 틀리지 않아, 똥오줌 마려운 것도 모를 거라 하더니, 소변만 질금거리는가 했는데, 이제는 대변까지야—"

방안에 있는 가장이 들으랍시고 아내는 주방에서 큰소리로 말했다. 아마 어저께나 그저께쯤 아내가 노모의 기저귀 정리를 한 모양이라 생각했다.

"여보 수고하셨소! 이번 주말에는 내가 목욕시켜 드리겠소"

아들은 노모를 소파 위에 올려 앉혀놓고 출근을 했다.

회사일에 정신없이 돌아치다가도 잠시 숨 돌릴 시간이 되면 기분은 깊숙이 가라앉아 우울했다. 우려했던 노모의 증상이 이제 드디어 본격적으로 시작된 듯해서였다. 평소에도 소변은 속옷에 혹은 기저귀에 질금거렸어도 대변은 본인이 기어서라도 화장실을 이용했는데 이제 그렇지 아니한 것 같아서였다. 두개강 안의 뇌척수액이 점점 많아져 뇌의 기능을 누르면서 대소변의 인지가 없어지니 자신도 모르게 그것들은 배설되어 누군가 매일 매시간 확인하지 않으면 안 될 상태에 이른 것 같기 때문이었다.

'세상에 그리도 깔끔하시던 어른이…'

아들은 눈물을 머금는다. 스무 살, 목씨 집안의 종부로 시집 온 지 이태 만에 지병을 앓던 남편을 잃고 재혼은커녕 혼자 농사를 지어 유복자遺腹子 아들을 키워내면서도 흐트러짐이 없던 어머니였다. 고등학교를 가까스로 졸업시킨 아들이 고학으로 야간대학을 졸업하고 직장을 얻고 결혼을 하고 아이를 낳자 시골집을 혼자 된 시누이에게 맡기고 아들과 합가하여 살림과 손자를 맡아 키웠다. 재산이라곤 선산뿐인 가난한 종가집안의 어른들이 거의 타계他界해 버리자 시누이와 그의 아들에게 선산자락에 개간한 밭 세 마지기를 맡기고 떠나왔던 것이다.

이렇듯 진주의 초전동에는 어머니가 살던 선악산 아래의 초가집이 일흔다섯 살의 시누이에 의해 빈집이 아닌 채로 있었는데, 아들은 문득 당신이 노모를 모시고 고향집에 내려가 농사나 지으면 어떨까 떠올려 보다 실소를 머금는다. 경제적으로 현실적으로 불가능한 일이기 때문이었다. 은행에 들어가는 아파트 대출금의 상환과 두 아들의 과외비며 생활비 등 현재의 수준을 맞추려면 아내와의 맞벌이는 부득이한 경우일 수밖에 없을뿐더러 더욱이 아내는 결사코 하향을 찬성하지 않기 때문이었다.

노모의 상황은 점점 쇠락해져 오래갈 것 같지가 않았다. 오로지 아들 위해 당신 삶 전부를 희생한 노모에게 나머지 삶이나마 편케 해드리고 싶은데 방법이 여의치 않아 아들은 몸부림을 쳤다.

그는 점심시간을 이용하여 집으로 향했다. 간병인이 주말 가까이 들린다니 수요일이면 노모의 몸이 많이 더럽혀져 있을 것 같아 이 날은 당신이 미리 목욕을 시키고 싶어서였다.

현관문이 잠겨 있지 않았다. 아이들이 귀가할 시간도 아니어서 간병인이 앞당겨 들렸나 보다 생각하며 거실로 들어섰다.

욕실에서 기이한 신음소리가 났다. 짐승울음 같기도 하고 비명 같기도 했다. 노모가 소파 구석에 없었다. 불길한 예감에 반사적으로 욕실 문 앞으로 내달았다. 그런데, 찢어지는 소리가 안에서 터지고 있었다.

"왜 처먹어— 아들 앞에서는 곡기 끊은 듯 죽 몇 숟갈로 내숭떨고, 왜 밥솥 밥에 숟가락을 찌르는 거야— 진짜 똥칠갑 할려고 그래— 매일 문 열어두는데 왜 안 나가— 나가 없어지란 말이야— 어디든 없어져버리란 말이야— 나가라구—"

둔탁한 소리와 함께 다시 짐승울음 같은 비명이 터지면서 욕실 문이 벌컥 열렸다. 그곳에는, 얼굴이 시뻘겋게 달아오른 아내가 두 주먹을 불끈 쥐고 발가벗겨져 웅크린 노모의 어깨를 발로 떠밀고 있고, 노모가 두 손을 위로 올려 싹싹 부비고 있었다.

순간, 소스라치게 놀란 아내가 얼른 발을 거두며 반사적으로 욕실문을 닫으려 했다. 눈 앞에 벌어진 상황에 두 눈만 벌려 뜨고 숨을 멈추고 있던 아들이, 아내의 팔을 홱 나꿔채 밖으로 끌어내며 양쪽 뺨을 두세 차례 후려쳤다.

"너… 이런 여자였어? 어서… 내 앞에서 꺼져… 내가, 무슨 일 저지를지… 몰라…, 죽고 싶지 않으면… 꺼져…"

눈동자의 초점이 파르르 전율하며 납빛이 된 남편의 얼굴을 바라보면서 아내는 뒷걸음질을 치다 현관 밖으로 뛰어 나갔다. 아들은 부들부들 온몸을 떨며 욕실로 들어가 노모를 끌어안는다. 커다란 소리로 울음을 터트린다.

"옴마, 옴마 미안하요— 울 옴마를… 울 옴마를… 옴마— 오옴마— 으흐흐… 으흐흐—"

노모는 조금은 어리둥절한 표정으로 아들의 얼굴을 바라본다.

얼굴 가득 서려있던 공포감이 스러지고 있었다. 아들은 시종 꺼이꺼이 울며 노모의 몸을 샤워기로 행궈 주고 거실 소파로 안고 나와 물기를 눌러낸다. 미처 가시지 않은 멍자국이 아직도 질펀한데 바로 이날 받은 발길질과 주먹 타박의 흔적은 선홍색으로 전신에 깔려 있다시피 했다. 사나흘 후면 뼈가죽 뿐인 몸뚱이에 또 다시 시퍼런 멍자국으로 난자질이 될 것이었다.

고향집 사립문 앞에 섰다.

뜨거운 한낮이었다. 마당가의 소태나무에서 매미들이 자지러지게 울어댔다. 귀가 울릴 정도로 소리들이 커서 아들은 찌푸린 얼굴로 진초록 잎새가 무성한 소태나무를 쳐다보는데, 진주댁의 얼굴에도 화색 기운이 돌았다. 그랬다. 노모도 소태나무를 고개를 외로 꼬듯 쳐다보며 입귀를 실룩거렸다. 새로운 반응이었다.

"하이고… 진짜로, 우리 성님 맞나? 이기 무신꼴이고… 세상에… 사람이가 해골이가… 아히구 성님…"

진주댁보다 두 살이나 많은 그러나 손위 오라버니의 아내인 그녀를 맞이하던 시누이 노인은 비명부터 질렀다. 그리고 울음을 터트렸다.

"장조카야, 우리 성님 와 이 모양이고? 정신줄 놓았다 소리 듣고 가본다 가본다 카믄서 몬가봤는데, 병든 지 일 년도 안 됐는데 성님 와이리 됐노? 눈만 감으면 송장이다… 세상에… 세상에…"

"제가 잘못 모셔서 그러니, 이제 고모가 좀 돌봐 주이소."

"진작 뫼시고 내려오제 그랬나, 알았다, 성님캉 내캉 죽을 때꺼정 동무하고 살믄서 내가 돌봐줄끼게 걱정 말거라, 세상에 그리도 곱던 사람이…"

"이제 재검진을 해서 요양등급 3급을 받으면, 요양사가 일주일에 두세 번은 와서 도와드리도록 할 겁니다. 그냥 고모님만 믿습니다."

노인은 진주댁이 쌓인 한恨이 많아 몹쓸 병에 걸렸을 것이라며 꺼질 듯한 한숨을 내쉬었다. 노모는 지팡이에 의지하여 구부정한 자세로 마당 가운데에 선 채, 연신 소태나무 쪽으로 얼굴을 돌렸다. 그리고 무어라고 혼자 중얼거렸다.

아들이 환한 낯빛이 되며 노모의 팔을 붙들었다.

"어머니! 여기가 어딘지 아시겠어요? 여기가 어디예요?"

노모가 아들을 바라보았다. 웃을듯 말듯 입귀를 실룩거렸다. 이어 옹달샘이 있는 뒤란 켠으로 몸을 돌려도 보고 디딜방아가 있는 헛간 쪽으로 고개를 돌렸다. 장독 둘레 화단에 흐드러지게 피어 있는 봉선화와 맨드라미, 지붕 위를 타고 올라간 조롱박의 줄기를 고개를 들어 눈부신 듯 쳐다보더니 또 다시 입귀로 중얼거렸다.

"여기가 당신이 사십 년 몸담고 살던 집인 줄 알것는갑다! 보소 성님, 여그가 성님 집인 줄 알겠소?"

진주댁의 팔을 붙들고 고모가 큰소리로 물어보자 진주댁이 한참 만에 고개를 끄덕였다.

아들은 감동하여 우선 노모를 마루에 오르게 하고 고모가 금방 생수로 타내온 미숫가루 컵을 들어 노모의 입술에 대준다. 노모는 바른손으로 그것을 받아 천천히 몇 모금 마셨다. 집을 떠난 지 12년 만에 찾아왔어도 드디어 기억을 떠올리는 듯한 노모의 반응에 아들은 한 가닥 희망을 찾는다. 가슴에서 희열 같은 뿌듯함이 차오르고 찡한 감동이 왔다.

시집와서 40여 년 살던 곳을 기억한다면 당신이 누구인지, 또한 가족도 알아볼 수 있을 것이고 따라서 당신의 마지막 여생을 막막한 어둠 속에서 살지는 않을 것이라 믿었다.

경이로운 일은 노모에게서 매일매일 조금씩 일어났다. 충혈된 퀭한 눈동자에 가득 서려있던 공포감과 두려움은 점차 가셔지고 표정이 편안해졌다. 늙은 시누이가 정성껏 쑤어주는 죽을 조금씩이나마 거르지 않고 먹었고 점차 그 양을 늘려갔다. 걸음걸이는 여전히 편치 못했지만 뒷간을 찾아 마당으로 내려서기도 했다. 시누이가 커다란 사기요강을 들이밀며 당신이 치워줄 것이니 거기에 볼일을 보라고 했다. 진주댁은 입귀를 실룩이며 그것을 사용하지 않았다.

"고모! 다음번에 휴가 받아 와서 부엌도 입식으로 개조하고 마루 끝방을 화장실로 만들어줄게요. 뒷간이 마당 끝이니 너무 멀고 매번 요강에 일 본다는 것도 고모가 힘들어서 안돼요. 일 회용 기저귀는 차고 있으니까 크게 신경 안 쓰셔도 돼요."

"내 걱정은 말거래이. 성님 있어 유복자 우리 장조카 낳아주고, 목씨 집안 씨줄 이어주어서 얼매나 고마운 은인인데…. 뿐이가, 자기도 청상과부이믄서 혼자 된 나를 올매나 챙겨주고, 내가 늙어서 이렇게 편키 사는 것도 다 장조카와 성님 덕인데, 내가 진 빚 갚을끼다."

노모를 시골집에 모셔 놓고 사흘째 되던 날, 상경할 준비를 끝낸 아들은 고모에게 거듭 노모를 부탁하며 곧 다시 하진 할 것을 말한다. 그리고 디딜방아 앞에 선 채 발 놓는 가랑이 나무판을 앙상한 손가락으로 쓸어보고 있는 노모에게 곧 다시 내려오겠으니 고모와 잘 지내시라고 말했다. 노모가 어여 가라는 듯 쭈글진 손을 두세 번 쳐들었다.

아들은 아파트를 부동산에 내 놓은 지 5주 만에 매각했다. 집값의 절반이 넘는 은행 대출금을 갚아버리고 변두리의 연립주택 2층을 매입하여 이사를 했다. 아이 둘도 전학을 시켰다. 아내는 노모를 학대하던 그날로 집을 나간 후 한 달여 계속 소식이 없었다. 아이들은 부모가 뜻이 맞지 않아 당분간 별거를 하는 것으로 이해하는 듯 보였으며 아버지의 표정이 워낙 경직되어 까닭을 물어보지도 못했다. 아들은 아내의 행위를 어떤 측면의 상황으로도 이해를 할 수가 없었고 용서가 되어지지 않았다. 다만 아들 둘을 생각하여 존속학대로 고발을 하지 않고 있을 뿐이었다.

집을 팔고 집을 구하고 이사하는 등 정신없이 바쁜 와중에서도 고향집의 고모가 들려주는 소식은 반가웠다.

"장조카냐? 오늘은 성님 손에 봉선화 물을 들여 주었는데, 세상에 아이처럼 좋아한다이! 먹는 양은 적지만 옛날에 먹던 장떡 같은 거 지졌더니 글씨 그것만 갖고 잡숴야!"

"내려올 때보다 성님 몸에 쬐끔 살이 들어간 거 같다. 십리나 들어갔던 눈도 좀 나온거 같고, 밥 묵기 전에 손도 잘 씻는다. 아니다. 아즉 자기가 누군지는 모리는 거 같고… 나도 몬알아 보지만 쬐끔도 경개(경계)하지는 않는다. 성님이 초전의 우리 목씨 집안으로 시집오기 전에 읍내 옥봉동에 살았다 아이가, 내가 무신 이야기 끝에 남강 뒤비리(뒤벼리, 진주 8경 중의 1경)란 말이 나왔는데, 글씨 성님이 눈을 번쩍 뜨더라, 그래서 뒤비리 알겠소 물은깨네 고개를 끄덕거리더라. 장조카 내리오믄 혹시 정신이 돌아올란지 성님을 그리 한번 모시가 봐라."

처서가 지나자 아침저녁으로 기온은 달라졌다.

아들은 열흘간의 휴가를 받아 시골집 안방에 기름보일러를 놓고 주방개조와 수세식 화장실을 만들었다. 3대가 살아온 옛집을 그대로 두었던 터라 어차피 한 번 개조는 해야 될 형편이었고 워낙 사전준비가 치밀했던 탓에 생각보다 빠르게 큰일들을 끝낼 수 있었다.

노모의 상황은 많이 좋아져 있었다. 아들의 말이라면 무슨 내용이든 고개를 끄덕이며 긍정의 표시를 했다. 하향한 지 한 달여 사이에 고모 말처럼 노모는 살이 좀 올라 있었고 몸도 손도 깨끗해지고 입성도 밝아져 있었다. 쩌들었던 표정은 간 곳 없고 평화로움이 깃들어 있었다. 병들기 이전의 노모 모습이 아쉬운대로 조금씩 드러나고 있음을 보면서, 아들은 늙은 고모의 두 손을 모두어 잡고 고맙다는 말로 진정어린 인사를 한다.

집 개조 공사가 끝난 다음 날. 고모의 권유대로 그는 두 노인을 함께 차에 태우고 진주 내성內城에 있는 '촉석루'로 갔다. 논개가 왜장을 껴안고 강물에 뛰어든 의암義岩을 바라볼 수 있는 촉석루의 난간으로 오르자, 노모의 표정이 감회에 젖는 듯 눈시울이 고즈넉해졌다.

"어머니! 여기가 어디지요?"

노모가 애잔한 눈길을 강물 쪽으로 향하며 두세 번 손짓을 했다. 노모의 머릿속으로 혹여 열 손가락에 가락지를 낀 논개가 왜장 '게야무라 노구스케'의 열 손가락과 마주 깍지 끼고 촉석루 아래의 바위벼랑으로 춤추며 내려가 의암으로 건너 뛰어 푸른 강물 속으로 뛰어드는, 그림이 펼쳐지는 것인지, 노모는 한동안 넋 나간 듯 서 있었다.

아들은 진정 노모의 머릿속에 그런 변화가 일어나기를 원했다. 아들의 집요한 궁금증에 시원한 반응을 준 것은 아니지만 노모의 눈동자에서 그녀가 이곳이 어디인지 알고 있음을 느낄 수가 있었다. 다만 느낄 뿐이었다.

아들은 노모를 다시 차에 태우고 옥봉동 둑길에 올랐다. 도시계획으로 주변의 동네가 옛날과 많이 다른 상황이었지만, 남강 변의 높은 둑길은 옛 그대로였다.

어릴 적 어머니의 손을 잡고 소싸움 씨름판에 구경 나왔던 경험을 떠올리며 아들은 노모의 표정을 살핀다. 강바람이 시원하게 불어왔다. 아들은 두 팔을 벌려 심호흡을 하며 강변의 백사장을 향해 노모를 돌려 세운다.

"어머니, 저 모래사장 봐요, 저기서 가을마다 소싸움 씨름판이 신나게 벌어졌잖아요! 씨름대장 진주 점배, 배가 만삭의 여자처럼 불룩해가지고 황소 한 마리 상으로 끌고 진주시내를 누비던 거인 진주 점배, 생각 나십니까?"

노모의 얼굴에 분명히 웃음 기운이 돌았다. 기억이 떠오르는 것일까. 씨름꾼 진주 점배는 아이들에게는 영웅이고 시민들에게는 자랑이었다. 씨름판에서 진주대표로 매년 황소를 타서 그의 모습을 떠 올리는 자체만으로 웃음이 머금어지는 인물인데, 노모의 얼굴에도 선명치는 않으나 미소가 폈던 것 같았다.

아들은 신명이 나기 시작했다. 옥봉 둑길의 끝점에서 자연스레 이어지는 뒤벼리 벼랑길로 차를 몰아 들어갔다. '뒤벼리'는 깎아지른 산벼랑 아래로 오솔길이 있고 길 아래가 바로 강물인, 경치가 빼어난 곳이었다. 그러나 옛날과는 달리 길이 넓혀져 있고 도깨비가 출현한다던 길 중간의 정자나무는 버혀지고 없었다.

계속 차장 밖을 내다보던 노모가 어느 지점에선가 짧은 소리를 발했다. 차를 멈출 수가 없어 그냥 서행 운전을 하는데 노모의 시선을 쫓던 고모가 성님이 '처녀 골'을 본 것 같으니 차를 세워보라고 했다.

외곽으로 차를 세우고 노모를 차 밖으로 부축했다. 고모의 말이 맞았다. 산벼랑이 끝나는 지점에 처녀무덤들이 있다는 골짜기가 있었고, 노모는 분명히 그 지점에서 반응을 보였으며 차에서 내린 그녀의 시선이 바로 그 골짜기에 박혔던 것이다.

"아 어머니, 처녀무덤들이 있는 처녀 골, 기억나셔요? 한밤중이면 처녀 귀신들이 강가로 내려와 노래를 부르며 빨래를 한다는, 바로 여기 이 물가에서 말예요!"

노모의 시선이 물가의 반석 위를 맴돌았다.

"맞아요! 맞아요! 처녀귀신들이 저기 저 반석에서 노래부르고 깔깔거리면서 빨래를 했다고, 옛날에 어머니가 저에게 얘기해 주셨거든요!"

아들의 흥분된 음성을 들으면서 노모는 이렇다 할 대답은 물론 없었다. 그러나 상기된 낯빛으로 골짜기와 포장된 도로 아래 물가의 반석을 오래도록 번갈아 바라보았다.

아들은 노모를 다시 부축하여 차에 오르게 하고 이날은 그 정도로 집으로 돌아가기로 했다. 노모의 기억을 되찾을 가능성은 충분히 있다는 확신감을 가졌다.

노모가 성장한 옥봉동 주변의 향교鄕校며 기생조합이 있던 권번券番이며 '말띠고개' 대숲 윗길의 외딴 국수집이며, '큰들' 모래흙땅의 딸기밭이며, 지금은 진양호에 잠겼지만 너우니 뱃가의 모래찜질이며, 또한 노모의 모교인 봉래초등학교며 비봉산 아래의 진주여자중학교며 그녀와 인연된 곳을 두루 찾아볼 계획을 세웠다.

뿐만 아니었다. 진주대첩의 영혼들이 모셔진 삼장사며 호국사며

왜구의 침투를 감시하던 서장대 북장대 남장대며, 대첩 때 사망한 민관군민 7만여 명의 영혼을 위로하는 유등油燈 띄우기며, 노모의 기억을 떠올릴 수 있는 것은 무한정이기 때문이었다.

뇌수두증과 전측두엽퇴행의 혼합원인으로 인지기능과 언어기능 청력기능 신체장애의 기능까지 손실되었다 해도 고향 옛집으로 하향한 이후의 노모는 확실히 다른 모습과 반응을 보였기에 희망적이었던 것이다.

실제 임상적 판단은 어떠할지 정밀한 뇌촬영과 전문의사의 재진단이 내려져야 하겠지만, 아들은 분명히 형체를 알 수 없는 어떤 힘이 고향에는 존재한다는 생각을 했다. 때문지 아니한 유·소년적부터 정신과 육신에 흠신 저려진 고향의 정령精靈이 과학의 이론적 근거를 상쇄해버릴 수도 있을 것이라 믿었다.

태생지의 토양과 바람과 햇살과 수질이 형성해 놓은 유기체有機體에 개인의 감성적 성향이 투여되면 새로운 형체의 경이로운 생명현상이 일어날 수도 있다는 믿음이, 아들의 머리 속을 연일 꽉 채웠다.

알 수 없는 오열이 목구멍으로 쉼 없이 차올라, 아들은 자주 헛기침을 했다.

|5|

파 종

> 눈앞의 반쪽 씨 종자들이 흡사 내 몸 속의 생명들인 양
> 끈끈하면서도 사랑스럽고
> 또한 아프게 다가들기도 하면서 명치께가 쩌엉해졌다.
> 그러다 문득 뇌리를 스치는 빛살 같은 한 가지 생각으로 두 눈을 홉떴다.

파종

성클리닉 임상 연구실의 스탭진들은 흥미로운 낯빛들을 감추지 못했다. 삼십여 분 전부터 젊은 여성 하나가 울며불며 유별난 요구를 소장에게 하고 있었기 때문이다.

"제발! 제발, 부탁이에요—"

교통사고로 갑자기 운명한 약혼자의 고환에서 지금 바로 정자를 뽑아달라는 내용이었다. 결혼식은 올리지 않았지만 약혼자의 자식을 낳아 기르고 싶다고 했다. 스물 네 살의 규수라고 했다.

너무나 급작이 약혼자를 잃은 황량감에선지 여자의 얼굴은 사색이었다. 시부모도 아들의 정자를 채취토록 허락을 했는데 왜 당장 뽑아내 주지 않느냐며 통곡했다. 한시라도 빨리 정자를 추출해서 냉동 보관했다가 자신의 배란기에 수정시켜 달라고 했다. 그녀는 외신에서 사람이 사망하고도 사흘까지 정자는 고환 속에 살아있다는 기사를 읽었다고 했다. 이날 새벽에 약혼자가 사망했으니 시간적으로는 충분히 가능하다는 것이다.

그러나 클리닉에서는 개소이래. 한 번도 사체에서 정자를 추출해 낸 사례가 없었다. 따라서 소장은 난감한 낯빛을 하고 시체를 손괴할 권한이 병원 측에는 없다고 잘라 말했다. 규수의 말대로 사망자의 고환 안에서 정자는 48시간을 안전하게 생존하므로 추출하여 냉동보존하면 수정할 수도 있지만, 그 방법에 대한 법적인 해석이 없어 현재로는 시술되지 않고 있었다. 윤리적, 도덕적 측면에서 문제가 많이 내재되어 있기 때문이었다.

사망자의 부모도 소장실로 들어와 규수와 합세했다. 죽은 아들이 4대 독자이니 제발 아들의 씨를 뽑아내어 대를 잇게 해달라고 했다. 두 손을 합장하듯 모두어 잡고 애원했다. 소장이 규수를 향해 당신의 친부모도 허락을 했느냐고 물었다. 그러자 처녀가 악을 쓰듯 소리를 높였다. 자기는 부모의 간섭을 받지 않아도 될 성인이며, 자기 인생은 자기가 결정하니까 그런 질문은 우문이 아니냐고 당차게 말했다.

소장이 난감한 얼굴로 그들의 뒤켠에 팔짱을 끼고 서있는 나를 쳐다보았다. 나는 영어와 전문용어를 섞어 실제 시술을 할 수 있는 비뇨기과 스태프들을 불러 의논해보면 어떻겠느냐고 했다.

소장은 책상 위의 인터폰으로 스태프들을 불렀다. 결국, 죽은 청년의 부모와 약혼녀의 간절한 청원과 비뇨기과 의사들의 동의뿐만 아니라 제기될 수 있는 제반 문제에 대한 책임을 그들이 지는 것으로 서명케 한 후, 시체에서 정자를 채취해 내는 것으로 결론을 얻었다. 이어 부검실에서 정자 채취 시술이 행해졌다.

Q대학병원의 생식의학클리닉이 창설된 이후 처음으로 갖는 특이 케이스에 특이 시술이었다. 고환에서 생성되어 출로를 기다리고 있던 정자의 수량도 많았지만 운동성도 활발해 죽은 청년이 생

전에 넘치도록 건강했음을 알 수 있었다. 청년의 부모와 규수는 현미경 속에서 활발하게 살아 움직이는 정자를 보면서 또 한 번 대성통곡을 했다.

추출한 정자는 액체 질소통에 냉동 보존되었다. 약혼녀가 울다 웃다 고마워하면서 자신의 배란기에 병원에 들러 수정하겠다고 북받치듯 말했다. 그리고 그들은 다시 영안실의 빈소로 돌아갔다. 나는 그 약혼녀의 마음을 백분 이해하는 심정으로 그들의 뒷모습을 바라보았다. 여린 내 심성은 약혼녀의 그 순수한 사랑 표현에 뻐근한 감동을 느끼기까지 했다.

그날, 나는 진작부터 내 마음 속에 다지고만 있던 계획을 시도해 보기로 했다. 죽은 약혼자의 정자를 받으려 하던 여자에게서 자극을 받기도 했지만 전부는 아니었다. 내 계획은 작년부터 세웠던 것이고 사나흘 전부터 이번 주말경에는 기어이 실천해 볼 생각으로 준비하고 있었던 때문이다.

나는 민우철 그가 나의 업무와 상관있기를 간절히 원했다. 이유는 그가 내 일에 구체적이고도 뜨거운 관심을 보여주기를 바라는 마음에서다. 그런 마음의 저변에는 그와 더욱 긴밀히 친해지고 싶은 간절한 갈증이 깔려 있었다. 실제 내가 그를 붙잡을 수 있는 부분은 내가 관리치료 하고 있는 생식의학 클리닉(혹은 성클리닉)의 전문적인 학문외는 더 없다고 생각했기 때문이다.

그는 내과의 레지던트 3년차이지만 당초 전문의사 과정을 생식 분야인 비뇨기과를 지원하고 싶어 했고, 다만 집도를 해야 하는 부담 때문에 내과를 선택했으므로 아직도 미련이 많다고 곧잘 말했었다. 또한 그 말을 증명이라도 하듯 걸핏하면 성클리닉에 나타나 관리책임자이자 수간호사인 나에게 현장의 일들이 외경스럽고 흥미로울 것이라고 부러운 듯 말하기도 했다. 따라서 그가 나에게 갖고 있는 관심은 일차적으로 내가 관리하고 있는 학문분야가 우선임을 인정하지 않으면 안 되었다.

그러나 나는 그의 관심의 방향을 학문적 성향에서 나 개인에게로 바꿔보고 싶은 갈망으로, 우선 그를 클리닉과의 직접적인 일 관계로 고리를 만들어 두려는 생각이었다.

내과의 외래 진료실로 전화버튼을 눌렀다. 담당 간호사가 받지 않고 그가 바로 받았다. 나는 여느 때와 조금도 다름없는 억양으로 커피를 마시지 않겠느냐고 했다. 그가 좋다고 했다. 평소에도 구내식당에서 점심을 한 후면 그와 티타임을 어렵지 않게 갖는 편이었지만 이 날은 나름대로 속계산이 있어선지 긴장이 되었다.

나는 양치질을 하고 거울 앞에 섰다. 콤팩트를 꺼내 콧잔등과 볼을 누르고 입술을 다시 그렸다. 아무리 화장으로 정성을 다해도 평퍼짐한 둥근 윤곽에다 작은 눈, 큰 입이 언밸런스이고, 그나마 중심부의 콧날이 그런대로 아담하여 혐오감은 비낄 수 있다지만, 결코 매력적으로 볼 수 없는 얼굴임을 재삼 확인하면서 쓴웃음을 머금는다.

그가 성클리닉으로 들어온 것은 10분 정도 지나서였다. 나는 그를 지극히 자연스러운 표정으로, 그러나 반갑게 맞이했다. 그는 성클리닉에 들릴 적마다 그러하듯 발기부전 환자를 위해 꾸며진 행운의 밀실을 한 바퀴 휭 둘러보고 나오면서 활짝 웃었다.

"이제는 아무렇지 않거든요. 면역이 되어선지 모르지만……"

그가 멋쩍은 듯 중얼거렸다.

"혹여…… 문제가 생긴 것 아녜요? 요즘은 환경오염 때문으로도 기능장애가 생기거든요."

"이보쇼— 무슨 그런 끔찍한 농담을……"

우리는 거침없이 웃어댔다. 처음 몇 번은 그가 그 밀실을 둘러 나올 때마다 얼굴이 붉게 상기되어 있곤 했었다. 마치 임상실습 때 산부인과 진찰과정을 처음 목격한 본과생들이 가운 속주머니로 솟구친 음경을 움켜쥐고 얼굴을 붉히던 것처럼, 발기유도를 위한 그 방의 선정적이고 감각적인 시설에 반응을 보였던 것이다. 그런데 이제는 아무렇지도 않다는 듯 여유를 부리는 것이다. 나는 언제나처럼 그가 좋아하는 얼음설탕과 생크림을 넣은 커피를 만들어 주었다.

"강선생의 이런 서비스를, 소생은 무얼로 보답하지요?"

그가 이 날 따라 살가운 인사말을 했다. 나는 소리 없이 웃기만 했다. 함께 커피를 마실 수 있다는 것만으로 보상은 충분하다는 말을 하고 싶었지만 접어 두었다. 그렇다고 계속 침묵을 지킬 내 계재는 아니었다.

"정자은행, 한번 이용해 보시지 않겠어요?"

나는 지나가는 말처럼 심상한 낯빛으로 말을 뱉어 보았다. 그가 의아한 표정으로 돌아보았다. 무슨 말이냐는 듯 두 눈을 벌려 떴다.

"아니, 별난 이야기는 아니고, 닥터 민의 씨종자를 우리 정자은행에 예치하실 생각이 없으시냐, 하는 거죠."

"왜요, 갑자기? 내 몸뚱이 이상 더 좋은 예치은행이 어디 있다구. 생산 공장까지 옆에 두고 언제나 풍요스러운 곳에 잘 보관되고 있는데, 하필이면 얼음통에 왜 넣는단 말이요?"

"유비무환이라는 말도 있고, 우수한 종자를 무정자증의 동료들에게 기증 봉사할 수도 있는 거 아니겠어요? 오늘, 죽은 약혼자의 정자를 뽑아달라는 약혼녀가 있었는데 죽은 자의 부모도 간절히 바라고 해서 요구를 들어 주었어요. 요즘처럼 사고사가 자연사보다 빈번한 때에는 대를 잇는 문제도 중요하겠더라구요?"

그의 얼굴은 놀라움으로 가득 찼다.

"약혼자는 사망했는데, 씨종자만이라도 꺼내 달라, 그것을 자기 몸에 심겠다! 정말 감동적인 스토리네! 여자는, 확실히, 뭔가… 불가사의한 데가 있단 말이야!"

"한번 생각해 보십시오, 끊임없이 생성되었다 죽어 가는 수십억의 내 씨종자를, 한참 힘 좋은 요즘 것을 몸밖에 예치하여 오래도록 살려두어 보는 것, 그것 자체만으로도 의미가 있지 않겠어요?"

나는 그쯤으로 그날의 권유작전을 끝냈다. 그러면서도 속으로는 쾌재를 부르고 있었다. 그의 눈빛이 호기심으로 형형스럽게 빛났다고 생각했기 때문이다. 그 눈빛을 바로 내 권유에 대한 긍정적인 반응이라고 해석했던 것이다.

그는 커피를 아주 달게 마시고 돌아갔다.

그리고 그는 바로 다음날 내가 초청하지 않았는데도 성클리닉에 나타났다. 내 권유가 의미가 있는 것 같아 참여하러 왔다는 것이었다. 나는 속으로 거듭 회심의 미소를 지었다. 어떤 이유에서 왔건 간에 그는 내 집착의 올가미에 아주 쉽게 걸려들었다는 만족감 때문이었다.

"지금, 받으시겠어요?"

내가 활짝 웃으면서 정액을 받을 시험관 하나를 그에게 건네었다.

"이 방으로 들어가야지요?"

그가 조금은 쑥스러운 낯빛인 채 새삼 행운의 밀실을 손으로 가리키며 말했다. 나는 미소를 머금고 고개를 끄덕이며 내가 앞서 그 방으로 들어가 비니오 조작을 했다.

"여기, 편하게 앉으셔서 감상하시고……"

나는 비디오 앞의 소파를 가리키곤 조명을 주황색과 붉은색이 어우러지도록 바꾸었다.

"어허, 왜 이래요?"

"분위기 만드는 거예요. 감상하시면서 받으세요. 영화가 다 끝난 후에, 시험관을 나에게 주셔도 괜찮아요."

나는 그가 정액을 받자마자 그것을 나에게 내밀어야 하는 조금은 부끄러운 부분을 없애주고자 신경을 쓰면서 그 방을 나왔다. 그런데 그는 빠른 시간 안에 정액이 든 시험관을 들고 나왔다. 그의 얼굴이 붉게 충혈 되어 있었고 심히 민망스러운지 내 얼굴을 주시하지 못했다.

"끝까지 감상하시지 않고……"

"지독한 내용이던데… 노총각 숨넘어가는 줄 알았어요."

"그럼, 노총각 면하시면 되잖아요."

내 말에 그는 대답을 하지 않고 시험관을 건네곤 바쁜 몸짓으로 쫓기듯 성클리닉을 나가버렸다.

나는 그가 나간 문을 바라보면서 웃었다. 그가 나에게 부끄러움을 느끼고 있다는 사실이 반갑고 나름대로 긍정적인 해석을 하고 싶어졌다. 나를 이성으로 바라보고 있다는 반증이라 생각한 것이다.

나는 그가 넘겨준 그의 몸의 대단히 중요한 부분을 뚫어지듯 바라보다가 코밑으로 끌어당겨 콧숨을 들이쉬어 보았다. 밤꽃 냄새의 진한 향기가 콧속으로 왈칵 스며들었다. 나는 반사적으로 고개를 젖히기보다 그윽한 향기라고 생각했다. 뿐인가, 콧속의 점막조직으로 깊숙이 파고드는 그 밤꽃 향기로 나는 어처구니없게도 눈시울을 붉혔다.

나는 지금까지 어느 환자의 정액도 직접 냄새를 맡아 본 적이 없다. 생각만으로도 구역질이 솟을 것 같았기 때문이다. 그런데도 방금 콧속으로 스며드는 밤꽃 냄새의 향기로움과 익숙함은 어디에서 비롯된 것인지, 그를 향한 내 흠모의 감정이 원인인 것 외에는 머리에 떠오르지 않았다.

시험관 속에 담겨진 정액의 용량은 티스푼으로 하나쯤은 될 것 같았고, 그렇다면 그 용량 속에는 5억 마리 전후의 정자들이 득시글거릴 것이었다. 나는 그의 씨 종자들의 운동성이나 모습까지 보고 싶은 욕망이 일었다. 현미경 유리판에 그의 정액 한 점을 찍어 놓고 기기를 조작하며 들여다보았다. 경이로움이었다. 육안으로 보아 유리판에 뜨물 한 점 찍어놓은 것 같을 뿐인데, 현미경 속의 광경은 출렁이는 바다였고 그 속에 수많은 정자들이 꼬리를 힘차게 휘두르며 헤엄을 치고 있었다. 마치 일렁이는 수초 속으로 와글와글 들끓는 올챙이들의 모습이랄까 그러했다.

나는 한없이 들여다보고 있었다. 그지없이 정겹고 친숙한 느낌이 들었다. 눈앞의 반쪽 씨 종자들이 흡사 내 몸 속의 생명들인 양 끈끈하면서도 사랑스럽고 또한 아프게 다가들기도 하면서 명치께가 찌엉해졌다. 그러다 문득 뇌리를 스치는 빛살 같은 한 가지 생각으로 눈을 홉떴다. 전신으로 소름이 뻗지르는 긴장감이 왔다. 그것은 일종의 감동이기도 했다. 나는 그 생각을 처음 떠올리는 사람 같지 않게 그다지 놀라지 않았다. 오래도록 고뇌하며 생각해왔던 문제처럼 당연하게까지 느껴졌다. 나는 그의 정액이 담긴 시험관 둘레에 나만 알 수 있는 표기를 하고 냉동을 시켰다.

"너는, 이제 내 손안에 있어!"

나는 기이한 표정을 만들면서 아이들이 뱉음직한 말을 중얼거렸다. 그러나 그 말은 허황한 푸념만은 아니었다. 나는 아득하게만 생각되던 그의 중요한 일부분을 실제 내가 드디어 소유한 것 같은, 뿌듯한 포만감을 느끼고 있었고, 그것은 나에게 상당한 위로가 되었다.

그의 정자를 클리닉에 냉동 예치한 그날 이후부터 그는 당초의 내 계산대로 움직여졌다. 이틀에 한 번 꼴은 성클리닉에 불쑥 들려서는, "내 자식들 잘 있어요?"라고 한마디씩 흘렸고, 나를 향한 표정이 한결 친근하고 부드러워졌던 것이다. 정액을 맡긴 후 보름 여를 그렇게 곰살 맞게 굴면서 나를 행복하게 했다. 그가 클리닉과 구체적인 관계를 갖게 될 때 기대할 수 있었던 효과를 그는 100% 발휘했던 것이다.

따라서 당초의 내 1단계 계획은 성공한 셈이었다. 동료나 친구 사이에서 좋은 관계로, 거기에서 그리운 연인관계로 상승되고 결혼에 이르게 되면 내 2단계, 3단계 계획은 성취하는 것이었다.

그런데 10월 중순경으로 접어들면서 그의 발길은 서서히 끊어지고, 내 심장을 서늘하게 만드는 소식이 접혀들었다. 그가 산부인과 수련의사인 임향지와 급속도로 가까워졌다는 것이었다. 심층에 쟁여져 불안하던 내 기우감은 드디어 적중했고, 그 정보를 접한 그날부터 내 몸뚱이는 질투심과 절망감으로 휘청거렸다. 나는 진작부터 임향지를 의식하고 있었다. 민우철이 생식의학에 유난히 관심이 많아, 집도하는 부분만 아니면 산부인과나 비뇨기과를 전공으로 선택했을 것이라던 당초 그의 뜻이고 보면, 배우자를 그

쪽에서 구하고 싶음은 상식일 것이라 믿었고, 그렇다면 대상은 산부인과의 유일한 미혼녀인 임향지일 수 있다고 미루어 생각한 적이 있었던 것이다.

내가 관리하는 성클리닉은 산부인과와 비뇨기과, 가정의학과 의사들로 스태프진이 구성이 되어 있었으므로 임향지의 왕래 또한 잦았던 것인데, 한 번은 나와 커피를 마시고 있는 그를 바라보는 그녀의 눈빛이 형형스러워지던 것을 본 적이 있었다.

임향지는 물론 나보다 외형적인 조건이 월등하게 좋았다. 팔등신까지는 아니었어도 요철이 분명한 훤출한 몸매에 눈, 코, 귀, 입 모두 흠잡을 데가 없는, 귀티와 품위가 있는 이지적인 분위기의 여성이었다. 더욱이 부모가 생존함은 말할 것도 없고 명문 교육자 집안이라고도 했다.

나는 자신이 누구와 비교되는 것을 가장 혐오스러워 했지만 그러나 내 삶의 전부로 은애하는 민우철과 연관된 여자라면 나를 천착해보지 않을 수 없었다. 앞서 나열한 것처럼 세속적인 그러한 평가로 비교한다면, 나는 그녀의 대적이 될 수 없을 만큼 초라했다. 외형적인 모습에서부터 집안 내력까지 다 그러했다. 편모 슬하의 무남독녀로 성장하고 그나마 편모마저 타계하여 홀홀단신의 노처녀인 내 조건이나 외형적인 모습이, 그녀와의 경쟁상대는 애초부터 아니었다.

그러나 역시 세속적인 평가로 간호대학을 수석으로 입학, 졸업한 나를 사람들은 나름대로 평가하는 모양이었지만, 나는 냉소했다. 자기에게 주어진 삶을 최선으로 살아왔어도 자기의 의지와 상관없이 주어져 있는 외부의 조건들이 자기의 삶을 좌우하고 파장이 크게 울려나감을 30여 년을 살아오면서 감지했던 것이다. 어쨌거나 그러한 외부의 조건이나 몸매로나 나이로나 나와 임향지는 대적이 될 수 없다는 판단이 섰고, 따라서 나는 다른 방법으로 나를 다스리지 않으면 안 되었다.

나를 다스리는 가장 최선의 방법은 내가 그를 향한 집착에서 벗어나는 것이거나 그의 마음을 완벽하게 잡아놓는 것이거나 둘 중의 하나였지만, 실은 둘 다 불가능에 가깝다는 것을 나는 알고 있었다. 그가 내 삶의 의미이자 희망으로 내 정신과 육체에 저려진 것이 횟수로 3년여, 내 영육의 소멸이 오지 않는 한 그에 대한 나의 체념은 어려웠고, 그의 마음을 잡는 일은 체념보다 더 힘들 것임을 예감하고 있었기 때문이다.

3년여를 목을 늘여 기다리던 수동적인 자세에서 이제 비로소 적극적으로 변화하려는 때에, 드디어 몸체를 드러낸 임향지의 출현은 나를 무참하게 난자한 셈이 되고 말았다. 그의 가슴은 젊고 아름다운 임향지의 모든 것으로 꽉 차 사뭇 숨을 쉬지 못할 정도일 것이었다. 주변의 어떤 무엇도 눈에 들어오지 않을 만큼 그녀의 매력에 혼이 빼이고 있을 그에게 성크리닉의 만만하고 못생긴 친구가 여자로 들어설 자리는 깜깜할 것이기에, 내 절망감과 비참함은 형용할 수 없을 정도였다.

11월 중순께로 접어들면서 나에게 들려오는 그들의 소식은 건마다 서슬이 푸른 칼날처럼 나에게 섬뜩섬뜩하게 닿아왔다. 그들이 약혼식을 갖는다는 것이었다. 기막히게 어울리는 커플로 병원 전 직원들의 아낌없는 축하를 받을 것이라 했다. 민우철의 부모가 임향지를 마음에 꽉 차하면서 두 사람에게 개인종합병원을 세워줄 플랜을 세우고 있고, 며느릿감을 만나기 위해 산부인과를 거의 매일 들린다는 것이었다. 눈에 넣어도 아프지 않을 것 같은 외아들의 배필을 아들 이상으로 사랑하고 유별하게 아낀다는 것이었다.

이런 시시콜콜한 정보는 산부인과 간호사인 내 후배가 들려주는 것으로 건성건성 듣는 척, 그러나 숨통이 막혀드는 고통과 칼날에 베이는 듯 저려드는 아픔으로 나는 숨을 몰아쉬곤 했다. 스무날, 그러니까 약 3주간을 나는 그의 얼굴을 볼 수가 없었다. 그를 볼 수 없다는 것이 얼마나 큰 고통인가를 온몸으로 절감했다. 심장이 바작바작 타들어 가서 나는 자존심을 더 지탱할 수가 없었다. 나는 완전히 허물어지기 직전의 상태에서 그에게 전화를 걸었다. 손끝이 수전증 환자처럼 떨렸다.

"닥터 민…… 커피 생각…… 없으세요?"

지극히 담담한 음성을 내고자 노력했는데도 그의 음성을 듣자 떨리고 말았다.

"아, 강선생! 내 자식들, 잘 있어요?"

그의 음성은 싱그럽고 밝았다.

"아빠 얼굴을 왜 볼 수가 없느냐고, 아우성들이네요…… "

들뜬 그의 목소리에 비해 내 목소리가 지나치게 가라앉아서인지 그가 의외라는 느낌을 갖는 듯 잠시 침묵을 지켰다.

"많이…… 바쁘신가 보지요?"

"그래요, 아주 많이 바빠요……"

"그렇군요."

나는 그냥 송수화기를 놓고 말았다. 알 수가 없었다. 참담한 절망감 외에 특별히 서러운 것 같지는 않은데 눈물이 볼을 타고 흘러내렸다. 이러는 자신이 어처구니가 없고 기가 막혔지만 봇물이 터지듯 염치없이 쏟아져 내리는 눈물을 막을 수가 없었다.

나는 만신창이가 되는 것 같은 내 자존심을 부둥켜안고 그의 정액이 냉동저장 되어 있는 질소통 앞으로 다가갔다. 그리고 그의 정자가 담긴 시험관을 꺼냈다. 서리에 휘감긴 그것을 찌를 듯 응시하곤 다시 집어넣었다. 거짓말처럼 마음이 안정되었다. 그가 홀연히 내 곁을 떠난다 해도 그의 생명의 핵인 씨종자를 내가 관리, 소유하고 있는 한 진정한 결별은 아니라고 생각했다. 물론 따지면, 그의 씨종자를 내 소유라고 말할 수는 없었지만 나는 그를 공여자로서 공식서류에 올리지 않았고, 그 또한 그런 기록적 요식에 관심을 갖지 않았으므로 내 개인적인 소장물로 다루어 왔던 것이다.

　그의 정자로 하여 내가 위안이 된다는 것은, 여차하면 나는 그를 영원한 내 소유로 할 수 있는 가능성이 있기 때문이었다. 그 가능성의 기초는 그의 정액을 받던 날 불현 듯 뇌리를 스치던 빛살 같은 생각이 그 원조였다. 마치 주인 없는 거대한 유산을 상속받은 듯 나는 수 억대의 보물처럼 그 생각을 보듬고 있었다. 현실적으로 그를 가질 수도 체념할 수도 있는 나름대로의 내 비장의 마지막 카드였다. 완벽한 그 자신은 아니라 해도 그의 유전자를 통째로 지닌 그의 정자와 내 몸속의 난자를 수정시키면 내가 원하는 내용의 분신을 얻을 수 있다는, 내 은밀한 계획이 바로 그것이었다.

　그의 분신으로 나는 혼자 헤쳐 가는 내 삶의 지주이자 동반자로 삼으려는 것이었다. 물론 내가 이 일을 감행하는데는 무엇보다 정자의 주인인 그의 허락이 따라야 하고 윤리적 도덕적인 문제가 내재하겠지만, 그것은 일의 시도 자체가 합법적이지 못한 것이기 때문에 내 입장으로서는 문제될 것이 없었다.

　나는 달력을 내려 내 생리의 배란일을 체크했다. 생리만큼은 열다섯 살의 초경 때부터 서른 세 살의 지금까지 단 한번도 불순을 보이지 않았으므로 배란일은 정확히 잡을 수가 있었다. 바로 사흘 후부터 내 배란일은 시작되는 것이었다.

나는 마음이 조급해지기 시작했다. 지난 3년여 동안, 그와 동갑내기였지만 더러는 손위 누이처럼 만만한 동성의 친구처럼만 지내오면서 단 한번도 그를 향한 은밀한 속마음을 비쳐 보이지 않다가, 이제 혼자서 타는 마음으로 이런 행위를 갖는다는 사실은 스스로도 답답한 기분이 없지 않았지만, 그러나 일단 마음을 굳히자 나는 누가 떠밀기라도 하듯 마음이 바빠지기 시작했다.

나는 이날부터 계산하여 엿새째가 되는 날 시술키로 하고 산부인과 후배 간호사에게 그날 오후에 클리닉으로 들려달라는 부탁을 했다.

그날 밤, 나는 침구 위에 반듯하게 드러누워 다시 내 자신의 삶을 반추하기 시작했다. 상식대로 살려들면 내가 취하려는 방법은 참으로 무모한 행위였다. 그 행위는 결혼을 할 경우, 자식을 데려가야 하므로 배우자에게 큰 결례이며 무엇보다 아이에게 상처가 될 수 있을 뿐만 아니라 나 자신의 결점으로 커다란 부담이 되는 일이었다. 따라서 결혼을 하지 않고, 하고 싶은 일만 하면서 아이와 더불어 삶을 구성할 자신이 서지 않으면 섣불리 이 일을 진행해서는 안 되는 것이었다.

후자를 택하기로 했다. 그를 완전히 놓치지 않으면서(그러나 이러한 내 생각에도 문제는 있었다. 그의 분신은 분신일 뿐 그 자체는 아닌데 나는 그를 놓치지 않는 방법으로 착각하고 있으니), 자유인이 되고 싶었다. 아이가 성장하여 자신의 근원을 두고 번민을 하는 시기가 오겠지만 이해할 것이라 생각했다. 물론 짧지 않은 세월동안 육체의 공허를 메우기 위한 연애의 열풍은 있겠지만, 소유하여 구속되는 어리석음은 배제할 것이라 생각했다.

실제 성클리닉에는 독신녀들의 인공수정 지원자가 적지 않았다. 결혼은 하지 않고 아기만 갖겠다는 규수들이었다. 이들은 저마다 나름대로의 일을 갖고 있고 대체적으로 자기 삶의 주관이 뚜렷이 서있는 부류들이었다.

그녀들은 가능하면 정자은행에 예치된 우수한 정자를 수정시켜 주기를 원했다. 정자은행을 본격적으로 가동한 지 7년 간, 이렇듯 아기를 원하는 독신녀 지원자는 수십 명도 넘었고 그 중 3분의 1 정도는 성공을 이루었다. 성공률이 저조한 원인은 정자 자체에 문제가 있거나 기술에 원인이 있는 경우보다 독신녀들의 신체에 원인이 있는 사례가 더 많았다. 냉동된 정자는 거의가 의대 학생이나 젊은 의사들의 것으로 건강했으나 그것을 공여 받는 측의 자궁이나 혹은 나팔관의 이상으로 실패한 경우들이 적지 않았던 것이다.

정자의 운동성이 좋고 수량이 많고 자궁이 건강하고 배란일이 정확하면 기구를 이용한 자궁 속 직접 주입이 가장 성공률이 높은 방법이었지만, 나팔관 유착과 자궁 속 종양질환의 경우가 적지 않아 절반 이상의 케이스가 여의치 못했던 것이다. 물론 난관유착일 때는 난자를 몸밖으로 추출하여 정자와 시험관에서 수정시켜 수정란을 규수의 자궁 속에 착상시키는 방법도 있었고, 자궁 내에 질환이 있는 경우에는 타인의 배를 빌릴 수도 있었지만 독신녀들은 후자의 방법들은 원하지 않는 편이었다.

아직은 남의 배를 빌려서까지 갖고 싶을 만큼 아기에의 욕망이 절박하지 않다는 뜻일 수도 있었다. 나는 적어도 내 신체의 건강만은 자신할 수 있었으므로 그의 정자를 자궁 속으로 직접 주입하는 방법을 취할 작정이었다.

내 몸이 배란기로 접어들기 하루 전 날, 그러니까 정자의 인공수
정시술을 사흘 앞 둔 한낮에 그가 불쑥 성클리닉에 나타났다.

"내 새끼들, 잘 있어요?"

눈에 띄게 좋아진 얼굴에 웃음을 가득 퍼뜨리고 여느 때와 같은
말을 던지면서 그가 의무실로 들어섰다. 나는 벌떡 일어선 채 그의
얼굴을 바라보기만 하고 얼른 대답을 하지 못했다. 순식간에 명치
끝이 저리고 콧속이 쩌엉해져서 반응을 할 수가 없었던 것이다.

"오랜만이군요……"

나는 가까스로 대답하곤 고개를 돌려버렸다. 두 눈 가장자리가
후끈하게 더워져 오면서 원치 않는 일이 터질 것 같아서였다.

그가 다음 말을 잇고 있었다. 나는 계속 어떤 대답도 할 수 없었
다. 입만 움직이면 눈가에 몰려있는 열기가 폭파되면서 기어이 눈
물이 후드득 쏟아질 것 같았던 것이다.

"강선생…… 무슨, 일이 있어요?"

나는 돌아선 채 고개를 위로 쳐들면서 "잠깐만요" 꺽쉰 음성으로
말하곤 의무실 밖으로 나가 화장실로 들어갔다. 흥건히 고여 있던
눈물을 확 쏟아냈다.

"등신 같은 년…… 의연하지 못하고…… 그의 관심은, 강찬희 네
가 아니야…… 질소통에 들어 있는 자신의 씨종자야! 아직도 모르
겠어? 그가 임향지와 사랑하느라 클리닉에 자주 오지 않았다 해
서, 그렇게 원망스럽고 서러운 거야? 덜 떨어진 촌닭 같으니……"

나는 뇌까리면서 눈 주변을 휴지로 정리하고 천연덕스런 낯빛
으로 의무실로 돌아왔다. 그는 돌아가고 없었다. 그냥 지나가는
길에 들려보았는데 강선생의 기분이 우울해보이니 다음에 들르겠
다는 메모만 남겨놓고. 나는 허탈스럼에 의자 위로 무너지듯 주저

앉았다.

그날로부터 사흘 후.

저녁 8시 30분에 산부인과의 정보 전달자이자 나와 절친한 후배인 홍간호사가 당직을 끝내고 성클리닉으로 왔다. 도대체 무슨 일로 퇴근하지 않고 불러 들이냐고 의아해했다.

"닥터 임과 민선생의 정보 때문이라면 오늘 빅뉴스가 하나 있어요! 닥터 임에게 남자친구가 두셋 더 있었나봐. 한 친구가 내과 민선생님을 찾아왔었나봐, 임향지는 자기 여자이니 관심 거두어달라고 했다나, 닥터 임이 인물값을 아주 톡톡히 하나봐요."

"그들 이야기는 관심 없어. 당신, 오늘 나를 도와주어야 할 일이 있어. 손 소독하고 진료대로 들어와 줄래?"

나는 냉동보관 된 그의 정자를 빼내어 진작 녹여서 기구 안에 넣어두고 있었다. 현미경에 재차 검사한 그의 정자들은 운동성도 아주 활발했고 수량도 많았다. 나는 아래 속옷을 전부 벗어 내리고 진찰대 위로 올라갔다.

"아니, 언니… 난, 소파수술을 못하잖아요?"

후배가 경악스런 낯빛을 하고 비명을 지르듯 말했다.

"배지도 않은 아기 긁어내 달라는 것이 아니고, 반대로 아기씨 좀 넣어달라는 거야!"

"언니! 미쳤소?"

그녀는 더 기가 막힌 모양이었다. 반쯤 입술을 벌리고 나를 뚫어지듯 쳐다보았다.

"아무 말도, 더 묻지 말고, 머뭇거리지도 말고, 부탁한다!"

후배는 결국 손 소독을 하고 위생가운을 착용한 후 기구를 내 질

깊숙이 삽입하는(물론 이 주입법도 법적으로는 의사만 할 수 있을 뿐 간호사는 할 수 없었지만 그 정도는 간호사들도 능숙하게 했다) 일을 끝내고 다시 손을 닦았다.

"놀랬어…… 그 나이에, 아직도 버진(동정녀)이라는 사실!"

후배가 나를 두고 혼잣소리처럼 중얼거리는 것을 들으면서 나는 쓴웃음을 머금었다. 속으로 "그래 난 마리아다. 동정녀가 잉태를 하게 될 테니 말이야" 하고 되받았다.

후배는 손을 닦고서 내 얼굴을 정식으로 주시해왔다. 도대체 처녀가 이 엄청난 행위를 왜 저지르며, 정자는 누구의 것이며 앞으로 후회하지 않을 자신이 있느냐고, 한꺼번에 취조하듯 물어오는 것을, 그녀의 강렬한 눈빛과 표정에서 단숨에 읽었지만 나는 대답 대신 눈을 감아 버렸다.

질 속에 쏟아진 정자들이 자궁구를 통과하여 자궁강을 지나고 나팔관에 기다리고 있을 내 난자를 찾아가는데 무리가 없도록 나는 조금도 움직이지 않고 환자용 베드 위에 몸을 누이고 있을 뿐이었다.

"언니, 제발, 이제는 말 좀 해보라구요!"

"아우님, 고마워… 오늘 저녁 일, 당신과 나만 아는 사실로 하자. 부탁한다, 내가 후에 은혜 갚을게. 나는 좀더 몸을 안정시킨 후에 집으로 갈 테니, 당신 먼저 돌아가도 좋겠어."

후배는 여전히 경악과 원망스런 표정을 풀지 못한 채 그러나 내가 어떤 채근에도 속을 털어놓지 않을 사람이라는 것을 아는지, 한숨을 뿜어내면서 돌아갔다.

나는 그날 클리닉의 외래진료실 베드 위에서 밤을 지냈다. 정자의 운동성이 유난히 좋았으니 한 시간 정도면 가장 일등으로 달린 정자가 나팔관에서 내 난자와 만나 드디어 수정이 될 것이고, 그

수정란이 다시 자궁벽에 착상키 위해 섬모에 떠밀리며 자궁강으로 내려갈 것이라 생각을 하면서, 밤을 지새웠던 것이다.

요상한 것은 사람의 마음이었다. 그의 씨종자를 몸속으로 들이면서부터 그와 임향지의 약혼설에 피가 닳아지던 내 머리와 가슴은 차분히 가라앉았고 담담해졌다. 놀랍게도 뿌듯한 희열감까지 심층바닥에서 꿈틀거리기도 하는 것이었다.

그의 정자를 몸속에 담은 지 5주째가 되었을 때였다. 나는 내 소변을 직접 검사하곤 임신에 성공한 것을 확인할 수 있었다. 뛸 듯이 기뻐 환호성이라도 내지르고 싶었지만 입귀로 미소를 머금는 것으로 흥분을 표현했다. 또한 자신에게 이게 어디 환호성을 내지를 정도로 펄쩍 뛰며 좋아할 성질이냐고 반문도 했다. 그의 정자를 내 몸속에 수정시킨 그날 이후, 시간만 나면 클리닉으로 찾아와 나에게서 그날의 결과와 자초지종을 듣고 싶어 하는 후배에게 나는 잉태가 되었음을 알려주었다.

"축하해야…… 되는 거지요?"

후배가 웃음을 머금고 반문했다.

"우리가, 아니 내가 시도한 것이 성취가 되었으니 축하를 해도 괜찮을 것 같지만, 그냥 아껴두자."

"이젠, 실토하시오. 누구의 씨종자요? 어쩔 심산으로 이런 무모한 일을 벌였단 말이요?"

"아우님, 좀 봐다오. 아직은 아무런 말도 할 수가 없어. 내가 계획하고 추구하는 대로 내 인생의 뿌리가 내려지면, 제일 먼저 아우님에게 전부 쏟아 놓고 감사할게. 고맙고 미안하다."

정자의 주인이 누구이든 그것 자체는 중요하지 않을 수도 있었으나, 태어날 아기를 위해서 이 문제는 필요할 때까지 극비로 둘

수밖에 없다는 내 생각은 변함이 없었기에, 그쯤으로 말하고 말았다. 후배는 더 채근하지 않았다. 그러나 시선을 천천히 아래로 깔면서 입귀로 미묘한 웃음을 머금었다.

밖에는 첫눈이 내리고 있었다. 병원 뜨락을 오가는 사람들의 표정이 밝아져있었다. 휠체어를 탄 노인 환자와 팔에 깁스를 한 어린 소년 하나가 병원 뜰에 나와 하늘을 쳐다보며 성한 한 손을 들어 눈을 받듯 하면서 캬들 캬들 웃고 있었다.

나는 의무실의 창을 통해 마냥 흩뿌리는 눈발을 바라보면서 어저께 낮의 후배 얼굴에 깔려지던 냉소 비슷한 웃음의 의미가 무엇인지 떠올려보았다. 분명히 정상적이고 고운 웃음으로는 볼 수가 없었던 것이다.

"그래…… 물론, 내가 정상은 아니지…… 서른 세 살의, 동정녀인 처녀가…… 어느 날 느닷없이 사내의 정자를 몸속에 집어넣고… 이해가 되지 않겠지…"

아무리 거듭 생각해 보아도 그녀 웃음의 의미를 캐낼 수는 없었다. 아전인수의 해석이랄까, 나에 대한 연민의 표현이거나 아니면 뭔가 나름대로 짐작하고 있다는 뜻의 웃음일 것이라 생각했다.

그때, 민우철 그가 거짓말처럼 의무실로 들어섰다. 건물 밖에서 들어온 듯 머리 위에 미처 녹지 않은 눈발이 얹혀져 있었다. 커피를 한잔 주겠느냐고 했다.

나는 반사적으로 긴장했지만 천연스런 낯빛으로 그를 면대했다. 그의 취향대로 커피를 끓여주었다. 그를 면대하고서도 참으로 담담한 내 마음 상태에 나는 속으로 감탄하고 있었다.

그는 말없이 커피를 달게 마셨다. 그렇게 생각해선지 이날따라 그의 표정이 복잡했다. 온화하고 여유로운 것처럼도 보이는가 하면 어둡고 가라앉은 모습으로도 느껴졌다.

나는 말없이 녹차를 만들어 마셨다.

"커피광인 강선생답지 않게… 어인 녹차를 드시오?"

그가 웃음 머금은 부드러운 표정으로 나를 쳐다보며 물었다. 그의 눈빛이 정감스러웠다. 왜 일까, 첫눈 탓일까, 내 마음이 그지없이 쓸쓸하고 정감어려 그렇게 보이는 것일까.

"사람이 늙어 질겨지니까, 식성도 달라지네요."

나는 그야말로 늙은이 같이 처진 기분이 되어 이죽거리듯 말을 받았다.

"이보시오, 강선생이 늙었다면, 갑장인 나는 뭐요? 참, 내 자식들 잘 있어요? 한번 만나보고 싶네!"

그가 건성으로 지나가듯 말했다. 순간, 나는 가슴이 덜컥 내려앉으면서 정신이 번쩍 들었다.

"아, 정말! 씨 주인에게 알린다는 것을 잊었네… 그 씨종자, 어떤 불임녀에게 제공했어요. 이젠 여기에 없어요."

의외로 그는 별로 놀라지 않았다.

"주인 허락도 없이?"

다만 그 말만 중얼거리듯 뱉을 뿐이었다. 자기 씨종자를 공여 받은 상대가 어떤 성향의 사람이냐, 임신이 성공됐느냐 따위의 기본적인 질문도 하지 않았다.

"내 씨를 받은 상대 여자가, 강선생이었으면 좋겠군!"

그가 커피 잔을 입술에서 떼어 내면서 중얼거렸다. 나는 다시 심장이 얼어붙는 충격으로 잠시 숨을 멈추었다. 어떤 말도 얼른 말이 되어 나와 주지 않았다. 환청을 들은 것인지도 모른다는 생각을 했다. 나는 얼른 천연덕스러워지지 못하고 그의 다음 말을 또 들어야 했다.

"말도 안 되는 농담 한마디에, 자기가 무슨 소녀라고 그리도 얼어붙는담? 참! 지난 번 그 죽은 자의 약혼녀, 배란기에 클리닉에 와서 죽은 약혼자의 정자를 수정했어요? 어째 그 뒷소식이 조용하지?"

마치 그 일이 궁금하여 클리닉에 들렀는데 이제야 비로소 생각이 났다는 호들갑스런 낯빛을 하면서 물어왔다. 나는 어깨를 쳐뜨리면서 고개를 흔들었다.

약혼자의 정자를 추출해서 자기에게 인공수정 해 달라고 울며불며 읍소하던 그 약혼녀는, 배란기를 맞고서도 클리닉으로 찾아오지 않았던 것이다. 자기 인생은 자기가 결정하는 것이라며 클리닉 소장에게 영원한 사랑의 열정을 보이던 그녀는, 병원 측에서 연락을 해도 그런 사람 살지 않는다는 한마디로 차단해 버렸다.

다만 죽은 청년의 부모만 클리닉을 찾아와서, 아들의 씨종자를 누구에게 기증해도 좋지만 나중에 자기들에게만 상대가 누구인가를 가르쳐 줄 수는 없겠느냐고 했다. 그것을 알 수 있으면 자기의 손자가 다른 성을 갖더라도 멀리서 지켜보며 도와주고 싶어서 그런다고 했다. 병원 측은 공여를 받는 사람의 입장 때문에 그 일이 쉽지 않다고 하자, 그들 부모는 그럼 '인간으로 태어났는지', 그것의 여부만이라도 알려달라고 했었다.

"감정의 소용돌이에서 헤어나면… 이성이 찾아지기 마련이겠지…… 여자는, 누구나 다 불가사의한 존재는 아니군…… 그렇지, 아무나 그런 인물이 될 수는 없지…… 강선생! 나, 커피 잘 마시고 갑니다!"

그가 손을 들어 보이고 어깨를 건들건들 유별한 몸짓을 보이면서 나갔다. 이날의 그는 분명히 어딘가 많이 달라 보였지만, 나는 그가 흘린 충격적인 말들을 음미하느라 정신이 없을 정도였다. 그가 성클리닉을 나가 흰 가운의 어깨를 건들건들 흔들며 돌아가는 모습을, 후배인 홍간호사가 멀찍이서 지켜보고 있음을, 나는 알지 못했다.

일주일 후, 후배가 클리닉에 나타나서는 민우철 그가 무슨 이유인지 정확히는 모르지만, 임향지와 결별을 선언했다고 말했다. 그리고 나를 향해 의미심장한 미소를 만면에 가득 퍼뜨렸다.

| **6** |

내 살점

천만금보다 더 형형스런 내 인생이며
내 청춘이, 왜 이토록 삭막하고 우울해야 되며,
나 아닌 타인을 위해 내가 왜 도리 없이 멀쩡한 내 살점을
칼질해야 하는가에 대해,
가슴을 갈기갈기 뜯고픈 억분으로 내심 발광을 했다.

내 살점

내가 3년간의 군 복무를 끝내고 돌아왔을 때 집안의 행색은 눈에 띄게 궁핍해져 있었다.

집안의 수입이란 2년 전에 미화공무원으로 퇴직한 아버지의 연금 80만 원과 담장 모퉁이에 천막과 브로크로 임시 증축한 가게에서의 월세 30만 원 등 1백여 만 원에 불과한데, 만성 신부전증腎不全症을 앓고 있는 둘째 형의 월 치료비가 90만 원 전후로서 살림 형편이 몹시 위태해 있었다.

그나마 분가해 살고 있는 큰형이 짧은 박봉에서도 생활비를 얼마씩 지원하는 형편인데도 밑 없는 독에 물 붓기로 그것 모두가 둘째 형의 치료비로 묻혀 들어가고 있었다. 따라서 나이보다 폭삭 늙어 뵈는 아버지는 그 좋아하는 소주 한잔 마음대로 마시지 못하고 있는 처지였다.

둘째 형이 혈액 투석을 받게 된 것은 1년 전부터라고 했다. 콩팥의 기능이 파괴된 만성 신부전증으로 발병이야 진작부터 했겠지만 본격적인 혈액 투석 치료를 받기 시작한 것은 1년 전이며 그때부터 매달 90여만 원이 치료비로 들어가고 있었는데, 문제는 형이 평생토록 그 치료를 받아야 한다는 점이었다. 병의 완치를 위해 혈액 투석을 받는 것이 아니라 생명의 연장을 위한 현상 유지 치료라는 점이었다.

바꿔 말하면, 한 달에 열두 번씩 몸속의 노폐물을 인공 신장기에 의해(신장이 세 기능을 못하므로) 몸 밖으로 걸러내는 혈액 투석을 받지 못하면 형은 몸속에 요독尿毒이 가득 차서 결국 생명을 잃게 된다는 것이었다.

당연한 현상이겠지만 이런 절박한 상황 속에서도 가족간에 연계되는 분명한 진실은 어떤 방법을 동원해서라도 형을 살려야 한다는 일념뿐으로, 양친은 깊은 주름 속에 마냥 초췌해 있었고 큰 형 또한 심히 우울해 있었다.

어릴 때부터 선병질적인 체형이면서도 수재秀才라 불리울만큼 유난히 명석하여 양친의 사랑을 한몸에 받던 둘째 형은 작년 봄에 굴지의 명문 대학을 졸업했다. 그러나 취직도 하기 전에 병의 악화로 현재는 무위도식(?) 상태에서 양친에 의지하고 있는 처지였지만, 중병에 맞서 있는 당사자인 그는 의외로 긍정적이고 밝았다.

자기 질병이 회복 불가능이 아니라 '자기'만은 기어이 완치를 볼 수 있다는 확고한 믿음으로 투병에 임하고 있었고, 자기에게 필요한 모든 것을 가능성 여부와는 상관없이 거침없이 당당하게 요구하는 편이었다. 자기에게 집중된 가족들의 관심을 당연한 것으로, 오히려 헌신적으로 더 적극적이지 못함을 섭섭해 하는 투정을 보일 때도 있었다.

나는 형의 이러한 오만스런 입장을 자주 접하면서 의아해질 때가 많았다. 그러나 형이 돌이킬 수 없는 중병의 환자이고 원래의 이기적인 성품이 그런 상황에 처해지면 더 심화될 수도 잇을 것이라는 헤아림과 함께, '비관하고 자학하는 것보다 낫다.'고 한 양친의 말처럼 차라리 다행이라고 생각은 하고 있었다.

그러나 형으로 하여 온 가족이 함께 서서히 바닥없는 늪 속으로 빠져들고 있다는 동반 피해감은 벗어날 수 없었으며, 실제 달리 서광曙光이 없는 앞날에의 불안으로 가슴이 그지없이 답답할 뿐이었다.

그랬다. 설령 한 달에 1백만 원의 치료비가 십수년 지속적으로 들어간다 해도, 급기야는 작은 집마저 팔고 온 가족이 거리로 쫓겨나가는 상황이 되고 양친과 큰형과 내가 그로 하여 평생 동안 고단한 삶을 벗어나지 못한다 해도, 둘째 형은 치료를 받으면서 반드시 살아야 했다.

생명은 이 세상 무엇보다 소중하므로 환자는 첨단의 의료 시설을 이용할 권리가 있으며, 그 무엇보다 세상에 살아 존재하고 픈 인간의 본성적 욕구는 누구의 도움으로든 성취되어져야 한다는 내 인식에는 변함이 없었다. 그러나 인식과 상반된, 온 식구가 늪 속으로 함께 잠겨드는 눈앞의 현실은 내 가슴을 심히 절망케 했다.

저물 무렵이었다.

나는 침울한 얼굴인 채 점퍼를 걸치고 밖으로 나갈채비를 했다.

"저물녘에, 어디 나가니? 아버지가 네 큰형을 퇴근 후에 집에 다녀가라고 전화하시는 걸 들었다. 가족회의를 가질 모양이더라만······."

오십 중반인 당신의 나이보다 10년은 더 늙어 뵈는 어머니가 주름투성이의 얼굴로 부엌에서 내다보며 말했다.

"가족……회의라니요?"

나는 낡은 운동화를 발에 꿰다 말고 낮은 목소리로 반문했다.

그러자 어머니의 시선이 아래로 깔리며 이어 긴 한숨을 뿜어 냈다.

"네 둘째 형 때문이 아니겠니……."

"왜요? 무슨, 문제가 생겼어요? 형은 지금 병원에 투석 받으러 갔잖아요, 아버지랑 함께……."

"곧 돌아올 게다. 글쎄 나도 무슨 일인지 잘 모르겠다만……."

하지만 어머니는 가족회의 소집 건을 소상히 알고 있는 듯, 어둔 표정이며 깊은 한숨 소리가 그것을 느끼게 했다.

그러나 나는 상근이와의 약속 시간 때문에 집에서 더 머뭇거릴 수가 없었다.

"친구하고 약속을 했어요. 빨리 돌아올게요."

나는 집 밖으로 나서면서 점점 가라앉는 기분을 지울 수가 없었다. 둘째 형과 상관된 가족회의라면 결코 반가운 내용이 아닐 것임은 충분히 짐작할 수 있기 때문이었다.

드디어 집을 팔고 전세 혹은 월셋집으로 이사 가야 하겠다는 내용이거나 아니면 양친兩親 중 누군가가 형에게 신장을 하나 떼 주어 형이 신장이식 수술을 받게 되었다는 통고를 하거나 둘 중의 하나일 것이라는 짐작이었다.

그러나 두 가지 모두 지극히 어려운 문제로, 좀 더 솔직한 내 심정으로는 불가不可한 일이었다.

집은 작고 낡았지만 증조부 때부터 물려져 온, 조부와 부친과 형들과 또한 내가 태어난 태생옥胎生屋이고 더불어 우리 집안 피붙이들의 영혼이 묻어 있는 곳으로, 가능하면 후손들의 손으로 영구히 보존되었으면 해서이고, 신장이식 수술 건은 더더구나 말씀이 아니라는 생각이었던 것이다.

왜냐하면 내가 알고 있는 상식으론, 우선 신장이식 수술의 성공률이 1백 퍼센트 높지 못하고 또한 그것 자체도 완치를 위한 치료법이 아니라 그 분야의 유일한 수술 요법일 뿐이며, 수술이 성공한다 쳐도 평생 동안 거부반응 억제제를 먹어야 하는 힘든 치료가 따르기 때문이었다. 물론 수술이 성공했을 경우는 주3회씩 혈액 투석을 받지 않아도 되고 따라서 투석 때마다 경험하는 생명에의 불안 의식을 자주 느끼지 않아도 되는 이점은 있었다.

그러나 결코 완치가 아닌 그만한 정도의 효과를 얻기 위해 건강한 장기臟器를 생으로 떼어내야 하고(물론 의사들은 신장 두 개 중 하나의 기능만으로도 천수를 다할 수 있다고 말하지만), 엄청난 수술비를 지불해야 되는 부담을 안아야 한다는 사실이 얼른 납득이 되지 않는 것이었다.

형으로 인해, 몸이 허약한 양친 중 누군가가 어떤 강변으로도 유익하다고 볼 수 없는 장기 절제 수술을 받아야 한다는 사실은 형만의 부모가 아니라는 입장에서 억울하고, 수천만 원 대수술비로 인해 가족들이 몸담을 집은커녕 끼니조차 연명키 어려운 비참한 상황으로 휘말려들 눈앞의 현실이 답답했던 것이다.

그러나 둘째 형은 엄청난 희생을 깐 수술이 거부반응으로 실패하는 경우가 생긴다 쳐도 다시 혈액 투석을 받을 수 있으므로 어려운 여건이지만 이식 수술을 소원하고 있을 것이고, 그리고 가족들은 또 다시 당연히 그를 도와야 하겠지만, 그러나 실제 혈액 투석비 공급만도 헉헉대는 집안 꼴이 아니던가.

우선 형으로 인해 내 발등에도 당장 뜨거운 불덩이가 떨어져 있었다. 나는 제대 후 3개월여간 양친으로부터 버스값 한 닢도 받아본 적 없었고, 부끄러운 말이지만 술을 사는 친구들에게 커피한잔 대접할 경제적 능력이 없었다.

보다 더 화급한 일은 오는 학기의 복학에 따른(나는 대학 2학년 때 입대했었다) 등록금 마련 문제였다.

그러나 양친에게 있어 내 복학 문제는 조금도 화급한 현실이 아닌 듯 관심을 보여주지 않았으며, 나는 스스로 내 문제를 해결해야 될 입장이었다. 이 날 고등학교 동창인 상근이를 만나는 일도 실은 등록금을 융통할 건 때문이다.

"야, 여기다!"

카페 '세실'은 자욱한 담배 연기와 꽉 찬 사람들의 소요로 흡사 시장 바닥 같았다. 눈앞을 막는 뿌연 연기와 콧속으로 왈칵 몰려드는 매연으로 홀 입구 쪽에서 얼굴을 찌푸리고 섰는데, 구석 자리에서 상근이의 소리가 들려왔다.

나는 우선 그의 밝고 큰 음성을 속으로 반가워하며 서둘러 그의 맞은편에 앉았다.

"야, 됐어! 내일부터 나오래!"

상근이의 활기찬 음성에서 미리 감지한 내 예감이 적중한 것을 알 수 있었다.

"삼촌이 너를 잘 알잖아, 아주 흔쾌하게 오케이 했어! 내일 밤부터 나와서 일하라는 거야. 시간당 4천 원인데 너는 5천 원 쳐주겠다고 했어."

"정말…… 잘 됐구나!"

나는 상근이의 손을 움켜잡았다. 그리고 재빠른 머리 회전을 했다. 매일 밤 평균 다섯 시간씩 뛰면 월 75만 원, 3개월 정도면 한 학기 등록금과 책값을 마련하는 데 무리가 없겠다는 생각을 했다. 등록 마감은 두 달밖에 기한이 없지만 상근의 삼촌에게 일당$_{日當}$을 미리 가불 받는 방법도 있을 것이었다.

"너, 쓸개 빼놓고 일해야 한다? 취객들 술 심부름 너처럼 뼈다귀 센 친구는 견뎌내기 힘들 거란 말이다."

상근은 내가 술집 종업원 노릇을 제대로 해낼 것인지 걱정인 모양이었다. 내가 밤 시간제로 일하기로 한 곳이 바로 그의 막내삼촌이 경영하는 무교동의 대형 극장식 술집이기 때문이었다.

"너 배부른 걱정하는구나? 그런 문제는 절대 염려 놓으라구. 삼촌께 정말 감사하다고 말씀드려다오. 나 돈 벌면 은혜 갚아드린다고."

"짜식!"

사실 술집, 음식점, 백화점 할 것 없이 아르바이트를 원하는 대학생은 지천이었고 빈자리는 흔치 않았다. 상근의 삼촌이 나를 위해 빈자리를 만들고, 더구나 다른 종업원들보다 우대해 주겠다는 것은 어릴 때부터 상근의 집을 드나들며 "삼촌, 삼촌." 따르는 나를 유난히 좋아하던 각별한 정의 표시였다.

나는 실로 오랜만에 시름만으로 저려지던 가슴에 숨통 구멍이 하나 뚫린 것 같은 기분을 맛보았다. 안도감과 함께 뼈근한 감동까지 일었다. 실제 제대 후 3개월여간 나는 아르바이트 자리를 얻기 위해 동분서주 뛰었고 공사장에도 수차례 나가보았지만 그나마 자리가 없어 방황했던 것이다.

상근이 축하 소주를 사겠다는 호의를 다음으로 미루고 일어섰다. 애쓴 친구에게 커피 한잔 마음 놓고 사줄 수 없는 당장의 내

호주머니 처지가 딱해서보다 가족회의가 있던 어머니의 어둔 얼굴이 머릿속을 스쳤기 때문이었다.

　내가 다시 집의 대문 안으로 들어섰을 때, 가족들은 모두 돌아와 이미 안방에 모여 있었다. 가족들이라야 양친과 분가해 살고 있는 큰형과 환자인 둘째 형, 그리고 나를 포함하여 다섯 사람이었지만, 둘째 형은 불참이었다.

　그는 자기 방에서 TV를 보고 있는 듯 이날따라 볼륨을 높여 안 방에까지 소리가 전해지고 있었는데, 나는 그의 불참과 TV의 유난 스런 소음이 바로 가족 모임의 내용을 한마디로 설명해주는 듯 느 껴져서 가슴이 무거워졌다.

　방안은 매캐한 담배 연기로 가득 차 있었다. 내가 도착하기 전 에 이미 이야기가 진행 중이었던 듯 아랫목에 자리한 아버지의 낯 빛은 침통하다 못해 사뭇 일그러진 채 줄담배를 태우고 있었고, 큰 형은 방바닥만 내려다보고 앉아 있었다. 어머니가 저녁밥을 어찌 했느냐고 물었지만 나는 속이 좋지 않아 먹고 싶은 생각이 없다고 말했다.

　나는 담배 연기가 밖으로 빠져나갈 수 있도록 방문을 조금 열어 둔 채 그들 앞에 가만히 앉았다. 둘째 형이 조작하는 TV의 소음이 열려진 방문 사이로 좀 더 크게 흘러들었다.

　"방문을 꼭 닫아라."

　아버지가 말했다.

　"연기가 너무 찼어요."

　아버지는 더 말없이 꽁초를 재떨이에 비벼 껐다. 그러고도 잠시 시선을 아래로 깐 채 침묵을 지켰다. 아버지의 그런 모습은 내 예상을 더욱 굳히는 것으로 가슴을 침울케 했지만, 정작 아버지가 엮어나가는 말은 내 짐작 이상의 내용이었다.

"네 큰형에게는 이미 말했다. 너도 짐작했을 게다만…… 너의 둘째 형 신장이식 건 때문이다. 네 큰형이나 너에게 구체적으로 말은 하지 않았다만, 네 어머니와 내가 병원에 가서 너의 둘째 형 신장과의 적합 여부 검사를 받아보았었다. 그런데…… 나는, 혈액형은 동일한데 나이가 많고 무엇보다 혈압이 높아서 부적격하고…… 네 어머니는 둘째와 혈액형은 달라도 O형이라 줄 수는 있지만 허약한데다 신장염 증상이 있어 두 사람 모두 안 된다는 판단을 하더구나…… 그래서 말인데……."

아버지는 다시 담배를 더듬어 불을 붙였다. 그가 다음에 무슨 말을 이을 것인가는 자명했다. 나는 심장이 가라앉는 적잖은 충격으로 다음 말을 막듯이 고개를 쳐들어 아버지를 바라보았다.

"형에게, 신장이식 수술을 하기로 결정하셨다는 말씀입니까?"

"그야 당연한 것 아니냐? 현재로선 가장 최선의 치료 방법인데."

"수술이 백 퍼센트 성공하지 못할 수도 있고 또한 수술 후에도 거부반응을 억제하는 약을 평생 복용해야 된다고 하던데요? 신장은 어디서 구할 것이며, 막대한 수술비는 무엇으로 충당하려구요?"

내 음성은 놀람으로 격앙되어져 있었다.

"그래서 너희들과 의논하는 것 아니냐. 신장은 부모 형제 것이 제일 좋다고 하는데 네 어머니와 나는 부적격하고, 그러니 줄 사람은 너희 둘밖에 더 있겠느냐…… 너도 알다시피, 우리 몸속에는 두 개의 신장이 있고 정상인은 한 개만 있어도 살아가는 데 아무 불편이 없다 하니, 우리들의 분신인 네 형을 살리기 위해서는 자기 신장 하나를 줄 수 있지 않겠느냐 이 말이다."

"하지만 아버지, 수술이 성공한다. 쳐도 그 병이 완치되는 것은 아니잖습니까? 지금의 상태와 크게 다를 게 없는 것으로 알고 있는데요?"

"완치나 거의 다름없다고 하더라. 자기 신장이 아니니 불편이야 따르겠지만 정상의 생활을 영위할 수 있다고 하더구나……. 우리들의 핏줄인 네 형을 살리자꾸나! 부모와 형제는 내 팔다리와 같은 수족이라고 했다. 아니 할 말로 너희 둘 중의 누가 그런 병에 걸렸더라도, 결과는 이렇듯 우리의 핏줄들이 살려내야 하는 것이다. 너희 둘 중의 누구 신장이든 둘째와 적합만 하면 이식수술을 하자꾸나! 내 여분의 신장 하나로, 내 수족인 형제를 살리자는 말이다. 수술비는 이 집을 우선 은행에 저당 잡혀 대부를 받아볼까 한다만…… 여의치 않으면 팔아야 되겠지……."

"집을, 파신다구요? 이집이…… 어떤 집인데, 아버지 이 집을 파신다구요?"

"생명보다 더 소중한 것은 없다. 긴말 더 필요 없다. 의사의 말은 내일이라도 적합 여부 검사는 할 수 있다고 하더라. 큰애 너는 내일 시간이 어떠냐. 막내와 함께 병원을 가보도록 해라."

"아니, 아버지……."

아버지는 사뭇 일방적으로 이 문제를 매듭지으려 했다. 3형제 중 막내인 내가 원래 말이 많고 납득이 되지 않으면 끝까지 따지려 드는 성품인 줄 아버지가 익히 알고 있기 때문으로 이해할 수도 있었으나, 문제 나름이지 이런 일방적인 처사는 있을 수 없다는 저항이 완강하게 고개를 쳐들었다.

그러나 역시 문제 나름으로 나는 아버지에게 흥분된 내 속 심중을 있는 그대로 토해낼 수가 없었다. 너무도 의외의 일이 내 눈 앞에 펼쳐졌다 해도, 그리고 본성적으로 천부당만부당한 요구들이라 하더라도 섣불리 반응할 문제가 아니라는 생각이 뒷머리를 쳤던 것이다.

나는 끝없이 치닫는 흥분과 턱에 닿는 호흡을 가라앉히려고 고개를 외로 꼬고 가슴을 벌름거렸다.

"내일, 아범 시간이 어떤지 내가 묻지 않았느냐?"

아버지가 큰형을 향해 재우쳐 물었다. 큰형은 무엇인가에 넋을 뺏긴 듯 우두커니 앉아 있다가 흠칫 놀라며 상체를 추슬렀다.

"시, 시간이 여의치 않은데요……."

"그럼 그 다음날로 너희 둘과 나도 함께 병원으로 가보도록 하자. 하루라도 서두르는 것이 수술 결과도 좋아진다. 그럼, 밤도 늦어지는데 아범은 가보도록 해라, 아이들이 기다리겠구나."

아버지는 우리들에게 더 이상의 할 말이 없다는 듯 곧 자리에 누울 차비를 했다. 어머니가 베개를 내려 아버지의 머리 밑에 받쳐주고 형은 엉거주춤 자리에서 일어났다.

"안녕히 주무세요. 가보겠습니다."

"오냐……."

큰형이 방문을 열자 TV의 소음이 기다리고나 있었던 듯 왈칵 쏟아져 들었다. 큰형과 나는 반사적으로 동시에 이맛살을 찌푸렸다가 곧 다시 표정을 바꾸었다. 큰형은 마루에서 봉당으로 내려서려다 말고 둘째 형의 방문을 향해 '아버지가 주무시니 볼륨을 낮추라'고 주의를 주었다. 그리고 천천히 돌아서 대문 밖 골목 속으로 사라져 갔다.

나는 큰형을 배웅한 후에 다시 안방으로 들어와 아버지와 더 이야기를 나누고 싶었지만, 그냥 내 골방으로 발길을 돌리고 말았다. 무엇인가 속절없이 무너져 붕괴되는 듯한 암담한 절망감에 뒤웅박질치는 내 심장과 머리를 우선 먼저 다스려야 할 것 같은 생각 때문이었다.

하긴, 내가 안방으로 다시 들어갔어도 아버지는 잠을 빙자로 나를 더 상대해주지 않았을 것이지만, 나는 말 잘 듣는 착한 아들처럼 곱게 내 방으로 들어간 것이다.

방안의 불을 켜지 않았다. 방바닥에 그냥 사지를 펼치고 늘어져 버렸다.

고개를 흔들었다. 진실로 형이 내 수족 중의 한 가닥이라 해도 내 생내장 하나를 잘라 준다는 것은 있을 수 없다는 생각이었다. 싫었다. 양친 중의 어느 누군가가 신장을 떼 준다 해도 늙은 부모의 희생이 너무 크다는 사실만으로도 결사코 반대할 작정이었는데, 하물며 나의 콩팥이라니…… 맙소사…….

"신장 한 개만으로도 살아가는 데 지장 없다고는 하지만 불의의 사고로 그 하나가 다치거나 병들지 말라는 보장이 있단 말인가? 조물주가 두 개를 만들 때는 나름대로 그 기능이 필요했기 때문이거늘, 왜 멀쩡한 내 신장을 칼로 잘라낸단 말인가? 싫다. 스물다섯 해 지금까지 형들의 헌옷, 형의 헌책, 무엇이든 똑똑하고 병약한 둘째 형 우선의 물림 인생을 나는 당연한 것으로 체념하며 살아왔고, 형을 위해 싸워주고 굶어주고 빼앗겨주고, 참 끊임없이 참으면서 기죽어 살아왔었지만, 안 돼, 내 살점만은 안 돼."

나는 주먹으로 방바닥을 치며 몸부림을 쳤다. 그러나 쏟아지는 절망감 속에서도 한 가닥 희망이 없는 것은 아니었다. 큰형에겐 실로 죄스런 생각이었지만 우리 3형제 중에 큰형의 혈액형과 둘째 형의 혈액형이 아버지의 것인 B형으로 동일했고, 나는 어머니의 혈액형을 받은 O형이기 때문이었다.

물론 O형은 O형뿐만 아니라 기타 모든 혈액형을 도와줄 수 있는 성질이 있었지만 정밀한 적합 여부 검사에서는 동일한 B형보다 성능이 떨어질 것이라는, 그런 확신이 심층 바닥에 잡혀 있었기 때문이었다.

그러나 큰형은 3남매의 어린 자식과 처를 거느린 가장家長이었고 또한 우리 집안의 유일한 수입원으로서 효용가치 면으로 따진다면 나보다는 월등 소중한 입장(?)일 수 있었다. 소중한 입장이란 그에게 짐 지워진 의무와 책임감이 나보다는 더 무겁다는 뜻으로서, 신체의 안팎이 건강해야 됨은 더 말할 나위가 없는 처지였다.

그런데 큰형에 대한 나의 이런저런 우려는 다음날 즉각 현실로 나타났다.

형수가 창백한 얼굴인 채 젖먹이를 업고 집으로 달려와선 양친 앞에 울며불며 형이 신장을 떼낼 수 없는 이유들을 호소했던 것이다.

형이 밤마다 유난히 식은땀을 흘리고 빈혈도 잦은 허약 체질이라는 점과, 뿐만 아니라 형이 근무하는 회사에서는 요즘 운영난을 이유로 인사 파동이 일고 있고 형도 그 대상에 올려져 있다는 말을 했다. 다행히 회사에 다시 남아 있게 되어도 벽지의 시골 출장소로 좌천될 것이 십중팔구인 처진데, 이런 차제에 신장을 떼낸다는 일은 아범에게 너무 가혹한 부담을 안겨주는 것이라고 했다.

올망졸망한 어린 손자들의 앞날을 생각해주시고 허약한 아범의 몸을 걱정해주셔야 한다면서, 굳이 아범의 신장이 필요하다면 혈액형은 다르지만 행여 조직이 비슷할 수도 있으니 자기가 한번 검사를 받아보겠다고도 했다.

양친은 땅이 꺼지는 한숨만 내쉴 뿐 아무 말이 없었고, 형수는 간간이 흐느끼는 음성을 추스르며 양친을 설득하려 노력하고 있었다.

나는 방문 밖에서 형수의 소리를 엿듣다가 내 골방으로 들어가 이불 속으로 얼굴을 쑤셔 박았다. 참으로 참담한 기분이었던 것이다.

형에게 가졌던 일말의 기대치가 일시에 무너지고 내가 신장을 잘라내야 할 퍼센티지가 이제 99퍼센트 확실해졌음을 인정하지 않을 수 없게 된 나는, 전신을 뒤틀며 괴로워했다.

차라리 둘째 형을 위한 내 헌신적인 행위로 신장이식 수술을 긍정하고 그것을 미화美化시키려는 방향으로 생각을 돌려보려고도 했다. 아버지의 역설처럼 내 여분의 장기 하나로 내 수족과 다름없는 형제의 삶을 보다 더 연장시킬 수 있다면, 사내로서 한 번 해볼 만한 진정 숭고하고 멋진 일이 아니겠는가로 마음을 모두어보려고 했다.

그러나, 그러나 내 장기는 잉여로 비축된 여분의 것이 아니라 내 몸속에서 필히 필요한 제 기능을 맡고 있는 것이며, 또한 그 소중한 내 장기가 형의 몸속에 제대로 심겨져 형도 장기도 함께 살 수 있을 것인지, 대개 그러하듯 거부반응으로 내 신장만 끝내 죽고 말 것인지, 그런 모든 걱정 등이 목에 가시처럼 걸려들었다.

형에게 있어 신장이식은 완벽한 치료법이 아니라 성공했을 경우라도 지금의 혈액 투석보다는 좀 더 편한 삶의 가능성이 있다는 것일 뿐, 어찌 보면 일종의 시험적 시도라는 느낌도 배제하기 어려운 처지인데, 그런 정도의 효과에 비해 신장이식 수술은 너무 많은 신체적, 정신적, 물질적 손실을 안고 불로 뛰어드는 형상이라는 근본적 거부 심정이 심층 저변에 끈끈이처럼 들러붙어 끝내 스러지지 않았다.

나는 내 행위에 성스러운(?) 의미를 심어보려 하던 거추장스런 노력을 거두어버렸다.

싫었다. 내 멀쩡한 뱃속 장기를 이기利己로 뚤뚤 뭉쳐진 둘째 형을 위해 떼어낸다는 사실은 본성적으로 싫었다. 상대가 누구이든 어느 누구도 내 몸에 감히 손댈 수 없다는 절대적인 강박증 상태로 나는 점점 심하게 경직되어져 갔다.

그러나 나의 이러한 적나라한 속 심중은 내 뼛속 살속 머릿속으로만 끓을 뿐 입 밖으로 쉽사리 뱉어지지 않았다. 차마 뱉어내지 못했다. 양친의 간절한 염원 때문에서 뿐 아니라 상대가 내 '형제'라는, 그가 남이 아닌 내 '핏줄'이라는 벗어날 수 없는 천륜의 고리가 내 혼신에 깊이 박혀 오도 가도 못하게 하는 것이었다.

우애며 윤리 따위의 원천적 고리들이 내 몸뚱이 곳곳에 쇠고리로 걸려져 나를 가슴 타는 벙어리가 되게 했다.

그런데 예상했던 대로 아버지가 병원에 가서 적합 검사를 받으라는 날짜에 큰형은 나타나지 않았다. 지방 출장이 있다는 것이었다.

실제 출장 건이 급작스럽게 생겨서인지 형수가 애소하며 붙잡거나 큰형 자신이 검사를 받고 싶은 마음이 없어서인지, 어떤 이유에서였건 큰형은 그날 병원에 갈 수 없다는 연락을 집으로 해왔고, 아버지는 언제 병원에 갈 수 있느냐고 묻는 대신 출장에서 언제 돌아오느냐고 확인했으며, 큰형은 4, 5일 후가 될 거라고 했다.

아버지는 큰형과의 통화를 끝내고 아무 말도 하지 않았다. 그냥 한숨 한 번을 길게 내뿜었다. 나는 마침 전화기 옆에 있었으므로 내용을 알게 되었지만 역시 아버지처럼 어떤 반응도 보일 수가 없었다.

어차피 큰형이 형수의 호소처럼 여러 면으로 어렵다면, "나 혼자라도 병원에 가서 검사를 받으면 되지 않겠느냐."는 말을 양친은 나에게 기대했을지 모르지만, 또한 당신도 그런 내용의 말을 하고 싶었을지 모르지만, 나는 슬그머니 밖으로 나가버렸다.

그렇게 해서 다행인지 불행인지 병원에 가는 일은 다시 대엿새가 지난 이후의 큰형이 출장에서 돌아오는 날로 묵약되어졌다.

놀라운 것은 소문이었다.

우리 형제가 둘째 형을 위해 신장을 떼낼 것이라는 비약된 소문이 이웃과 친척간에 흘렀던 모양이었다.

골목에서 만나는 이웃들이 감동의 시선을 거침없이 보내오는가 하면 친척들이 전화도 걸어왔다. 그러나 이들의 격려나 칭찬 따위가 나에게는 또 다른 무서운 쇠갈쿠리로 내 몸속에 깊숙이 후벼들고 있음을 그들은 알지 못하는 모양이었다.

당숙부나 고모, 이모들은 우리 형제의 살을 나누는 우애가 신문에 공개될 미담美談이라고 떠벌리면서 "그럼, 그렇고말고! 그래서 부모 형제는 서로간에 내 몸뚱이 내 팔다리지! 그럼, 그래야 되고말고." 하면서 지극히 당연한 도리인 양 내 상처 난 가슴에 뜨거운 난자질을 더 해댔다.

나는, 그런 편치 못한 와중에서도 밤마다 상근이 삼촌의 업소에 나가 일을 했다. 둘째 형의 병 치료 외에는 달리 관심을 가질 여유가 없는 양친에게 내 복학 문제를 꺼내어 더 짐을 얹어줄 수가 없다는 생각이었지만, 그러나 끝내 무관심한 양친의 태도가 섭섭한 심정임은 숨길 수가 없었다. 하긴, 양친이 관심을 보인다 해도 "알다시피 네 형 치료비만으로도 빚을 내거나 집을 팔아야 될 판인데 복학은 몇 년 미루도록 하라."고 말할 것임에 뻔했었다.

나는 숫제 침묵으로 시종키로 하고 밤마다 약속 있어 외출하듯 업소에 출근했다.

나흘째 되는 늦은 밤이었다. 그날은 마침 대문 열쇠를 가지고 나가지 않아 월담을 하고 입주할까 생각했는데 다행히 둘째 형이 잠자지 않았던 듯 대문을 열어주었다.

형은 밤마다 어디를 그렇게 싸돌아다니느냐고 물었다. 나는 알 것 없다고 간단히 반응하곤, 내 방으로 들어가려다 말고 형을 향해 돌아섰다.

"형, 형도 뭔가 수입이 될 만한 일을 해야 되 지 않겠어? 혈액 투석을 받으면서 직장에 다니는 사람도 있고 가게나 기술직으로 자영을 하는 사람들도 많다던데. 그런 것이 여의치 않다면 시간제로 아이들 과외 수업을 해주어도 되고……."

"나는 환자야. 안정이 절대 필요하다구."

"의사는, 요독 상태가 아니면 어느 부위가 집중적으로 아픈 것이 아니므로 투석을 받으면서 정상 생활을 할 수 있다고 하던 걸. 의욕 상실이 되어 움직이지 않고 절대 안정만 취하는 것은 오히려 해가 될 수도 있다고 했던 것 같은데. 어때 형, 이것저것 머리 아프면 운동 삼아 밤업소에 나가서 한두 시간 종업원 일 좀 해보지 않겠수? 의향이 있다면, 내가 지금 일하는 곳의 사장님께 부탁해 볼 테니까."

형이 큰 눈을 벌려 뜨면서 말을 잦히듯 팍 낮추었다.

"네가……, 천한 술집 종업원 노릇을 한단 말이냐? 세상에……
네가, 나를 위해서 그렇게 애를 쓰는 줄 몰랐구나……."

형의 억양이 갑자기 낮아진다 싶을 때부터 의아로웠던 나는, 그
가 정작 울먹이며 하는 말에 그만 어안이 벙벙해졌다.

"아니, 형……."

그러나 나의 말은 그가 잇는 다음 이야기로 삼켜지고 말았다.

"더더구나 네가…… 나에게 신장을 주기로 했다는 말도 들었다!
내가 얼마나 감동했는지 너는 잘 모를 게다…… 당연한 형제간의
도리이겠지만, 그러나 정말 형제가 좋다는 것을 새삼 깨달았다!
네 신장으로 내 병이 한결 가벼워진다면, 그건 정말 감동일게다!
소설 속의 주인공들처럼 우리는 세상의 관심을 집중시킬 수도 있
을 게다! 수술 때까지 몸을 너무 무리하지 말아라. 신장이 고단해
질 수도 있으니까 말이야."

나는 시종 입술을 벌뜨린 채 형의 말을 들었다. 어떻게 응수해
주어야 그를 상처 주지 않고 철저하게 경직된 그의 병적인 이기심
을 깨뜨려줄 수 있을 것인지 얼른 판단이 서지 않아서였다.

그러나 현실을 정확하게 직시시킬 필요는 있다고 생각했다.

"형, 나는 아직 신장 적합여부 검사도 받아보지 않았어. 형과 내
가 적합지 않을 수도 있다구. 소설 속의 주인공이니 꿈이니 하지
마. 마치 형은 낭만으로 병을 앓고 있는 것 같군! 피차간에 소중한
생명이 상관된 현실을, 똑바로 직시하는 것이 나중에 덜 절망할 수
도 있을 거야"

"큰형이 출장에서 돌아왔다더군. 내일 너와 함께 적합 검사를 받
겠다나봐! 우리는 한 뿌리, 한 나무의 기둥 가지이며 핏줄들인데
검사 결과가 틀릴 리가 없잖아!"

둘째 형의 말은 새로운 소식이었다. 큰형이 출장에서 돌아왔고 드디어 다음날은 병원에 가야 할 모양이었다.

둘째 형은 흡사 약이라도 올리듯 창백한 얼굴에 미소를 머금으며 그 말을 끝으로 자기 방으로 들어가 버렸다.

다음날, 아버지와 함께 둘째 형의 치료 병원인 Q대학병원으로 갔다.

검사실 대합실에서 큰형과 만나기로 약속을 했었음으로 우리 부자父子는 수속을 미룬 채 일단 검사실 켠으로 먼저 가보았다. 약속 시간 10분 전이어선지 형은 나와 있지 않았다.

아버지와 나는 대기 의자에 나란히 앉아 큰형을 기다리기 시작했다. 아버지는 집에서 나설 때부터 줄곧 손끝에서 놓지 않던 줄담배 개비를 공동 휴지통에 비벼 끄곤 깊숙이 팔짱을 끼며 등받이에 상체를 기댔다. 그러곤 눈을 감았다.

나는 아버지의 일거수일투족을 섬세하게 감지하면서도 무반응의 상태를 지속했다. 우리 부자는 이른 새벽부터 늦은 아침녘인 당장의 10시가 가깝도록 대화를 나누지 않았었고, 그렇다고 특별히 불편한 일은 없었다.

피차가 가벼운 기분일 수 없었지만 누구도 자기의 의중을 말로써 표현하지 않았던 것이다. 물론 나는 세 손가락 모두를 잃는 아버지의 아픈 마음을 우울한 침묵 속에서도 헤아리고는 있었다.

그런데 약속 시간에서 20분이 지나도록 큰형은 나타나지 않았다. 나는 서서히 가슴에 황계증惶悸症이 생기는 것을 느끼고 있었다. 차 안에서 불현듯 떠올려본 예감이 현실화되고 있다는 사실이, 죄여드는 긴장감과 함께 심장의 박동 수도 고조시켰다.

아버지는 다시 줄담배를 태우기 시작하면서 복도를 서성거리기 시작했다. 표현하기 쉽지 않은 복잡한 일렁거림이 아버지의 얼굴에 짙게 깔려져 있음도 볼 수 있었다.

그때였다. 우리 부자 앞에 형수가 젖먹이 조카를 업고 주춤주춤 다가선 것은, 우리는 동시에 눈 둘 곳을 몰라 하는 형수를 바라보았다.

"죄송해요, 아버님…… 그이가…… 아침에 빈혈을 일으키고 코피를 쏟고 해서……, 집에 누워 있게 했어요……."

형수는 더 긴말을 하지 않고 눈길을 아래로 떨구었다. 마치 큰 잘못을 저질러 죄송스럽다는 표정이면서도 그러나 일면 큰형의 신장은 절대로 떼내게 할 수 없다는 결연의 빛으로 다져져 있는 것도 같았다.

나는 끝내 전신으로 엄습하는 허탈감과 당혹감으로 잠시 눈을 감았다가 뜨곤, 아버지를 쳐다보았다. 큰형의 비열함이 바윗덩이로 뭉쳐져 눈앞으로 둥실둥실 떠오르면서 역겨움이 울컥 치솟았다.

"아버지, 더 기다릴 것 없어요. 저 혼자 검사를 받겠습니다. 큰 형은 출장도 가지 않았던 것입니다."

진실 여부는 고사하고 결과는 나를 분노케 했다. 큰형의 입장을 백분 이해, 동정하면서도 그 동안의 모든 태도가 그들 부부의 의도적인 계획에 의한 것이라 판단되었고, 나만 놀림을 당한 기분임을 어찌할 수가 없었던 것이다.

"……도련님……."

"아버지, 어서요."

나는 어깨를 신경질적으로 흔들어 형수의 말을 무시한 채 그들을 앞질러 성큼성큼 검사실로 들어갔다.

자포자기적인 기분에서 의사의 지시대로 각종 검사들을 받았다. 흥분과 분노로 마치 술에 마취된 사람처럼 얼굴을 붉게 달아오르고 심장은 쉬임없이 컹컹 뛰어 안정 상태가 유지되지 않았으나, 자폭自爆하는 심정으로 돌아쳤다.

의사가 그런 나를 눈여겨보는 듯했지만 나는 개의치 않았다. 양친도 큰형 부부도 둘째 형도 한결같이 사냥터의 몰이꾼들로 클로즈 업 되어졌고, 나는 궁지에 몰린 산토끼 신세로 속이 드글드글 끓었다. 가족들 모두에 대한 야속스러움과 원망과 증오심으로 입술은 한일자로 굳게 악물리어지고 거칠은 콧숨이 쉴 새 없이 내뿜어졌다.

"마음이, 불안하십니까?"

의사가 그렇게 물어보는 듯싶었다.

"천만에요."

나는 비정상적일 만큼 큰 소리로 대답했다. 이어 "불안하다니요? 죽기 아니면 살기겠지요. 검사 결과가 백 퍼센트 맞아들면 내 신장을 두 개 모두 통째로 다 잘라 주라구요. 그래서 내 형을 지금보다 더 편안하게 살려주고 차라리 내가 그로 해서 병들거나 죽게 내버려두란 말이에요."라고, 목구멍까지 차오르는 악다구니를 그러나 내뱉지는 않았다.

의사는 핏발 선 내 눈 속을 천착할 듯 짧게 응시하면서도 더 묻지를 않았다.

제반 검사를 모두 끝냈다. 내가 무슨 종류의 검사에 접하고 있는지 제대로 헤아릴 여유가 없이 마치 구름 위를 둥둥 부유하는 것 같은 흥분된 기혈氣血 상태로 채혈을 비롯한 제반 검사를 모두 끝낸 것이었다. 검사 결과는 일주일 후에 나타난다고 했다.

그날 밤, 나는 밤업소에서 맥주병을 나르고 술탁을 치우다가 취객들이 남겨둔 술들을 주둥이 째로 둘러 마시면서 취해 휘청거렸다.

억만금보다 더 소중한 내 인생이며 내 청춘이 왜 이토록 삭막하고 우울해야 되며, 나 아닌 타인을 위해 내가 왜 도리 없이 멀쩡한 내 살점을 칼질해야 하는가에 대해 가슴을 갈기갈기 뜯고픈 억분으로 내심 발광을 했다.

그러나 취중에서도 한 가닥 빛살 같은 희망은 갖고 있었다. 마지막 순간에, 내 안팎으로 꿰어진 수많은 쇠고리들을 깡그리 털어 흩날리고 "내 신장을 줄 수 없다."고 폭탄처럼 터뜨릴 수도 있다는, 가능성, 그것 때문이었다.

그러나, 그러나…… 사람들은 온통, 내가 둘째 형을 살린다는 비약된 이야기로 흥미진진 입맛을 다시면서 나를 떠밀고 있고, 보담도 내가 차마 같은 씨톨 한자궁 속의 핏줄을, 내 한쪽 가지를 칼로 무 자르듯 외면外面해 버릴 수 있을 것인지는 미지수였다.

일주일째가 되는 날이었다.

나는 퀭하게 꺼진 충혈된 눈을 시려 하며 아버지에게 코뚜레에 꿰이듯(물론 내 느낌일 뿐이지만) 병원 검사실로 결과를 듣기 위해 갔다.

내 몰골은 지난 대엿새 동안의 불면不眠과 결식缺食과 연달은 과음으로 얼이 빠진 다른 사람의 모양을 하고 있었다. 나는 흡사 염라대왕 앞에 생전의 죄과를 판결 받으러 온 죄인처럼 의사 앞에 고개를 빠뜨리고 앉아 있었다.

각종 검사를 받을 때의 서슬 푸르던 기氣와 분노와 흥분은 간 데 없고 여름 햇살에 흐늘흐늘 시들어진 배춧잎처럼, 소금 맞은 지렁이처럼 꼬부라져 있었다. 의사가 그런 내 몰골을 응시하고 있음을 느꼈지만, 나는 고개를 들지 못했다.

적합 여부 결과야 어차피 깨찰떡처럼 맞을 수밖에 없는 것, 새삼 세 치 혀끝으로 이러쿵저러쿵하는 과정이 왜 필요한지 모르겠다고 가슴으로 뇌까리며, 나는 진작부터 식은땀을 흘리고 있었다.

"이 학생과……, 환자는 맞지 않습니다. 학생의 혈액형이 O형이라 B형인 환자에게 줄 수는 있지만, 조직과 기타의 적성이 판이합니다. 더욱이 이 학생은…… 심한 정신적인 우울증과 고혈압의 소지를 갖고 있습니다. 따라서 이 학생의 신장은, 떼어낼 필요가 없습니다."

분명히 의사의 음성임에 틀림없는 소리가, 기다린 창칼이 되어 내 귓속 가슴속으로 깊숙이 파고 들어왔다. 나는 의사의 말을 슬로비디오를 보듯 반복하여 새김질하면서 조금씩 기진氣盡해 들어갔다.

온몸의 힘살이 귀신이 되어 소리 없이 몸 밖으로 빠져나가는 극악의 허탈감 속에서도, 나는 의사가 나를 위해 진실을 말하고 있지 않다는 생각을 했다. 오로지 느낌일 뿐이지만, 의사의 수차례 거듭된 조용한 시선에서 나는 그 '느낌'을 확신했다.

"……의사가……진실을……."

나는 입술 끝으로 움직거렸다.

그리고 아주 천천히 의사의 가슴 안에서, 평화로운 모습인 채 혼절昏絶해 들어갔다.

|7|

죽음 주변

미묘한 것은 의사가 당당할수록 조금씩 아주 천천히
완만해지는 내 감정의 언저리였다.
그러나 내 심장과 손끝에 꽂혀진 그의 맥박과 체온은,
여전히 선홍빛 볼덩어리로 내 뼛속 살속 핏속을 후비고 돌았다.

죽음 주변

입에 발린 소리가 아니라 나는 아버지를 사랑하고 있었다. 마흔 살이나 먹은 질긴 사내가 여린 심성의 소녀처럼 사랑이니 어쩌니 간지러운 소리 지절댄다고 생각할지 모르지만, 실제 나는 그를 혼신으로 깊이 사랑했다.

한 달에 두세 번씩 집에 들르는 그가 미완성의 내 그림에 진심으로 관심을 쏟으면서,

"야, 임마 붓 놓고 술 한잔 하자!"

하며 내 어깨를 쥐어박거나,

"언제까지 혼자 빌빌거릴 거야? 내가 여자 하나 소개하랴?"

따위의 농담만은 아닌 말을 떠벌이다가도, 어머니가 나타나면 조용히 근엄해져서 언제 그런 말을 했냐는 듯 입을 닫는 그를 나는 좋아했었다.

어쩌다 30년도 전에 시앗 하나 보아 따로 살림을 나서 떡판 같은 아들 둘을 낳곤, 한 달에 한두 번씩 집에 들러 성질 칼칼한 어

머니의 한에 맺힌 저주스런 원성을 듣다가 생활비를 놓고 쫓기듯 돌아가는 그였지만 나는 그를 이해하고 있었다.

결혼 당초부터 교수教授직이 당신의 천직이며 삶의 우선순위로 매김 하는 어머니의 엄격하고 강한 성격과, 그녀가 따뜻한 아내이기만을 원한 그의 다감한 성품의 일면이 서로 상충됨을 나는 익히 알고 있었던 것이다.

그들은 별거를 하면서도 이혼離婚은 않고 있었으며 (어머니가 응하지 않은 것으로 알고 있다), 따라서 둘째 부인에게서 출생한 이복異腹 형제들은 생모가 아닌 어머니의 차남과 3남으로 호적에 올려져 있는 형편이었다.

하여간에 나는 아버지의 장남長男이면서 중소기업가인 그의 사업에는 일체 무심한 환쟁이로 화실에만 처박혀 있었고(내 자질과 성품이 사업과는 동떨어져 아버지의 적극적인 권유에도 내가 사양했다), 이복형제들은 아버지의 사업을 돕고 있었는데, 이러한 현실을 어머니는 모두 아버지의 탓으로만 돌리고 있었다.

그런데 그 아버지가 예순넷의 나이로 임종臨終을 한 달여 앞두고 투병 중이었다. 병명은 말기의 간암肝癌이었으나 당사자인 그는 심한 간경변肝硬變 정도로 알고 있으며, 그의 충격을 염려해서 가족들 누구도 실제 병명病名을 그에게 일러주지 않았다.

자유직종의 환쟁이인 나는 그의 병상에 붙어살다시피 하고 있다. 장남이라거나 혹은 구속된 일이 없어 그의 곁에 밤낮으로 머문다기보다 얼마 후면 드디어 스러지고 말 그의 체취가 진정 아쉬웠기 때문이다. 아버지 또한 내가 당신의 눈길 닿는 곳에 머물러 주기를 원하고 있었으며 통증이 가실 때는,

"이 방에서 그림을 그릴 수도 있는 것을……."

하고 중얼거리기도 했다.

그의 이런 마음 씀은 당신께서 인정하는 중견 화가인 내가 하는 일 없이 그의 곁에서 시간을 소모한다는 사실을 미안해하는 것처럼 들리기도 했지만, 보담도 조부祖父의 반대로 그림을 그릴 수 없었던 당신의 소년 적 아픈 기억으로 분신分身인 나의 작업 광경에서 그때의 공허함을 메우려 하는 것일지도 모른다는 생각도 했다.

그러나 그의 그러한 바램도 긴 장마 중에 어쩌다 반짝 햇빛 드는 날이 있듯 짧은 순간에 그쳤고, 그는 매일 여전히 심한 통증에 시달렸다.

나날이 악화되는 신체의 통증에 그는 극도로 과민해져서 매일 한 번씩 들러 회사의 상황을 보고하는 두 이복동생에게 벌컥벌컥 화를 잘 내고, 이틀에 한 번꼴로 면대하는 둘째 부인과(그녀는 매일 들렀지만 아버지가 못마땅해 하여 하루걸러 만큼씩 들렀다) 일주일에 한 번쯤 짧게 들러 담담한 시선으로 그를 바라다보다 돌아가는 어머니에게도 전에 없이 오금 박는 소리로 이죽거리기를 잘 했다.

사실 그의 간병은 30년을 함께 산 둘째 부인이 들어야 할 것 같았으나, 아버지는 병원측에 간병자를 청해 시중케 했다.

그는 그렇게 하는 편이 차라리 마음 편한 것처럼 행세했지만, 그러나 본댁인 자존심 센 내 어머니와 나의 잦은 방문을 의식에 두었던 것같았다. 내가 그의 곁을 계속 지키자 그는 자신의 처리가 아주 잘 된 것으로 믿는 듯했다. 그러면서도 새삼 두 여인을 모두 함께 빈정거리거나 언성을 높여 못마땅해 했다.

주치의사는 그의 이러한 과민 현상을 자신의 죽음을 예감하고 불안한 위기감을 느끼고 있기 때문인 것 같다고 했다. 공황장애와 같은 이러한 증상은 점점 심해질 수도 있고 씻은 듯 없어질 수도 있는 임종이 가까운 환자들의 특징일 수 있으니 가족들은 그의 섭한 말에 흔들려서는 안 된다고 했다.

가족들 중 두 이복동생은 그에게 자신의 병이 악성인 불치병不治病임을, 한 달 정도 더 생존할 수 있음을 알리고 주변 정리를 하도록 만들어야 한다고 주장했다.

물론 그들은 재산 상속, 특히 회사의 주식이나 운영권 따위를 염두에 두고 하는 말일 터였다. 그들은 차남, 3남이긴 했어도 실제 그를 도와 회사를 키운 실력자들인데 내가 관습적으로 대우를 받는 장남이고, 더욱이 그가 세 아들 중 나를 깊이 사랑하고 있어 불안감도 적지 않았던 모양이었다.

솔직히 말해 그들은 내가 밤낮으로 아버지 병상을 지키고 있는 사실조차 못마땅해 했고, 또한 온갖 수발을 도맡은 평생 내조자인 자기 어머니를 멀리하고 병원 간병원이 왜 필요하냐며, 병상의 그에게 노골적으로 불만을 표시하기도 했다.

그의 마지막 주변 정리에서 실제적으로 그를 내조한 그들의 어머니가 법적 부인이 아니라는 점에서 행여 상속에서 밀려나지 않을까 하는 조바심이 그들을 불안케 하는 것임을 나는 알고 있었다.

그런데 3, 4일 전부터 두 이복형제와 그들의 어머니는 마치 결의라도 한 것처럼 그에게 얼마 남지 않은 임종臨終을 바로 알려서 주변 정리를 하도록 조처해야 된다고 일시에 강조했고, 나와 주치의사는 좀 더 신중을 기하자고 했다.

불치의 환자일수록 지푸라기라도 움켜쥐고 싶어 하고 또한 자신이 중증이라는 사실을 가능한 느끼지 않으려 하는데, 불치를 군이 알림은 충격을 주어 더욱 질환을 악화시켜 임종을 앞당기는 결과만 낳는다는 게, 나와 의사의 의견이었다.

"이런 경우는, 그 질병의 내용을 꿰뚫고 있는 의사 자신이 그런 상황에 처해져도 마찬가집니다. 자신의 병이 불치의 흑색종임을 통고받은 어느 의사가 처음에는 크게 동요를 겪다가 관계 책을 찾아보곤, 그 중 약 3퍼센트는 5년 이상 사는 예도 있다는 기록을 읽고 자신을 그 3퍼센트 속에 끼는 것으로 착각하여 운명하기 수일 전까지 열심히 근무했다는 얘기도 있습니다. 나머지 다수의 97퍼센트 속에 자기는 절대로 끼지 않는다고 생각하는 것이지요. 그것이 악성 질환을 가진 환자들의 일반적인 심리입니다."

의사의 설명이 따르지 않더라도 나는 그가 통증이 극심해지는 자기 질병에 대해 공황장애를 느끼면서도 과소過小 판단하려 드는 그의 간절한 마음을 진작부터 읽고는 있었다.

어저께도 그는 한 차례의 통증이 끝나자 주치의사를 보고,

"내 병이… 위중하지요?"

라고 물었고 의사가 고개를 끄덕이며,

"위중하지만 극소수는 천수를 누리는 사람도 있습니다."라고 하자, 그가 보일 듯 말 듯한 안도의 숨을 몰아쉬었다. 의사가 말한 극소수란 1퍼센트도 안 되는 거의 없는 거나 마찬가지의 확률이었지만 그는 결코 '극소수'의 정도를 알려고 하지 않았다.

그의 그러한 자기 질병에의 과소평가와 도피 의식은 그런 것에서만 나타나지 않고, 그는 가능한 행복했던 과거를 되살리고 당장도 그 과거에 살고 잇는 것처럼 느끼려 들었다. 특히 의사가 그의 병 증상에 관해 의논하려는 눈치를 보이면 잽싸게 빛났던 자기 과거로 화제를 돌리기도 했다.

그러다가도 어쩔 수 없이 "상태가 어려우니 앞으로는 이러이러

한 조치와 치료가 필요하다."는 의무고지의 설명을 하는 의사 얼굴을 불안한 시선으로 응시하면서도 막상,

"내가 죽느냐?"고는 묻지 않았다. 이렇듯 '나는 죽지 않는다.', 결코 '죽고 싶지 않다.'는 강렬한 자기표현이 피골이 상접한 그의 연약한 혼신에 절절이 묻어져 있는데, 어떻게 '당신은 말기 간암이다. 한 달 안으로 당신은 죽는다.'는 말을 할 수 있느냐고 나는 고개를 흔들었다.

이복동생들은 특히 나의 완강한 반대 의견을 듣고는 더 우기지 못했으나 편치 못한 심중이 얼굴에 그대로 나타나 표정이 심히 우그러졌고, 성격이 화급하고 다혈질인 3남은 좌불안석인 듯 얼굴이 붉으락푸르락했다. 그런 대로 그들은 더 강조하지는 않았지만 환자의 상태에 환자이상으로 시시각각 과민해져 밖으로 드러냄으로써, 첨예한 환자의 심기나 느낌을 곧잘 격하게 만들기도 했다.

그의 병세는 당연한 과정으로 나날이 최악의 상태로 치닫고 있었다. 그는 호전되기는커녕 시시각각 더욱 심해지는 증상에서 자신의 어쩔 수 없는 운명運命을 감지한 듯(진작부터 알고 있었겠지만 내색하지 않았다), "한 발짝 먼저 가는 것 뿐이거늘……."라는 소리를 혼자 읊조리기도 했고, 문병객들에게 죽음을 막지 못하는 인간 무능의 서글픔과 인생의 무상無常함을 읊조리기도 하는 등 차츰 변화된 심적 증상을 보이기도 했다.

뿐만 아니라 살아 있는 사람, 특히 어머니와 그의 둘째 부인에게는 그런 자신의 적나라한 원색적 심층 바닥을 그대로 드러내보여 그들을 거침없이 민망하게 만들었고, 둘째 부인은 그의 병상을 붙잡고 후드득 소리 내어 울기까지 했다.

유별스런 현상은 그런 와중에서도 그가 나에게 보이는 무한한

사랑의 표시였다. 말이나 행동은 아니었어도 나를 바라보는 시선에 더운 정이 넘쳐 있었다. 정情이라고 표현했지만 그 눈빛은 오래도록 나에게 정성들여주지 못한 당신 과거의 회한悔恨과 연민憐憫의 눈빛 같기도 하고, 또 어떻게 보면 '제발 나 좀 살려 달라.'는 간절한 애원의 눈빛 같기도 했다.

　나는 그의 그런 시선을 접할 때마다 그의 두 손을 그러쥐고 가슴이 저리는 아픔만 느꼈다. 그를 살릴 수만 있다면 내 육신이 어느 정도 고통을 받는 경우가 있더라도 최선을 다해보고 싶었지만 달리 어떤 방법은 없었다.

　다행히 의사는 그에게 계속 깊은 관심을 보여주었다. 그에게는 본질환 말고도 피부 발진이라든가 감기 따위가 끊임없이 동반했는데 의사는 그런 부수적인 질병 발생에도 정성을 기울여주었다. 주치의사의 치료 자세에서도 그는 "내가 회복될 가능성이 있으니 이토록 아껴주는 것이겠지!"라는 아전인수격의 자가해석을 내려서 금방 감동스러워하고 눈물까지 글썽거리기도 했다.

　"점차 더욱 본성을 드러내실 것입니다. 대개 임종 한두 달 전에는 자제력이 강한 이성적인 사리 판단으로 장차의 일(임종)에 대한 자기의 의지를 보이기도 하지만, 죽음이 목전에 닿을수록, 그리고 경제적, 사회적, 지적 수준이 높은 사람들일 수록 죽음을 전적으로 거부하는 증상을 보이지요. 이런 현상은, 의료보호를 받는 극빈 환자들에게서도 나타나는데 백혈병白血餠을 못 먹어 생긴 경증의 빈혈貧血이라 우기고, 위암胃癌을 위염胃炎이라고 우기며, 내가 왜 이깐 병으로 죽느냐, 당신들이 죽을병을 나에게 덮어씌워 참말로 나를 죽이려 든다며 원망하지요."

　나는 주치의사의 말에서 병원의 수입 면에 도움은커녕 적자의 요인이 되게 하는 영세 환자들에게는 의사들이, 설령 그 병이 악성 질환이라 하더라도, 오히려 그럴수록 병명을 의도적으로 알려주는 것 같은 감을 느낄 수 있어서 기분이 씁쓸했다.

그렇다면 그들이 백혈병을 경증 빈혈이라 울부짖는 것은 원천적으로 더 살고픈 욕망에서 비롯되는 것이겠지만, 우선 병원의 거대한 힘에 떠밀려나지 않으려 절규하는 사력의 발버둥으로 예상할 수도 있어 가슴을 저미게 했다.

이틀 후, 의사는 그의 연구실에 불러들인 우리 가족들에게 전혀 뜻밖의 소식을 전해주었다.

아버지가, 그러니까 의사의 말에 의하면, 앞으로 10여 일밖에 생존하지 못하는 아버지가 두 달 전 입원 초에 사후死後 자기의 신장腎臟을 병원측에 제공하겠다고 제의했다며, 유인물의 서명서를 꺼내 보였던 것이다. 그 서명서는 장기腎臟 의학회에서 발행한 각 장기 제공자들의 서명 날인지로서 사후死後에 신장을 제공하겠다는 그의 친필 사인이 분명히 기재되어 있었다.

"뜻있는 많은 분들이 장기 제공을 자원하지요. 영원히 스러질 자기의 육체 일부가 다른 병든 이를 살린다는 데 마지막 긍지와 보람을 느끼고, 또한 자신의 신체 일부가 이식移植되어 계속 살고 있음을 자기가 죽지 않고 생존하는 것으로, 자위를 하면서 제공을 하지요."

의사는 유독 놀라워하는 나를 주시하며 그렇게 말했다.

그때 회사의 상무로 있는 차남이 한껏 밝은 목소리로 반문했다.

"하, 과연 우리 아버님다우시군! 아버님의 신장을 이식받은 사람은 아버님이 자기 생명의 은인이 되겠고, 따라서 아버님의 죽음은 사회에 훌륭하게 선전되겠군! 그런데…… 신장을 떼어내는 수술은 돌아가신 후에 실시될 텐데. 장례식 거행에는 지장이 없겠지요?"

의사가 물론 그렇다고 대답했다. 둘째 부인과 3남도 나름대로 긍정적인 표정들로 고개를 끄덕였다.

나는 그들의 반응을 지켜보면서 의사를 바라보았다.

"저희 아버님이 장기 제공을 서명할 당시, 자신의 병이 불치라는 걸 이미 알고 계시는 것 같던가요?"

"글쎄요…… 하지만 인식치 못하셨다 해도 사람은 누구나 다 한 번은 죽는 것이니까, 자기에게 먼 사후死後라 해도 서명은 할 수 있으니까요."

"저희 아버님이 장기 제공을 먼저 제의하셨나요, 아니면 병원측서 요구하셨나요?"

"그야, 저희 병원에서는 입원 환자가 입실하면 으레 그 유인물을 돌리지요만, 절대 강요는 안 하지요."

"저희 아버님께서 밝은 표정으로 서명하셨나요?"

그때 차남이 답답하다는 듯 끼어들었다.

"아, 그런 것이 서명이 다 된 이제 와서 무엇이 중요합니까? 아버님은 평소에도 장기 이식에 관해 관심이 많으셨고, 언젠가는 당신의 시력이 아주 좋음을 자랑하시며 '내가 죽으면 이 눈을 안구 은행에 기증해야겠군.' 하는 말씀도 하셨다니까요."

"오! 그러셨습니까? 정말 훌륭하신 분이시군요!"

의사의 눈빛이 갑자기 반짝이며 빛나는 것 같았다. 안구도 기증해 줄것으로 헤아려 보는 것인지 의사는 연이어 차남을 바라보면서 활짝 웃는 낯으로 응수했다.

나는 삽시간에 의합이 잘 맞는 것 같은 그들을 가만히 바라보면서 자리에서 몸을 일으켰다. 그리고 전에 없이 연신 웃는 얼굴로 차남과 3남을 바라보는 의사를 쳐다본다.

"신장을 이식받을 사람이 이 병원에서 언제나 대기하고 있겠군 요? 저희 아버님이 사망하실 날을 기다리면서 말입니다?"

"미리부터 입원 대기하는 건 아니지만 수시로 연락은 가능하지 요."

"아버님께 서명 날인 여부를 여쭤 보겠습니다. 그러나 본인께서 서명하셨더라도 유가족이 반대하면 장기 적출은 하지 못하는 것 으로 알고 있습니다만……."

"아니……."

의사의 얼굴에서 서서히 웃음이 거두어지고 있었다.

"지금은 본인의 심중을 정확히 알 수 없으므로 가족인 저도 더 어떻다고 말씀드릴 수가 없습니다."

그때 차남이 아버님을 제대로 알지도 못하면서 무슨 엉뚱한 수 작이냐는 듯 큰소리로 말했다.

"아버님을 옆에서 수십 년간 지켜본 내가 알기로는, 아버님의 장 기 제공은 평소 지론이셨다구! 가족들이 이러쿵저러쿵할 성질이 아니라고 봐요."

"그래, 자네가 나보다 아버님을 더 잘 알 수도 있겠지. 그러나 일 단 확인은 하고 넘어가야 한다."

차남은 그 말에는 더 대꾸하지 않고 지금까지 주장해 오던 환자 에게 불치의 당신 병명을 필히 알려야 함을 다시 큰 소리로 강조 했다.

"어떻습니까? 이제 아버님께 병명을 알려드리고 의연하게 마음 의 준비를 미리 갖도록 하시는 게…… 끝내 당신이 회복될 것으로 알다가 임종을 맞게 되면, 사후에 여러 가지 복잡한 문제들이 일어날 텐데요?"

"자네는, 그 문제를 왜 이렇게 재촉하는가? 복잡할 것이 뭐가 그토록 많은가? 나는 반대일세. 이유는 아버님의 임종이 분명히 당겨질 것 같아서야. 우리가 말씀드리지 않아도 아버님은 이미 느끼고 계셔. 인정하고 싶지 않은, 그러나 어쩔 수 없이 갖게 되는 자기만의 은밀하게 닫혀진 인식認識이랄까, 그런 무엇을 느끼시는 것 같았는데, 우리가 덧들여 충격을 드릴 필요는 없지 않겠어?"

"우리가 왜 말씀드립니까? 그것은 박사님의 임무인데요. 그리고 아버님 생명은 풍전등촉인데, 하루 이틀 더 고통을 당하시는 것보다 차라리 고통을 덜어드리고 주변정리도……."

"무슨 소리야? 도대체 자네는 무엇이 그리 급한가? 할 말 안할 말 다 하게…… 조금만 더 참게. 나는…… 아버님을…… 하루라도 더 가까이 뵙고 싶다네……."

내 음성이 고성으로 터졌다가 다시 한숨과 함께 무겁게 가라앉아서인지 아무도 더 응수하지는 않았다.

그때 의사가 내 말을 거들었다.

"아까도 잠시 말씀드렸습니다만, 환자께서는 현재 죽음을 눈앞에 보는 극도로 예민한 과정의 심부에 접어들어 계십니다. 분명히 얼마 남지 않은 임종을 느끼고 계신 것입니다. 그것을 인정하려 들지 않으실 뿐이지요. 죽음을 부정不定하면서 왜 하필 내가 죽어야 하느냐며 분노하고, 이어서 '그래 인정은 한다. 하지만……' 하면서 신神과 하늘과 운명 따위와 '제발, 한 달 만 더…….' 하는 식으로 빌며 협상하다가, 그러다가 '그래, 이제 내 차례다.' 하는 반체념과 자기 죽음에의 애도로 우울해 하고, 끝내는 '이제 더 무슨 소용 있으리.' 하는 완전 체념을 동반한 용납容納의 시기가 오는 것인데, 현재 환자께서는 그 과정이 혼합 현상으로 순서 없이 오고 있어 가족들이 조금은 고단하겠지만 그러나 참으셔야 합니다. 분명한 것은, 환자께서 당신의 죽음을 예지하고 있다는 사실입니다."

"그렇다면, 당신께서 상속 문제 등 주변 정리도 생각하셨겠는데……"

3남이 중얼거렸다.

"글쎄요, 정확히는 잘 모르겠습니다. 그러니까 두 달 전……, 그렇지요. 장기 제공에 서명하시던 그 즈음에 어느 변호사 한 분이 병실에 자주 오셨던 것을 기억합니다만…… 내용은 알 수 없습니다."

"저희 아버님은 고문 변호사를 두지 않으셨는데……"

차남과 3남이 동시에 긴장하며 의사의 얼굴을 뚫어지듯 쳐다보았다. 의사는 거듭 고개를 내저으며 그 문제와 자기는 상관없다는 표정을 보이면서, 우리 가족들이 이제 그의 연구실에서 나가주기를 원했다.

의사가 가족들을 당신의 연구실로 불렀던 목적은 아버지가 신장을 병원에 제공하겠다고 서명했으니 사후에 유족들이 이의를 제기하지 말아달라는 부탁을 하기 위해서였던 모양이었다.

우리는 하나같이 복잡한 표정들로 의사의 연구실을 벗어났다. 의사의 '장기제공건'보다 '변호사…….' 운운의 말이 여운이 컸던지 차남과 3남의 얼굴은 심히 굳어 있었다.

솔직히 나는 그런 사실에는 별로 관심이 많지 않았다. 설령 내게 장남이면서 차남, 3남처럼 당신의 보살핌이나 정을 주지 못한 동정同情으로 회사의 운영권을 맡긴다 해도(그가 그럴 수 있는 감상주의자는 아니지만) 천만에 뿌리칠 생각이었다. 어머니는 기어이 그것을 내가 인수해야 억울하게 버림받은 지난 삶의 보상을 받는 것처럼 집요스럽게 강조했지만 나는 생각이 그렇지 않았다.

애당초 어떤 상황으로 차남, 3남이 그의 후계자들로 주위에 인식되고 부상되었던가는 알 바 없이, 각자의 분야를 십수년 따로 살아온 이제 와서 그림 아닌 타 전문 분야의 습득은 나에게 관심이 없기 때문이었다.

나는 걸음을 빨리하여 병실로 들어섰다.

아버지가 힘살 없는 눈을 들어 나를 쳐다보았다. 어디로 갔었느냐는 물음일 것이었다.

"산책 좀 하고 왔습니다……"

그가 보일 듯 말 듯 고개를 끄덕였다. 그리고 눈을 감았다. 네가 왔으니 이제 안심하고 한숨 눈을 붙이겠다는 듯이.

연이어 나머지 가족들이 우르르 병실로 들어섰다. 의사가 말한 그 변호사가 누구인지를 그에게 듣고 싶었던 모양이지만, 그는 그들의 턱에 닿는 궁금증을 아는지 모르는지 분명히 깊은 잠은 들지 않았으련만 눈을 뜨지 않았다.

그들은 머뭇거리다가 저녁에 들르겠다는 전갈을 간병인에게 중얼거리곤 병실 밖으로 나갔다.

간병인은 날렵하게 그들 앞서 병실 문을 열어주고 밖으로 함께 나갔다가 들어왔다. 나는 40대 초반의 그 간병 보조원이 그들에게 이미 진작부터 매수되어 나와 아버지의 일거일동을 자초지종 보고하는 것을 느끼고 있었지만, 그것 역시 개의치 않았다.

보담도 그가 신장을 제공하겠다고 서명한 사실이 그의 진의眞意인지의 여부를 알아보고 싶었지만(그가 제공하려 했을 것이라는 심증은 갔지만). 그러나 그 문제로 그를 자극할 수도 있을 것임에 그냥 지켜보기로 했다.

그런데 바로 그날 밤부터 그의 상태는 악화 일로로 치달았다. 그는 연속적으로 나타나는 극심한 통증에 진땀을 흘리며 고통스러워했고, 전신을 뒤트는 비명 속에서 진통제만을 계속 요구했다.

신경도 극도로 날카로워지는 듯, 사뭇 발악에 가까운 몸태짓과 한번도 하지 않던 말을 내지르기도 했다.

"나는 죽고 싶지 않아…… 얘, 얘야, 나 좀 더 살 수 없겠니? 나, 나 좀 살려다오……"

나는 허우적대는 그의 앙상한 팔과 상체를 품안으로 끌어안으며 "조금만 참으십시오. 곧 회복되실 것입니다."라는 허황된 말을 안타깝게 들려주곤 했다.

나는 그를 다독이면서 내가 서너 살이던가의 유년 적에 심한 배앓이로 그에게 업혀서는(그는 내가 여섯 살 때부터 시앗을 얻어 딴살림을 냈었다) 내가 아프지 않게 해달라고 길길이 날뛰며 고함쳤었다는, 그의 말을(그는 내가 혼자 그의 곁에 머물때 그런 내 유년 적 이야기를 두 세번이나 들려주었다) 떠올렸다.

그때 그는, 아이를 업고 이미 병원을 다녀온 이후인데 아이는 계속 아프다 울어젖히니 어떻게도 할 방도가 없어 그만 선 자리에서 덥석 땅바닥에 배를 깔고, 제발 당신이 아기 대신 아프게 해달라고 누구에게랄 것도 없이 간절하게 기도했더니, 신통스럽게도 등짝의 아기 울음소리가 서서히 그쳐졌다고 했다.

진정 나도 가끔은 그의 모진 고통이 차라리 나의 것이면 싶은 때가 있었지만, 그러나 그것은 마음뿐 그는 여전히 사경死境을 헤매는 죽음 직전의 환자였고 나는 그의 무력한 아들일 뿐이었다.

어머니의 독선 속에 휘둘려 넉넉하고 따뜻한 부친의 정을 모르고 성장한 나는, 마흔 살의 질긴 이 나이에 참으로 유감스럽게도 그가 죽으면 혈혈단신으로 고아가 될 것이라는 서러움에 절어 있었다. 가능하면 내 천륜의 더운 핏줄인 그가 더 살아주었으면 싶었다. 나는 그를 뼛속 깊이 사랑했던 것이다.

그는 진통제를 시주한속에서도 최후의 몸부림이듯 이틀간을 전신을 뒤틀며 고통스러워하더니, 사흘째부터는 거짓말처럼 잠잠하게 가라앉았다.

신기로울 정도였다. 물론 회복과는 전혀 상관없는 완전 체념의 상태인, 용납容納의 시기로 접어든 것일까 싶었다. 단 며칠, 몇 시간이라도 더 살고파 하던 마지막 생명 희구希求의 줄을 투두둑 끊어버리고 우주의 섭리속으로 자신을 내려버린 것 같았다. 그런 그가 차라리 가없이 평화스러워 보이기도 했다.

실제 이러한 무념無念 무아無我의 순간이 그의 인생의 진정한 승리이며 평화이지 않을까도 싶었다.

더욱 놀라운 현상은, 통증은 어저께 그저께보다 더 격심할 텐데도 한마디의 신음도 일체 없었다. 의식은 선명하게 맑아 있는데도 인간관계에 애타 하기는커녕 관심조차 없는 초연한 낯빛이었다.

나는 그런 그를 바라보며 가슴으로 울고 조바심을 쳤다. 그는 이제 드디어 완전히 떠날 준비를 완료한 사람 같았던 때문이다.

그런데 그는 그렇듯 지극히 고요한 적요寂寥 상태에서 만 48시간을 더 지냈다. 그러는 동안 주치의사는 바쁘게 돌아쳤고 가족들은 하루 몇 차례씩 그의 방을 들락거리며 운명의 순간을 기다렸다. 그 순간이 늦어지는 것에 조금씩 굳어지는 표정들이 되어갔다. 마침 차남과 3남이 함께 있는 자리에 의사가 말하던 변호사가 나타나자 아버지의 얼굴에 일렁임이 있었다. 내가 말했다.

"이분이…… 아버님의 고문 변호사님이시군요…… 이분이, 아버님 마지막 뜻을……"

그의 뺨이 다시 움짓거렸다.

변호사가 슬픈 얼굴로 그의 손을 잡고 그를 지그시 내려다 보며 걱정마시라고 했다.

그리고 다음날 오전 3시경.

그는 수면 상태로 접어들 듯 깊은 혼수상태로 빠져들었다. 아울러 동공瞳孔이 산대散大, 고정固定되고 호흡이 정지되어갔다. 그때 주치의가 침울한 음성으로 "운명하셨다."고 선언했다.

병실 안이 갑자기 비명과 울음소리로 아수라장이 되었다. 나는 어안이 벙벙했다. 의료팀은 흰 광목천으로 그의 몸을 덮었고, 이어서 이동용 병상 위에 그의 몸을 옮겼다. 그를 다루는 그들의 손길이 어찌나 잽싸고 숙련되었던지 넋놓듯 그의 손을 붙들고 있던 나는 그를 불러볼 짬도 없이 뒤로 밀쳐지며 그의 손을 놓치고 말았다.

그는 이미 이동침대에 옮겨져 병실을 나가고 있었다.

"아, 아닙니다, 아직, 아니라고요. 이, 이봐요, 환자가 숨을 쉬고 있었어요, 맥박도 뛰고요, 체온이 있어요오!"

그러나 속칭 바퀴달린 들것은 이미 입원실 복도를 빠르게 가로지르고 있었고 내 소리는 가족들의 울부짖음 속으로 묻혀들고 말았다. 장기절제를 위해 수술실로 옮겨지는 그를, 마지막 하관下棺을 지켜보듯 둘째 부인과 고모들의 유독 자지러지는 울음소리로 병실과 복도는 온통 벌집을 쑤셔놓은 듯했다.

나는 허겁지겁 들것을 따라나섰다. 그러나 그것은 어느새 대형 엘리베이터 속으로 잠겨들었고, 나는 그 쇳덩어리가 다시 위로 솟구쳐 올라오기를 기다려야 했다.

나는 비상계단으로 뛰어내리기 시작했다. 그러나 곧 그 방법이 지름길이 아님을 깨달았다. 허둥거리지 말아야 한다고 스스로에 다짐하면서도 가슴과 팔다리가 제멋대로 허청거리고 떨려서 무엇보다 곧바로 계단을 밟아 내릴 수가 없었으며, 내가 허둥대는 위치가 자그마치 8층이라는 사실을 깨달았던 것이다.

나는 다시 엘리베이터 앞에 섰고, 그것은 마침 아래에서 솟구치고 있어 얼마간 더 가슴을 졸이며 기다려야 했다. 하지만 막다른 꼭대기 층인 10층에서 그것은 바직바직 타는 내 속과는 상관없이 꽤나 더 멈추어져 있었고, 매 층마다 꼬박꼬박 멎는 등 화급한 나를 안절부절 못하게 했다.

엘리베이터는 그런 상태인 채 드디어 내 앞에 머물렀고 나를 담고 수술실이 있는 1층에 닿았다.

예상대로 아버지를 실은 들것은 이미 흔적 없이 어느 수술방으론가 스러지고 없었다. 다섯 개도 넘는 수술장이 위치한 복도로 뛰어들려 했다. 그러나 복도 입구의 둔중한 문은 굳게 잠겨 있었고, 그것을 마구 두들기는 내 어깨를 병원 수위들이 거칠게 돌려세웠다.

"이봐요, 나 좀 들어가게 해주시오. 1007호실 환자가 아직 살아 있단 말이요오. 맥박이, 호흡이 끊어지지 않았는데 신장을 적출한다고 이곳으로 옮겨왔단 말이요오."

"이 사람이, 도대체 무슨 소리를 하는지 알 수 없구만?"

허우대가 큰 두 명의 수위가 어리둥절한 표정을 지으면서, 그러나 병원측에 이롭지 못하다는 사실만 인지하면서 나를 잡아당

겼다.

"이거 놓고 문 좀 열어주시오, 집도가 시작되기 전에 어서 만류해야 된단 말이오!"

하지만 나는 더욱 거칠게 다루는 그들에게 멱살을 잡히다시피 수술장 입구에서 밀려졌다. 긴 복도의 대기 의자에 앉았던 사람들의 시선이 짙은 호기심의 눈초리로 나에게 집중되고 있었다.

"할 이야기가 있으면 병원 현관의 상담과로 가보시오. 여기는 일반인이 출입 못하는 곳이오."

나는 호흡을 잦혀올리며 어깨를 하염없이 처뜨리고 말았다. 흡사 행패꾼 취급하듯 무작정 떠밀어내는 이들과 어차피 이야기가 되지 않을 것임을 알면서 시간을 지체할 필요가 없었기 때문이었다.

나는 돌쳐서 병원장실을 찾았다. 수술 중지를 시킬 수 있는 사람은 병원 책임자 뿐이라는 계산을 했던 것이지만 병원장은 출타 중이었고, 다음으로 달려간 진료 부장실의 실장은 의대 강의에 들어가고 없었다.

그렇게 돌아치는 동안 시간은 30여 분 이미 지나버렸고, 나는 가슴에 새까맣게 탄 멍울이 얹혀진 채로 다시 10층의 병실로 돌아갈 수밖에 없었다.

어머니가 당숙부와 함께 입원실 복도에서 내 향방을 몰라 서성거리다가 다가왔고, 병실에는 둘째 부인과 차남, 3남, 그리고 그의 부인들과 종형과 고모 둘이 훌쩍이고 있었다. 둘째 부인은 언제 그토록 애통하게 흐드러지게 울었더냐 싶게 눈귀에 물기 한 점 없이 며느리들과 머리를 맞대고 앉아 있었고, 당숙과 종형이 다가서며 장례 준비를 서둘러야 되지 않겠냐고 했다.

나는 아무런 대답도 하지 못했다.

"어디를 갔었던가? 자네의 얼굴이 말씀이 아니군……너무 상심 말게…….'

방안의 누구도 복도에서 내지른 좀 전의 내 고함 소리를 제대로 듣지 못한 모양이었다. 아버지를 여읜 설움만으로, 넋 빠진 듯 탈진해 보이는 나를 그저 위로할 뿐이었다. 차라리 그러는 편이 잘 된 일인지도 모르지만, 나는 여전히 말을 잃은 채 망연하게 앉아 있었다.

"일단은, 수술실에서 연락이 오길 기다려야죠."

차남이 당숙과 종형을 번갈아보며 그렇게 응수했다.

"그렇군! 장지葬地야 마련되어 있고 기타 준비는 장의사에서 할 테니, 우선 알릴 곳의 명단 작성부터 해야 되겠군. 그것 이전에 가만, 며칠 장으로 할 것인가? 5일장으로 뫼셔야지?"

당숙과 종형은 사뭇 나를 죄이듯 연달아 물어왔다.

나는 홀연히 일어섰다.

"가만요…… 당숙부님! 세상에 아버님의 부음을 알리기 전에, 우선 확인해야 될 일이 있습니다. 이제는…… 어차피 엎질러진 물입니다만…… 그러나 결코 묵인할 수 없는 일입니다…….'

"무슨……말인가?"

입원실 안의 모든 사람들이 일시에 나에게로 시선을 모았다.

어머니가 당숙부에 이어 재우쳤다.

"무슨……일이냐?"

"아닙니다, 제가 의사를 만난 후에 말씀드리겠습니다…….'

납덩이 빛깔의 내 얼굴과 심히 무겁고 침울한 꺽쉰 내 음성이 그나마 후들후들 떨려서 인지 주위가 갑자기 물을 끼얹은 듯 조용해졌다.

그런데 때맞춰 주치의사가 입원실로 들어섰다. 그의 얼굴은 모든 일이 무사하게 아주 잘 완료됐다는 지극히 당당하고 만족스러운 빛깔을 하고 있었다.

"장기 적출 수술도 성공리에 끝났습니다. 시신屍身은 곧 영안실로 옮겨져……."

나는 목덜미를 시뻘겋게 붉히면서 그의 가슴팍을 내 가슴팍으로 밀어붙이고 그의 코앞으로 다가서며 말머리를 잘랐다.

"나하고, 이야기 좀 나눌까요?"

흥분을 삭이느라 씨근거리는 내 숨소리와 서슬 푸른 몸짓에서 그는 거절할 수 없는 뭔가를 느낀 듯, 내가 팔을 끄는 대로 입원실 밖으로 따라 나왔다.

"연구실로 가는 것이 좋겠군요."

물론 그의 개인 연구실을 말하는 것이었다.

"그럽시다."

그는 선선히 응했다. 그의 연구실은 마침 비어있었다.

"앉으십시오."

의사는 나를 내객용 의자에 앉도록 손짓했다. 나는 앉지 않았다.

"말씀해 보십시오. 선생께서는 분명히 맥박도 뛰고 있고 체온도 있고 호흡도 끊어지지 않은, 살아 있는 환자에게 죽음을 선언했고 수술장으로 옮겨갔습니다."

"환자는, 사망했었습니다."

의사는 눈빛 한 점 동요 없이 그렇게 대답했다.

"그럼, 제가 지금, 거짓말을 하고 있다는 말입니까?"

"글쎄요…… 미약하나마 그런 증상을 혹시 느꼈을지도 모르겠군요."

"느낌이 아니라 분명히 살아 있었어요. 혼수상태에서 동공만 고정됐을 뿐이지 전부가 살아 있는 사람에게서 선생은 장기를 적출케 한 것입니다. 신장을 떼내게 함으로써 생명을 절명시킨 것입니다."

"고정하십시오. 제 말씀을 오해하시면 아니 됩니다. 선생의 말씀처럼 맥박이 뛰고 체온이 있었다 해도 그것은 분초에 불과한 상태입니다. 환자는 뇌사腦死 상태로서 곧 이어 호흡이 멎고 심장 박동이 영원히 불가역적인 기능 정지가 되기 때문입니다. 그 찰나에 선생께서 느끼셨을지 모르나 그것도 착각일 수 있습니다. 선생께서는 환자의 죽음을 부정하고픈 심리가 마지막 순간까지도 그 누구보다 팽배하여 과민해 계셨으니까요." 환자를 떠나보낼 준비가 조금도 되어 있지 않으니까요.

나는 입귀로 쓴웃음을 지었다.

"이러시지 마십시오. 그 순간의 내 심경은 엄숙할 만큼 평정의 상태였고, 호흡과 체온, 맥박은 눈으로 귀로 손끝으로 직접 보고 듣고 촉지한 것입니다. 도대체, 선생의 주장처럼 그럼 뇌사만으로 죽음을 판단할 수 있단 말입니까? 심장과 폐가 미처 죽지 않았는데, 뇌의 기능만 정지되었다고 환자를 시체실로 옮길 수 있나요?"

의사가 잠시 눈을 감았다가 떴다.

"뜻 아니한 문제로 선생과 죽음의 정의定義 문제를 새삼 논하게 되는군요. 그렇습니다. 죽음이란 심장과 호흡 기능과 뇌반사의 영구적 소실을 말합니다. 호흡과 심장 박동이 정지되고 뇌의 기능이 소실되어 불가역적일 때를 말합니다. 그러나 눈부신 의학의 발달로 호흡과 심장 박동을 인공적으로 연장시킬 수 있게 되고, 또한 장기 이식 수술의 발달로 심장과 폐장을 다른 사람의 것과 대치시킬 수도 있게 됨에 따라, 기존의 죽음에 대한 정의가 도전을 받게 되었지요. 무슨 말씀이냐 하면, 우리 신체의 기본적 생명유지 장기臟器인 뇌, 심장, 폐 중에서 심장과 폐는 인공기기로 재생시키거나 이식시킬 수도 있지만 뇌만은 절대로 불가능하므로, 이러한 뇌의 죽음이 폐와 심장에 분초로 앞선다 해도 죽음으로 판단할 필요가 있다는 설이 주장되고, 아울러 죽음의 통일성을 지킬 수 있는 것은 현시점에 뇌사 이외에 없다는 것이 노정되고 있지요."

"점점 어려운 얘기로군요. 아니 그렇다면, 뇌의 전 기능이 소실되면 심장이 뛰고 있는 상태인데도 장기를 적출해냄이 정당하다는 것입니까?"

나는 '호흡도 하고 있고'란 말을 슬그머니 생략하고(그가 숨을 내쉬었던 것도 같고 전혀 그렇지 않았던 것도 같고, 생각할수록 불확실했다. 그러나 내가 잡고 있었던 그의 손목에서 맥박은 분명히 뛰고 있었다) 심장 박동만 강조했다.

또한 뇌사 환자에게서 장기를 적출해내는 것은 바로 살인 행위가 아니냐는, 목에까지 차오르는 거친 표현을 죽였다.

나의 상식으로는 죽음의 법률적 인정은 심장사心臟死나 폐장사肺臟死이지 뇌사가 아니라는 점과, 뇌사 상태는 살아 있다고도 죽어 있다고도 할 수 없는 생사 중간에 속하는 상태로 알고 있었던 것이다.

"82년 이후 미국을 비롯한 세계의 흐름은 뇌사를 법적으로 인정하고 있습니다. 또한 기타 대부분의 나라도 법에 의한 규정은 없어도 의학적인 죽음을 사실상 인정하고 있고, 더욱이 장기 제고의 경우에는 그것이 더 활용되고 있습니다. 뇌사란 잠깐 말씀드렸지만, 뇌의 전 기능이 소실되고 깊은 혼수에 빠지면서 자발적으로 호흡이 정지되고 동공이 산대되면서 고정되고 뇌간 반사가 소실된 실제적인 죽음 상태입니다. 인공호흡기나 인공 심장 박동기 등으로 생명 연장 장치를 하지 않는 한 호흡과 심장이 자동적으로 멎는, 이미 돌이킬 수 없는 불가역적인 죽음의 과정으로 돌입한 상태란 것입니다. 선생께서는 혹시 뇌사와 식물 상태가 심한 의식장애를 동반하고 있다는 공통점 때문에 혼돈하시는지도 모르지만, 뇌사는 뇌의 두 기능 즉 식물적인 기능(호흡, 순환, 대사 기능)과 동물적인 기능(운동, 정신, 기능)을 포함한 뇌 전체(대뇌, 소뇌, 뇌간)의 기능 소실을 말하는 것입니다. 나는 선생의 부친께서 분명히 뇌사로 사망하셨기 때문에 죽음으로 판단한 것이고, 그리고 환자와의 생전 약속을 이행한 것뿐입니다."

의사는 끝까지 당당했다. 그러나 나는 그의 당당함을 결코 용납할 수가 없다는 경직된 마음이었다.

그의 말대로 뇌사가 절대로 소생되지 않는 죽음이라 치더라도 내 손 끝에 집혀지던 아버지의 맥박이며 체온이며, 또한 죽음의 선언과 동시에 쫓기듯 수술장으로 밀고 나가던 서슬로 보아, 그 행위가 조금이라도 더 살아 있는 신선한 장기 적출을 위해서라 치더라도, 정당한 정상의 행위라고는 절대로 확신되지가 않았던 것이다.

아버지가 무의식의 혼수상태로 빠져들었다 해도 분초나마 더 살고 싶어 했던, 분초나마 더 그의 살아 있는 체취를 느끼고 싶어 했던 우리 부자父子는 억울한 인공적 단절을 당했다는 절통함에서 벗어날 수가 없었다.

의사의 말끝을 물고 늘어질 심사는 아니었지만 그러니 목으로 꾸역꾸역 차오르는,

"선생의 역설대로라면 식물 상태와 완전 뇌사 상태의 분별을 위

한 검사 과정이라도 있었어야 했잖소. 완전 뇌사인지 아닌지를 당신의 일별로 판단할 수 있단 말이오? 그리고 세계의 흐름이 뇌사를 죽음으로 인정하든 말든 현재 우리나라 죽음의 법적 인정도 그렇단 말이오? 선진국들이 심장과 폐의 죽음보다 뇌사를 죽음으로 더 인정하든 말든, 우리나라 죽음의 법적 인정도 그렇단 말이오? 합리주의적 선진국들이 심장과 폐의 죽음보다 뇌사를 죽음으로 더 인정하든 말든 맥박이 있고 체온이 있는, 인공호흡기를 부착하면 호흡도 할 수 있는 사람을 어떻게 시체라 할 수 있단 말이오? 그것의 시간이 한정되어 있고 절대로 소생하지는 못한다 해도 말이오.—"

라는 아우성을, 그냥 꿀꺼덕 삼켜버리고 말았다. 어떤 속 후련하고 한恨과 원통함이 풀릴 명쾌한 해답을 얻는다 해도, 결국 그는 영원한 불귀不歸의 객客으로 떠난 것을…….

"아버지……."

나는 심히 고통스러운 표정으로 고개를 설레설레 흔들다가 어깨를 처뜨렸다.

의사는 더 할 말이 있는 모양이었다.

"완전한 죽음의 상태란 신체의 세포사細胞死와 장기사臟器死, 기존의 개체사(심, 폐, 뇌사)가 합치를 이루었을 때를 말합니다. 더욱 확실한 개념은 신체에 체온이 내리고 얼룩점이 생기고 굳어지거나 풀어져 허물어지고, 부패되는 변화가 일어날 때이지요. 사실 심장과 폐장의 기능이 정지되어 심장 박동도 호흡도 멈추어지고 뇌반사도 소실된 법률로 인정된 죽음의 상태라 해도, 신체의 세포나 각 장기들의 기능은 훨씬 후에 죽어지므로 현재도 엄밀하게 따져 실제보다 죽음을 앞당겨 판단하고 있다고 볼 수 있지요."

그렇다면 종래의 법률로 인정된 죽음의 정의도 실제는 완벽한 신체 소멸인 세포사보다는 앞당겨져 있으니, 인간의 실용주의적인 면에서 편의주의에 의해 죽음을 판단했단 말인가?

　그래서 뇌사의 죽음 정의도 그런 입장에서 판단 기준에 모순이 없고 현 의료 발달에 부응하는 의도에서 합리적인 것이라면, 종래의 정의보다 앞설 수도 있다는 말인가.

　의사는 끝까지 구김이 없었다.

　첨단의 의료 발달로 인한 당겨지는 죽음의 정의, 더욱이 장기 이식을 위해 그것을 1백 프로 활용하고서도, 저토록 당당함은 생전의 환자에게 유난히 관심 기울여 신경 쓰던 그것만큼 최선을 다했다는 것일까.

　미묘한 것은 의사가 당당할수록 조금씩 아주 천천히 완만해지는 내 감정의 언저리였다. 그러나 내 심장과 손끝에 꽂혀진 그의 맥박과 체온은, 여전히 선홍빛 불덩어리로 내 뼛속 살속 핏속을 후비고 돌았다.

　그때 연구실 문이 요란스럽게 두들겨졌다. 차남과 3남이 이마에 힘줄을 모으고 들어섰다.

　"아니, 도대체 무슨 이야기들입니까? 장기 제공이사 아버님이 서명하셨다고 분명히 말씀 남기셨으니 말 될 바 없고, 또 무슨 끈적한 사연이라도 있습니까? 좀 간단하게, 편리하게 생각하고 넘어갈 수 없나요? 시신은 영안실에 옮겨져 있는데, 장례는 치르지 않을 작정이십니까? 아, 그리고 박사님! 나중에 따로 인사 올리겠습니다만 그동안 저희 아버님 때문에 수고가 많으셨습니다! 고맙습니다!"

　차남이 의사 앞에 허리를 90도로 꺾으면서, 마치 의사가 환자를

회복시켜 퇴원이라도 하게 된 환자 가족처럼 밝은 표정에, 꺾고 펴
는 몸짓이 활달하고 흔쾌해 보였다.

"아 뭘요."

의사는 차남의 깍듯한 인사치레에 간단하게 대답하곤, 나를 돌
아보았다.

"우선 장례를 치르셔야죠. 아버님을 떠나보낼 준비가 미처 안되
신 선생의 간절한 마음을… 저는 잘 알고 있습니다. 미진한 얘기는
이후에 다시 나누도록 하시죠."

나는 여전히 넋을 놓은 듯 채 머리를 빠뜨리고 앉아 있었고, 회
진을 돌아야 한다는 의사는 그런 나를 조용히 내려다보며 그의 연
구실을 벗어났다.

차남과 3남도 의사를 따라 나갔다.

곧이어 종형과 당숙이 들어와서 내 양팔을 잡아끌어 일으켰다.

※ 뇌사腦死가 죽음으로 입법화立法化 되기 전에.

| 8 |

사망진단서

" 문은 다시 닫겨지고 죽어졌던 바람소리가 헛헛 살아나고 있었다.
한겨울 대숲 바람소리로 울음 울 듯 음향은 이어졌다.
닥터 강은 희게 비어지며 채색되는 머리와 가슴의 탈색과정을 전신으로 감지하면서,
격렬한 통증과 고통으로 상체를 전율하기 시작한다. "

사망진단서

환자의 호흡은 끝내 정지되고 맥박도 스러져갔다.

닥터 강은 환자의 절명을 확인하는 제반 행위를 천천히 거두며 사망자로부터 손을 뗀다.

방안은 물을 끼얹은 듯 조용하고 가족들인 듯싶은 네댓 명의 여인들이 하나같이 고개를 드는 닥터 강의 얼굴을 쳐다보았다.

"운명하셨습니다."

닥터 강은 낮은 소리로 그들에게 환자의 사망을 선언했다.

방안은 그의 말이 떨어짐과 동시에 와르르 터져지는 울부짖음으로 소란스러워졌다.

닥터 강은 왕진가방을 든 미스 문과 조금은 침울한 표정으로 그 방을 나선다. 그들과 슬픔을 더불어 나눌 입장은 아니면서도 그들에게 뭔가 못할 일을 저지르고 나오는 것처럼 미안하고 뒤가 켱겨서 걸음이 당당하지 못하다.

닥터 강은 이날 유독 세련되지 못한 자신의 주춤거림이 병원 개업 후 처음 맞는 왕진 임종의 확인이기 때문이라 생각한다.

　수련의사 시절에는 과장을 중심으로 중환자실의 임종을 자주 접하고 스텝진들을 따라 기계처럼 그 방을 돌아서 나올 수도 있었지만 이날의 그의 기분은 가볍지 못했다. 우선 닥터 강 자신이 책임을 져야하는 독립적인 행사로써 처음 겪는 중요한 순간이었기에 적잖은 흥분과 긴장감과 아울러 순수한 감상이 솟구치기도 한 것이지만, 일면으론 자신의 한마디에 분명하게 달라지는 엄연한 현실에 뿌듯한 긍지와 함께 두려움 같은 것이 스며들기도 했다. 행여 방안의 환자가 실제 사망한 상태가 아닐지도 모른다는, 자기 판단에 대한 의심까지 생기기도 했다.

　그러나 닥터 강은 자신이 지나치게 긴장하고 있음을 새삼 인식하며 가슴을 펴고 현관으로 성큼성큼 걸어 나갔다.

　"저 선생님, 사망진단서를……."

　방안에서는 울음이 자지러지는데 젊은 여인 하나가 닥터 강을 뒤쫓아 나와 말했다.

　"뭐라구 하셨나요?"

　"오신 김에, 사망진단서를 끊어주시면 저희가 덜 불편하겠는데요."

　"지금은 발급해 드릴 수가 없습니다."

　"왜요? 진단서 용지가 준비되지 않아서 입니까? 그럼 지금 제가 병원으로 따라 가겠습니다."

　여인은 닥터 강 먼저 현관으로 내려가 구두를 신었다.

　"급한 일 먼저 거두시고 내일 이때쯤 들리십시오."

　닥터 강은 여인을 담담하게 마주 바라보며 나즈막히 말한다.

　"왜요?"

고개를 쳐드는 여인의 얼굴에 의혹이 가득 차 있었다. 닥터 강을 향한 그녀의 충혈된 눈빛이 '그럼 죽은 사람이 24시간 안에 살아나기라도 한답니까?'라는 의문으로 이글거리는 것 같아 보였다.

닥터 강은 여인의 집요스런 의문의 시선을 마주 주시하며, '그렇습니다. 24시간 안에 다시 살아날 수도 있기 때문입니다.'라는 응답을 역시 얼굴로 표출하곤 자르듯 외면하며 그 집을 나섰다.

여인은 닥터 강의 분명한 행동을 이해할 수 없다는 듯 못마땅한 시선으로 바라보곤 더 따라나서지는 않았다.

그 집을 완전히 벗어나면서 간호원 미스 문이 보일 듯 말 듯한 회심의 미소를 지으며, "선생님, 세상인심 야박하지요? 마치 환자의 죽음을 기다리고 있었던 것처럼……"라고 중얼거렸다.

닥터 강은 고개를 끄덕였다. 그러나 그는 환자의 주검 주변에 따르는 가족들의 이러한 감정의 회오리들이 의사의 직무와는 무관한 감상에 지나지 않음을 알고 있었다.

사망진단서의 발급이 사망 24시간 경과 후에사 가능한 것을 알지 못하는 입장에서 가능한 요구일 수도 있다는 사실을 야박하다는 느낌만으로 냉담했던 자신의 행위가 결코 의로운 일만은 아님을 그는 깨닫고 있었다.

그 시간으로부터 정확하게 24시간 후.

여인은 닥터 강의 진료실로 당당하게 들어섰다. 물론 그녀가 무엇을 원하는지를 닥터 강은 훤히 알고 있었다.

"따님 되십니까?"

사망한 오십대의 남자와 모습이 유사해 보여서 닥터 강은 전날과는 달리 부드럽게 말을 건넸다.

"아녜요, 오빠예요."

닥터 강은 여인과의 사이에 또 무엇인가 어긋나고 있다는 생각을 한다. 젊은 여인이라 하지만 실제 삼십대의 후반으로 뵈는 인상인데 깊이 헤아려 보지도 않고 딸이냐고 불쑥 물었던 것이다.

그러나 여인은 그런 걸맞지 않은 질문정도에는 관심이 없는 모양이었다. 사망자가 평소에 몸이 허약했고 혈압이 높았었다는 말만을 거듭 강조했다.

닥터 강은 임종 직전에 왕진을 간 것이 그 환자와의 첫 대면이었으므로 그 이전의 병력을 알지 못했다. 환자를 처음 보았을 때 이미 호흡이 끊어지는 사망 직전의 상태임을 직감하고 그는 여타 진료행위를 생략한 채 환자의 사망만을 확인시켜 주었던 것이다.

그때 가족들 중의 소녀 하나가 닥터 강에게 매달리며, "우리 아버지 살려주세요!" 하고 애원했었지만 닥터 강은 너무 늦었다는 말로 소녀를 다독였고, 주변의 어른들도 호흡을 막바지로 잦아올리는 환자를 내려다보며 닥터 강의 말에 고개들을 끄덕였다.

닥터 강은 주위의 사람들에게 왜 좀 더 일찍 부르지 않았느냐는 말도 하지 않았고 물론 주사도 환자에게 시주하지 않았다. 까마귀 날자 배 떨어진다는 속담처럼 설령 무해한 주사일지언정 자칫 주사를 찔러 환자가 죽었다는 누명을 쓸 우려도 있었지만, 실제 그 상황에서는 어떤 진료행위도 무용했기 때문이었다.

"어서 사망진단서 떼 주세요——."

여인이 재촉했다. 닥터 강은 잠시 머뭇거렸다. 사망진단서보다 시체검안서를 작성하는 편이 불분명한 사인을 기재할 필요가 없어 편하겠다는 생각은 했으나, 그러나 그것은 이미 죽은 시체를 검안했을 때의 경우로, 환자를 시체와 다름없는 임종 막바지에 목격

했다 손쳐도 그렇게는 할 수 없다는 마음으로 기울어졌다.

닥터 강은 사망진단서 용지에 기재를 하기 시작했다.

직접 사인 란에 '심장마비'와 '호흡정지'라 일단 적었다. 자신의 날인이 따르는 사망진단서를 개원 후 처음 발급해 보는 닥터 강으로서는 긴장하지 않을 수 없었다.

그러나 그는 더 머뭇거리지 않고 사망진단서 한통을 발급하여 여인에게 건네주었고, 그녀는 만면에 웃음을 가득 머금으며 그것을 얼른 받아 병원을 나갔다.

음력설을 며칠 앞둔 저물녘의 거리는 희끗거리는 눈발로 하여 더욱 부산스러워 보였다. 절기로는 이미 입춘이 지났어도 기온은 영하권으로 만만치 않은 추위가 지속되었는데, 이날의 날씨는 춘설 탓인지 의외로 푸근했다.

닥터 강은 진료실의 투명한 창을 통해 어두워지는 거리를 내다보며 미스 문에게 현관의 셔터를 내리도록 지시한다.

진료시간의 종료까지는 이십 여분 남아 있었으나 눈발 속에 환자도 더 올 것 같지 않았고 추희와의 약속 때문인지 진득스럽게 목을 늘이고 앉아 환자를 기다리고픈 기분이 아니었던 것이다.

'늦은 감이 있지만, 한껏 축하해 주자! 진정 어려운 일을…… 영리하고 이지적인 그녀답게 기어이 해내지 않았는가!'

닥터 강은 속으로 중얼거리며 정확하게 8시가 됨을 확인하면서 진료실을 나섰다. 그녀와는 8시 30분에 '원'싸롱에서 만나기로 되어 있었다.

눈발은 어느새 소담스런 함박눈으로 변하여 어둔 밤거리를 뿌옇게 메웠다.

'오늘은…… 내 구혼에의 확답도 받아내야 한다…….'

닥터 강은 또 다시 중얼거렸다. 그러나 그의 기분은 실상 편한 상태만은 아니었다. 이렇다 할 분명한 언질은 없었으나 몇 달 전인, 그러니까 그녀가 세 번째 응시한 사법고시에서 드디어 합격한 그달 이후부터 그녀는 미묘한 변화를 보여 왔기 때문이었다.

6년여의 순탄한 교제에 한줄기 실금이 생기듯 그는 그녀로부터 이렇게도 꼬집을 수 없는 미묘한 변화를 분명히 감지하기 시작했던 것이다.

마침 그녀가 사법고시에 합격하는 그 즈음에 닥터 강도 약제실·진료실·대기실만 있는 구멍가게 같은 16평짜리 의원을 개설 준비하던, 그야말로 눈코 뜰 새 없이 바쁠 때여서 그녀의 합격을 제대로 축하도 못해주고 자주 만나지도 못했었다.

만나지 못한 그즈음에 변화가 생겨진 것인지 그 이전부터였는지는 알 수 없었으나 언젠가 짧게 만났을 때, 의원 개원 후에 결혼식을 올리자는 닥터 강의 말에 그녀는 먼눈을 하며 응답을 하지 않았다.

닥터 강은 그 순간, 오랜 밀착된 교제였어도 정식 구혼을 받기는 처음이라 그녀가 수줍음을 타는 것이리라 여겼지만 그러나 피부에 닿는 분위기가 그런 것만은 아닌 듯해서 못내 마음이 편치 않았던 것이다. 그는 그녀를 당신의 분신이듯 혼신으로 사랑하고 있었기 때문이다.

그가 '원'싸롱에 도착했을 때는 약속시간보다 20분이나 빠른 8시 10분이었다. 그런데 놀랍게도 추희는 그보다 먼저 와서 외진 창 켠 자리에 다소곳이 앉아 있었다.

얼굴이 갓등의 흐릿한 불빛 속에서도 붉게 상기되어 있음이 드러나 무엇인가에 적잖이 긴장하고 있는 것처럼 보였다.

"나보다 더 일찍 나왔었군! 정말 오랜만이다!"

닥터 강은 반갑게 소리치며 그녀 앞으로 허겁지겁 다가갔다. 그도 그럴 것이 그녀는 그와의 약속에서 거의 언제나 10분정도 늦게 나타나곤 했는데 이날은 아니었던 것이다.

추희가 고개를 끄덕이며 잔잔하게 웃음을 머금었다.

"추희! 너무 늦었지만, 오늘은 내가 당신 합격 축하 턱을 낼게!"

닥터 강이 그녀 맞은 켠으로 털썩 앉으며 그녀의 손을 끌어 쥐었다. 그리고 다가선 웨이터에게 술과 스테이크 등 그녀가 좋아하는 몇 가지 음식을 성급하게 주문했다.

추희가 무슨 말인가를 할 듯 그를 건너다보았다. 그러나 시선을 비끼며 침묵한 채 그에게 잡힌 손만 빼냈다.

닥터 강은 또 다시 뭔가 분명히 몸에 닿는 여느 만만치 않은 그 느낌을 받으면서 너무 오랜만에 만난 탓일 수도 있다는 생각도 해 본다.

"바빴었지?"

닥터 강은 시종 미묘한 미소만 입귀로 머금고 있는 그녀를 한껏 밝고 다정한 얼굴로 바라보며 속삭였다.

"별루……."

그녀가 비로소 짧게 대답했다.

그렇게 생각해서인지 그녀는 당금의 순간을 심히 불편해 하는 것 같았다. 시선을 어디에도 고정하지 못하고 식탁과 사방 벽과 카운터 따위로 전전하는 등 안정되어 있지 않음을 닥터 강은 스치 듯 지켜본다. 술과 음식이 날라져오면서부터 점점 좌불안석 하는 그녀의 잔에 닥터 강은 술을 넘치게 따랐다. 그리고 잔을 들어 함께 건배키를 원한다.

추희는 여전히 불확실한 미소를 머금은 채 마지못한 듯 술잔을 들어 부딪쳤다. 그리고 잔을 입술에 대다 말고 가만히 놓았다. 음식도 들지 않았다. 눈길을 한결같이 술잔 위로 깔고 있었다.

닥터 강은 도수 높은 양주를 갈증 난 사람처럼 스트레이트로 석 잔을 연거푸 마시고는 추희를 마주 본다.

"추희! 무슨…… 일이 있어? 우리가 그동안 좀 소원했었지? 하지만, 개업 준비 때문임을 추희도 알잖아."

"그런 게, 아니야——."

추희가 반사적으로 고개를 흔들었다. 그러다가 자기 앞에 놓인 술잔을 신경질적으로 왈칵 집어다가 단숨에 마셔버렸다.

"무슨…… 나에게, 할 말이 있는 모양이군?"

닥터 강은 여느 때 같지 않은 거칠어 보이는 그녀의 도드라진 행위를 바라보며 정색을 한다.

추희가 그런 그를 똑바로 응시하며 고개를 크게 끄덕였다. 두 번 세 번…… 그리고 바로 잇달아 거침없이 말했다.

"우리, 끝냈으면 좋겠어."

닥터 강은 서서히 그러나 선명하게 둔중한 무엇이 후두부를 쳐오는 충격을 받으면서, 숨을 멈추듯 그녀를 주시한다.

"미안해……."

추희가 닥터 강의 시선을 피했다. 그러면서 벌떡 일어섰다.

"나, 가겠어."

닥터 강은 그의 옆을 스쳐 나가려는 추희의 팔을 붙들었다.

"앉아봐. 난 도대체 무슨 영문인지를 모르겠다. 이런 일방적인 횡포가 어디 있니? 무엇을, 끝내자는 거야? 우리는 이제 비로소 서로가 설 자리 마련하고, 함께 출범하자는 거 아니야?"

그녀는 다시 좌석에 앉지는 않았으나 그의 손에 붙들려 흥분한 그의 소리를 듣고 있었다. 닥터 강은 이어 그녀의 팔을 거칠게 끌어 어거지로 자리에 눌러 앉히다시피 한다.

"정말, 왜 그래? 나는 추희와 이제 드디어 시작한다는 벅찬 기분이야! 나는 추희에게 이미 구혼을 했었고 오늘은 둘이 새로운 설계를 계획하고 싶었어!"

"나는 닥터 강과…… 계속 부담 없는 친구이고 싶을뿐이야……."

"우리는 깊숙히 사랑했던 거, 아니니? 나는 추희를 진심으로 사랑하고 있었어——."

닥터 강은 자신이 좀 얼빠진 말을 주절거리고 있다는 생각을 하며 어깨의 힘살이 빠져 내림을 느낀다.

추희는 냉담하리 만큼 차가운 눈빛으로 순식간에 고통으로 일그러지는 닥터 강의 얼굴을 바라본다. 그러나 분명히 해둬야 할 것은 하고 넘어가야 한다는 작정인 듯 몸을 추슬렀다.

"나는, 닥터 강을 사랑하지 않았어. 지금은 더욱 그렇지만, …… 이런 말을 굳이 뱉을 생각은 아니었어."

추희는 다시 몸을 일으켰고 닥터 강은 넋을 놓은 채 앉아 있었다. 그녀는 그의 옆을 스쳐 또박또박 걸어 나갔으며 그는 스러지는 그녀의 구두소리를 들으면서 두 손으로 자신의 머리를 감싼다.

'그렇다면…… 전신을 불살라 서로를 흡입하던 그 열정적 행위는 무엇을 의미하는 것이란 말인가…….'

닥터 강은 지난 6여년 그녀와 가졌던 구체적인 애정 행위가 그녀의 입장에서 진정한 사랑의 표현이 아니었다는 점에 혼란을 겪기 시작한다. 애정과 무관하게 그럴 수도 있다는 가능성의 인식이 그의 상식으로는 좀체로 이해되지 않아 그는 한참 동안 끙끙거린다.

하지만 그러한 문제의 따짐에 앞서 난자되듯 저려드는 가슴의 통증에 상체를 뒤틀었다. 그녀에의 원망과 아픔이 몸속 구석구석 절절히 배어들어 신음을 뱉어 낸다. 그러나 증오감은 생겨지지 않았다.

오히려 그녀를 향한 욕망과 갈구가 더욱 뜨겁게 강열하게 솟구침을 그는 애써 억제하면서 그러는 자신에 심한 혐오감을 갖는다.

참 어처구니없이 무참하게 배신과 참패를 당한 감정이기보단, 소중한 품안의 어떤 생명을 잘못 놓쳐버린, 실로 허허로운 억울함과 그것에의 연연한 그리움으로 그는 자신의 머리칼을 지그시 움켜쥔다.

추희의 일방적 결별 선언이 있은 지 일주일째 되는 날의 저물녘이었다. 닥터 강은 까칠한 얼굴로 환자의 진료에 임하고 있었다. 때마침 진료 마감시간 즈음이라 산더미처럼 엄습하는 피로감까지 겹쳐 그의 기분은 몹시 과민해 있었다.

그때 눈매가 날카로운 점버차림의 남자 하나와 젊은 여자 그리고 소녀 하나가 진료실을 찾아들었다. 그들이 진료를 받기위해 내원한 환자가 아님을 그들의 흥분한 표정들로 감지한 닥터 강은 상체를 곧추세우며 그들을 맞이한다.

"강상구 원장님이시죠?"

차가운 눈빛의 남자가 표정과는 달리 공손하게 물어왔다.

"그렇습니다만."

닥터 강은 낯선 남자와 어딘가 안면이 있어 뵈는 여자와 역시 낯

익은 그러나 얼른 떠오르지 않는 소녀를 휘둘러보며 대답한다.

"이것, 선생님께서 발급해주신 사망진단서 맞습니까?"

남자가 복사된 사망진단서 한 통을 진료책상 위로 내밀었다.

닥터 강은 비로소 그녀들 중 젊은 여인은 얼마 전 환자의 사망 직후 사망진단서를 요구하던 이고, 소녀는 환자 임종 시에 아버지를 살려달라고 매달렸던 소녀였음을 기억해내며 신경을 모은다.

"맞습니다. 그런데요?"

"아직 문제가 확대된 것은 아닙니다만 그럴 소지가 있어 몇 가지 여쭤보려 온 것입니다. 지금 이 사망자의 집안에서는 죽은 이가 병사라는 측과 변사라는 측으로 의견이 양분되어 변사라는 측에서 문제를 삼고 있습니다. 하온데, 선생님이 발급해주신 이 진단서는 좀 애매모호 하달까요, 분명치 않아서입니다……."

"댁은 누구십니까?"

"아, 예 저는 사망자 집안의 먼 친척입니다. 사건이 담장 밖으로 확대되기 전에 해결해 보려고 중간에서 노력하는 사람입니다."

"말씀해 보십시오."

"잘 모르겠습니다만, 이 진단서를 살펴보면 심장마비 호흡마비라고만 적혀 있는데 이것이 바로 사인이 되는 것입니까? 그것이 사망의 원인이라면, 그럼 이 죽음은 무엇을 의미하는 것입니까?"

남자의 말이 끝나기 바쁘게 젊은 여인이 끼어들었다.

"그야 당연히 심장마비이니 병사이지요. 그렇지요 박사님?"

그러자 이번에는 다소곳이 서 있던 소녀가 완강하게 머리를 흔들며 소리쳤다.

"아녜요, 저의 아버지는 분명히 누군가가 돌아가시게 만들었어요. 평소에 혈압이 좀 높았어도 그렇게 갑자기 돌아가실 상태는 아니었어요. 당사자인 아버지나 우리 가족도 모르게 아버지는 거금의 생명보험에…….”

그때 여인이 발작하듯 소녀의 말을 잘랐다.

“시끄러── 아니 정말 요 가시내가 누구 쌩사람 잡으려 들구 있어?”

마치 소녀를 패대기라도 칠 것처럼 험악한 얼굴로 악을 쓰듯 하는 여인을 남자가 만류시켰다. 소녀도 여인에게 이어 터뜨리고 싶은 말이 많은 듯 얼굴을 새빨갛게 붉히고 숨을 쌔근거리며 여인을 똑바로 쏘아보고 있었다.

닥터 강은 사망자의 죽음을 둘러싸고 심상찮은 문제가 그들 집안에 얽혀있음을 짐작했다. 자신의 한마디가 의외로 큰 바람을 일으킬 수 있다는 사실을 새삼 절감하며 그 진단서를 기재했을 때의 상황을 떠올려본다.

“선생님 말씀 좀 해주십시오. 이 진단서는 사망자의 병사를 말씀하시는 것입니까? 심장마비나 호흡마비가 질병으로 간주되는 것인가요?”

닥터 강은 비전문인인 남자가 사망진단서의 사인에 의혹을 품고 있음을 깨달았고, 그것은 정확하게 본 것이라고 생각했다.

“심장마비 혹은 심정지 호흡마비 혹은 호흡정지 등은 죽음에 필연적으로 수반되는 증상입니다. 사인은 아니지요.”

“하오면…….”

“내가 왕진부탁을 받고 갔을 때는 환자가 임종 몇 초 전의 막바지에 있었습니다. 내가 정확하게 보고 확인한 증상만을 기재한 것이지요.”

“아니 심장마비는 고혈압에서 오는 것이 아닙니까? 제가 박사님께 사망자가 평소에 고혈압을 앓았다고 분명히 말씀 드렸는데요?"

여인이 눈을 벌려 뜨며 따지듯 했다.

"심장마비는 어떤 죽음의 순간에도 필연적으로 따르는 증상이지요. 급격한 관상동맥의 폐색으로나 급성 전염병의 회복기, 미주신경에의 심한 자극에 의하여 발생도 되지만, 여기서는 증상을 말함이지요."

남자가 문제는 바로 그 점에 있다는 듯 고개를 끄덕이며 내 말이 끝나기를 기다렸다.

"그러니까 선생님은 사망진단서에 사인을 기재하시지 않은 셈이 되겠군요."

"반드시 그렇지 않지요. 사망진단서는 사인을 선행원사인, 중간선행사인, 직접사인 3단계로 분류해서 적기로 되어 있는데 심장마비와 호흡마비는 엄밀하게 분류하여 따져들면 직접사인에 가깝다고 볼 수 있지요."

남자가 약간 시니컬한 웃음을 입귀에 묻혔다. 시간이 지남에 따라 남자의 자세는 조금씩 흐트러져 풀어지기 시작했다.

"그렇다면 선생께서는 왜 나머지 2단계 즉 본격적인 사인을 기재하시지 않았지요?"

"내가 알지 못하기 때문입니다. 내가 그 환자를 임종 전 48시간 안에 진단 혹은 치료한 적이 있었으면 나는 사인을 분명히 기재할 수 있었을 것입니다."

"그러나 환자의 가족이 고혈압이었다고 병명을 밝혔으면 어차피 사망진단서를 발급해 주시면서 좀더 상세하게 그대로 기입해 주실 수도 있는 것 아닙니까?"

"이건 제 개인적인 생각입니다만 인간의 죽음을 증명하는 증서는 (현행의료법은 의사가 환자에게 48시간 이내에 진료한 사실이 있으면, 그 환자에 한해서 편의상 다시 진찰 확인하지 않아도 사망진단서 작성을 인정하고 있다.) 설령 의사가 48시간 이전에 그 환자를 진료한 적 있다손 치더라도 죽음을 직접 확인하지 않고 가족의 말만을 믿고 사망진단서를 발행한다는 것부터가 나는 모순이라고 생각하고 있습니다. 문제점이 많아요. 예를 들어 하루 전에 진료했을 때 경증의 폐렴이던 환자가 그것의 예후로 보아 48시간 이내에 사망하리라곤 도저히 상상조차 할 수 없던 환자가 사망했을 때는 필히 검시를 해야 하는데도, 현행 의료법은 검시를 하지 않고도 버젓이 사인을 폐렴으로 사망진단서를 발부할 수 있게 되어 있거든요. 반대로 환자의 예후가 악화하여 사망이 예지되는 케이스지만 진료시간으로부터 48시간 이후에 사망하면 사망진단서가 아닌 시체검안서를 작성해야 되는 등 모순이 많지요……."

"잠깐만요, 하지만 선생께서는 48시간 이내에 실제 진료를 하지 않고서도 사망진단서를 발급했습니다. 사인도 확실치 않은 채로요. 그런데도 동사무소 직원들은 심장마비 호흡마비가 완전한 사인이 되는 것으로 잘못 알고 행정처리가 되었구요."

"사망진단서를 작성할 당시의 내 고민이 바로 거기에 있었습니다. 환자의 사망 몇초 전이긴 했어도 그리고 진료를 실시할 단계가 넘어있는 상태이었어도 분명히 생명이 살아있는 순간에 환자를 목격했는데, 차마 사체를 검안했다고 적을 수는 없었거든요. 시체검안서야 사망의 원인이 여하 간에 이미 죽어있는 사람을 의사가 확인만 하면 되는 간단한 것이지만, 그러나 거듭 강조되지만 나는 처음부터 시체를 본 것은 아니었거든요."

"그러니까 양심에 의해 시체검안서를 적을 수 없어 사망진단서를 적으셨고 그리고 현장에서 보신 증상대로만 기재하셨다 이거군요. 나름대로 이해는 갑니다만 그러나 선생께서는 그런 감상적이고 실낱같은 양심만 생각하셨지 더욱 큰 문제는 생각 못하셨어요. 뭐냐구요? 그런 불확실한 사인 기재로 의학의 전문가가 아닌 행정가들은 그것을 사인으로 취급해 버림으로써 억울하게 죽은 변사자가 질병사로 둔갑하는 엄청난 변화를 초래한다. 이겁니다."

남자의 말은 틀리지 않았다. 닥터 강은 내심 적잖이 당황했으나 내색하지는 않았다.

그때 젊은 여인이 남자를 향해 눈귀를 세웠다.

"아니 아저씨, 말씀 좀 분명히 하세요. 아니 그럼 죽은 오빠가…… 병사가 아니고 변사란 말씀인가요? 이 철딱서니 없는 가시내의 망발이 의미 있다 이건가요?"

"가만히 있어봐── 나는 지금 의사선생하고 얘기하고 있어."

닥터 강이 팔짱을 끼고 일어섰다.

"도대체, 댁들이 나에게서 무엇을 듣고자 하는 것이요? 용건이 뭔지 요약해서 말씀해 보시오."

"사망원인이 무엇이냐 이겁니다."

"앞서 설명했지요. 진료 가능할 때 나는 환자를 만나지 못했으므로, 무엇이라고 얘기할 수는 없지요."

남자가 양미간을 세웠다. 그러나 더 따지지 않고 일어섰다.

"만약에 사망자가 변사냐 병사냐 등으로 문제가 더 확대되면 선생님의 이 진단서는 위법이거나 허위진단서로 몰릴 가능성이 있습니다. 각오하셔야 될겝니다."

"천만에. 나는 가장 정확하게 진단서를 발급했을 뿐이지요."

남자가 젊은 여인과 소녀를 데리고 나갔다. 남자는 그들 두 여성의 상반된 주장을 닥터 강의 언질로 참고하려 했던 모양으로 그러나 실제 별로 도움이 되지 못했던 듯 어깨를 처뜨리고 병원을 나갔다.

닥터 강은 그들이 나간 문께를 한동안 바라보며 가만히 한숨을 삼킨다. 진단서 기재사항 때문에 문제가 생긴 것은 아닌 듯싶었지만, 그러나 정확성을 기하려했던 자신의 결벽증이 오히려 화를 불러들일 요소가 될 수도 있다는 우려가 없지 않았기 때문이었다.

닥터 강은 자신이 개업한지 오랜 노련한 중견의사였다면 미처 사망치 아니한 임종기의 환자를 보았다고 해도 죽은 자를 본 듯 시체검안서를 작성했을 것이라고 생각했다. 하지만, 사인이 불분명한 사망진단서 일지언정 자기행위에 후회는 없었다.

환자의 사망 직후 젊은 여인의 서둘던 품이 새삼 떠올랐지만 그러나 그 당시의 환자의 임종 증상으로 미루어 특별한 약화사고나 외상에 의한 변사로는 보이지 않았다는 심증이었다.

그러나 소녀는 고혈압인 자기 아버지를 누군가가 고의적으로 혈압상승을 시켰다고 고집했었다. 소녀는 보험 외무사원인 고모라는 젊은 여인이 가족들 몰래 소녀의 아버지를 거액의 생명보험에 가입시켜 두었음을 의심하는 눈치였고 젊은 여인은 극구 부인했었다.

닥터 강은 남의 집안사정 돌아가는 일에 관심을 가질 바가 아니었으나 가능한 사건이 가라앉기를 기원하며, 머리를 등받이로 젖혀 눈을 감는다.

전신이 젖은 솜처럼 천근만근 무거워 오고 감은 눈 속으로 느닷없이 추희의 냉담하던 모습이 가득 차왔다. 동시에 가슴에는 설움

덩어리 같은 무엇이 울컥 솟구쳐 오르고 눈자위가 더워졌다.

알 수 없는 현상이었다.

이즈음 그는, 더욱 정확히 추희가 일방적 결별을 선언한 이후부터 이렇게 때 아니게 심장을 난자하는 통증이 발작일 듯함을 느꼈고 더불어 그녀에의 원망과 짙은 그리움으로 몸살을 앓곤 했다.

그때 간호원 미스 문이 우편물을 한 아름 들고 들어섰다.

진료가 끝날 무렵이면 그날 우송된 각종 우편물을 미스 문은 그의 앞에 놓아주었지만 이날따라 그는 만사가 귀찮아져 거들떠보려고도 하지 않았다.

"여기, 등기물도 있어요……."

미스 문이 그의 주의를 환기시키려는 듯 우편 묶음 안에서 흰 봉투 하나를 집어냈다.

닥터 강은 부스스 몸을 일으켜 그녀가 건네는 사각봉투를 받았다.

발신인 주소가 적혀있지 않은 빳빳한 사각봉투 속의 종이를 꺼내 훑던 그가 마비되듯 움직이지 않았다. 얼마동안 그는 그런 자세를 흐트리지 않았고 미스 문은 심상찮은 닥터 강의 표정을 흘끔거리며 진료실을 나갔다. 그는 한참 만에 상체를 움칫거리며 사각봉투와 그 내용물을 손에서 떨어뜨린다.

그것은 추희의 결혼 청첩장이었다. 결혼 상대는 닥터 강도 알만한 인물이었다.

사방으로 어둠이 내리고 있었다.

현관의 셔터내리는 소리가 처르릉처르릉 들려오고 사위는 죽음의 늪 속이듯 적막해졌다. 그러나 이어 펄렁펄렁 천자락을 날리는 바람소리가 진료실을 에워싸고 닥터 강은 그 불분명한 음향을 듣고 있었다. 진료실 문이 열렸다.

"선생님 퇴근 안 하세요?"

닥터 강은 아득한 벌판 끝자락에서 바람결을 가르고 들려오는 듯한 미스 문의 소리를 헤아리지 못하고 그녀를 멀거니 바라본다.

"퇴근…… 안하셔요?"

이번에는 그녀의 소리가 귀속에 확성기를 들이대듯 바윗돌 같은 함성으로 고막을 때려옴을 그는 느끼고 있었다. 물론 미스 문의 앞말이나 뒷말 모두가 일정한 억양이었지만 그것을 받아들이는 닥터 강의 심성에 여리고 날카로운 요철이 심했던 것이다.

"모, 모두들…… 퇴근해요…….”

문은 다시 닫겨지고 죽어졌던 바람소리가 섯섯 살아나고 있었다. 한겨울 대숲 바람소리로 울음 울 듯 음향은 이어졌다. 닥터 강은 희게 비어지며 채색되는 머리와 가슴의 탈색과정을 전신으로 감지하면서, 격렬한 통증과 고통으로 상체를 전율하기 시작한다. 부들부들 떨기 시작했다. 얼마간 그는 그렇게 쉬임없이 떨었다.

그러다 그는 엉거주춤 일어나 캐비닛 서류함 쪽으로 비틀거리며 다가갔다. 그리고 서랍 속에서 인쇄된 용지 한 장을 집어낸다.

그의 입귀로 하얀 실웃음이 실실 새어 나오고 있었다.

"그래, 너는…… 죽어야 해…… 죽어서, 나로부터 떠나간 거야…… 내가, 죽었다면, 너는 죽은 거야…….”

그가 주절거리며 책상 위에 펼친 사망진단서 용지에 만년필을 굴리기 시작했다.

"히히…… 그래, 너는 아직 씽씽 젊으니까 질병으로 늙어 죽는 자연사보다 변사로 하자! 내가 너의 머리를 구타해서 절명한 것으로 하지, 가만…… 네가 원래 뇌동맥에 중등도 이상의 경화증이 있었다 치자, 옳지! 그럼 3단계의 사망원인을 착실히 기재할 수 있겠구나! 히히…… 착착 잘도 맞아 돈다. 선행원사인은 뇌동맥경화증, 중간선행사인은 머리를 구타당했으니 두부좌상, 그래서 뇌에 피가 흘렀으니 직접사인은 경뇌막하출혈…… 자, 이로써 너는 죽은 것이다! 네 죽음의 원인이 질병이 아닌 외상에 의한 것으로 너는 처참한 변사를 당한 것이다!"

그는 키들거리며 추희가 사망한 날을 바로 결혼청첩장이 날아든 오늘 날짜로 기재한다.

적어도 서류상으로는 완벽하게 기재된 사망진단서를 훑어보며, 그는 발급자를 의사 강상구로 못을 박듯 힘들여 날인한다.

"추희! 너는 이제…… 죽었다. 의사인 내가 이렇게 너를 죽었다고 날인하면, 너는 도리 없이 죽는 거야. 너는…… 타계 하므로써 나를 떠난거야. 사망자가 너로 기재된 이 사망진단서를 네가 거주하는 동사무소와 본적지에 우송하면, 너는 이승의 사람이 아닌 거야. 이제 나는 네가 운명하므로써 사랑하는 너와 화합할 수가 없는 거야. 어쩔 수 없는 천명으로 인해 영원한 별리가 되었다는 말이다. 오 가엾은 추희——. 내 혼신으로 사랑하는 추희——. 진정 소중하고 소중스럽던 아름다운 네가 요절, 요절을 하다니……."

진료실은 기어이 캄캄해지고 그는 자신의 오장육부 속속들이에 파고든 추희의 영상을 씻어내느라 결사적인 안간힘을 다하고 있었다.

그가 빈틈없이 기재한 사망진단서가 실제 우송될 것인지는 알 수 없었지만 그의 꿈틀대는 몸부림은 사뭇 처절했다.

"추희! 너, 너의 명복을 빈다! 명복을…… 추희, 추희야…… 으흐흐……."

그는 끝내 진료실 벽을 두 주먹으로 쾅쾅 두들기며 동물 울음 같은 괴성의 오열을 터뜨린다.

|9|

그대 안의 타인들

" 생에 대한 욕망이 유난히 강하던, 아내의 백랍 같은 얼굴이
머릿속 가슴속으로 가득차면서 호흡이 멈춰질 것 같은 격심한 통증을 느낀다.
풍선처럼 부어오른 아내의 얼굴이,
그를 향해 아주 천천히 고개를 젓는다. "

그대 안의 타인들

국내의 모든 언론매체들이 Y의료원 김할머니의 연명치료 중단을 둘러싼 내용들로 화면과 지면을 채울 즈음이었다. 생로병사生老病死에 따른 우주의 섭리를 피할 수 없는 사람들은 나에게도 필히 다가올 임종의 순간을 떠올려 가라앉은 마음들로 관심을 보였다.

펄펄한 젊음의 한 고비를 넘긴 중년과 노년들은 제 나름의 의견들을 도출하며 천착하듯 기사내용에 다가서는가하면, 살아갈 날이 많은 청소년층은 아득한 미래의 일로 별반 관심들이 없었다.

그러나 그 어느 곳보다 Y의료원 사건의 법적과정을 가슴을 졸이며 지켜보는 사람들은 중환자실의 보호자들이었다.

도빈道彬 역시 그중의 한 명이었다. 갑년을 일 년 앞둔 아내가 말기암으로 S대학 병원에서 연명치료를 받고 있었던 것이다. 심폐소생술과 강심제 투여 인공호흡기를 부착하는 등 제반 시술로 생명을 연장시키고 있는 아내는, 도빈에게 자신의 전부였다.

조실부모한 예닐곱 살 때부터 이웃에 살던 네 살 연상의 그녀는,

그의 누이이며 어머니며 연인으로 50여년 그의 삶을 가득 차게 해 준 존재였다.

그녀의 삶은 바로 자신의 삶이었다. 오십 중반에 직장에서 명퇴를 한 이유도 더 늙어지기 전에 아내와의 오붓한 삶을 즐겨보려 함이었다. 마침 세 자녀 중 막내까지 결혼시켜 큰 일 모두 끝냈으니 둘이 미루어 왔던 여행부터 시작하려던 참이었다.

그런데 기다렸다는 듯 아내가 쓰러졌다. 췌장암 그것도 말기라고 했다. 그는 마치 사기를 당한 것 같은 기분이었다. 황당하고 참담스럽기가 이루 말할 수가 없었다. 결혼생활 서른 해, 그녀를 의지하고 살기로는 유년부터였으니 50여년의 든든한 지주이자 반려자인 그녀가 아프다고 누워본 적이 없었으니, 아연할 뿐이었다.

그는 소리죽여 오열하면서 아내를 기어이 살려내리라 혼신을 다해 뛰었다. 여느 암보다 수술도 까다롭지만 이미 시기를 놓쳐 생존 1개월을 넘기기 힘들다고 했으나 그는 췌장암분야의 명의를 찾아 수술케하고 현재 3개월여를 연명장치에 의해 생명을 유지하고 있었다.

Y의료원 김할머니의 항소심에서 존엄사 인정의 연명장치 제거 판결이 떨어졌을때 딸과 큰아들이 정색을 한 채 "우리도 어머니를 편히 가시게 해드리자…"는 말을 한 적이 있었다.

그때 도빈이 격렬하게 화를 냈다. 천륜의 부모를 어떤 방법으로든 소생시킬 마음을 접고 절명시킬 생각을 할 수 있느냐며, 황당한 낯빛으로 묵살해 버렸다. 회복불능의 불치不治 상태인데 어머니에게 통증의 고통만 가중시키기 때문이라고 딸이 도빈의 격한 반응에 응수했었다.

사실 병원측에서도 진작부터 소생 가망이 없는 환자로 연명장치 제거에 서명해 줄 것을 도빈과 가족들에게 말한 적은 있었으나 그는 듣지 않았다. 의식불명의 완전한 혼수상태는 아니면서 참으로 가끔씩 멍한 눈빛으로 그를 쳐다보는 아내의 시선이나마 그는 흥감스럽고 고마웠던 것이다. 말을 못해도 아내가 그의 곁에 숨을 쉬고 누워있다는 사실만으로도 그는 힘을 얻을 수 있었다.

"떠나지 않을 생명 어디 있어… 어차피 모두 떠날텐데 그래도 이 세상에서 하루라도 더 숨 쉬는 게 낫지 않은가…"

도빈은 중환자실을 벗어났다. 아침 녘 면회시간도 끝났지만 그러나 여느 날처럼 중환자실 복도에서 노트북을 꺼내 의학정보를 수집하면서 다음 면회시간을 기다리지 않고 병원을 나선 것이다.

3남매는 면회시간 외에도 중환자실 복도에 상주하듯 붙어있는 도빈을 만류했으나 '어떻게 위중한 어머니를 혼자 두느냐, 위급한 경우도 대비해야 되지 않겠느냐'로 듣지 않았다. 그때도 자녀들은 '의료진이 있지 않으냐'고 간단하게 대답했었다.

이날은 마침 큰아들내외가 병원에 들르는 셋째 주말이어서 그는 외출할 수 있었지만, 그나마도 면회시간에 맞추어 들르겠다는 아들의 말에 '그럴 테면 오지 말라'고 못 박듯 말하고는 나온 터였다.

"어떻게, 제놈들을 낳아주고 남유달리 정성껏 길러준 어미이거늘, 그토록 냉정하고 이성적으로만 대처할 수 있단 말인가. 인심이 너무 메마르구나. 뭐가 어떻다구? 아버지는 어머니에 대해 자기도취의 감상에 젖어있다고, 막내놈이 지난주에 그랬던가? 어떻게, 제 어미 사랑을 독차지했던 막내 녀석까지… 허허… 말짱 짝사랑이었던 게야"

도빈은 자녀들에게 아내를 통해 자신의 임종의지를 보여주고 있다는 생각도 하고 있었다. 자신을 무조건 도와줄 아내도 옆에 없을 그때, 합리적이고 타산적인 냉정한 자녀들의 뜻대로만 자신의 생명이 굴려질 것을 생각하면 진정 서늘했던 것이다.

그는 걸음을 빨리했다. 선우鮮于 여사의 '생명生命' 강연에 늦지 않기 위해서였다. 그녀의 강연에서 어떤 명징한 해답을 기대해서보다 굳이 참석하려는 것은 그녀의 집요한 관심사와 주장이 자신의 생각과 유사하기 때문이었다.

죽음을 둘러싼 상황에 대한 인식이나 삶의 정리整理에 즈음하는 제반의식이 희한하리만큼 비슷했던 것이다. 그녀는 사회비평가로 가끔 신문매체에 의료윤리에 관한 글을 발표했는데 도빈은 그때마다 그녀의 팬이듯 그것을 찾아 읽곤 공감했었다.

강연 장소는 북부지역의 노인종합복지관이었다. 이미 행사는 시작되어있었고 소강당을 메운 청중들은 거의가 노인층이었다. 복지관을 이용하는 그 지역 노인들일 수도 있었고 타 지역에서 참여한 노인들도 있을 것이었다.

"현대판 '고려장'이란 말을 들어보신 적 있으십니까? 대법원이 존엄사 허용판결을 내림에 따라 이제 존엄사가 입법立法화 될 것이고, 가족의 요구로도 존엄사를 시킬 수 있는 시대가 되었기에 부정적 측면에서 '고려장'이란 어휘를 사용해 보았습니다."

그녀의 음성은 카랑카랑 했다. 감각적인 단어를 거침없이 활용한 비유가 청중들의 귀와 눈을 집중시켜 강연장은 가라앉은 분위기였다.

"고구려적, 부모가 늙고 병들면 지게에 얹어 산속의 묘실(墓室,구덩이)로 옮겼다가 굶어 사망하면 그곳에 바로 흙을 덮어 장례를 치루었지요. 이후, 부모에게의 효도가 인간의 도리로 바뀌어져 수백 년이 흐른 작금, 당시보다 수명이 30여년 더 늘어나고 살기가 넉넉해져 하나같이 건강하게 장수하는 일에만 혈안이 된 세상이 되었지요. 사실 한 번뿐인 인생, 오래 건강하게 살고픔은 인간의 원천적 본성이지요, 따라서 발병하면 최선최대의 치료를 받아 완치하고픈 마음 또한 예외도 있겠지만, 본성이지요. 그런데, 내 간절한 의지나 본성과는 상관없이 내 생명을 살아있는 자들의 편의에 의해 절명絶命시켜버리는, 고의적 살인 가능법이 이제 입법화 된다는 것입니다. 고구려적 고려장이 햇살 속으로 환생한다는 것이지요."

분위기가 술렁거리기 시작했다. 칼로 자르듯 단호하게 뱉는 '고의적 살인'운운의 단어가 예민하게 받아들여진 것 같았다.

고개를 끄덕이는 노인이 있는가하면 무슨 말이냐는 듯 두 눈을 부릅떠 선우여사의 얼굴을 뚫어지게 쳐다보는 이도 있었다. 그녀의 말이 이어졌다.

"물론 이전에도 불법이지만 회복될 가망이 없다는 의사의 판정이 떨어지면, 가족들이 진료비 부담으로 혹은 객사시키지 않겠다는 이유로 본인의 의사와는 상관없이 퇴원시켜 사망케도 했지요. 병원 측 역시 포기하기에는 미련이 남을 수 있는 환자임에도, 가족들의 요구에 오히려 적극적으로 응했으며, 더러는 작은 동네 병원으로 이송시켜 소극적 치료로 빨리 사망케도 했지요. 그러나 그렇게 해도 문제를 제기할 수 있는 당사자는 이미 사망했으므로, 또한 사망자편인 가족이 있다 해도 다시 살아남지 못할 사람일 바에야 하며 덮고 넘어가, 결국 제 명命보다 빨리 죽은 사람만 억울한 상황이 되곤 했습니다. 그런데 이제는 존엄사가 법적으로 허락되어 어떤 방법으로든 더 살고 싶은 사람의 원천적 희망과 권리가 성한 사람 특히 가족에 의해 박탈된다는 것입니다."

선우여사의 거듭되는 역설에 비로소 많은 노인들이 고개들을 끄덕거렸다. 그러나 연단 바로 앞의 노인이 혼잣소리로 중얼거렸다.

"통증으로 고통 받는 것보다 차라리 죽는 게 더 낫지. 무슨, 더 살려고 바동거려… 그 법, 잘 만든 거지!"

주변이 조용해서인지 노인의 그 중얼거림은 꽤나 크게 사방으로 퍼져나갔다. 연단의 선우여사가 빙긋 미소를 머금고 노인을 일별했다.

"그렇게 생각하실 수도 있습니다. 너나 할 것 없이 모두 벼날 목숨인데 통증으로 생지옥을 살기보다 그냥 '끝내겠다' 그렇게 마음먹을 수도 있을 것입니다. 저 역시도 그러하거든요. 그런데요, 통계에 의하면, 의식이 있는 환자에게 당신 병이 소생불능이 되었을 때 당신에게 부착된 생명연장 장치를 모두 거두어 낼 것인지를 물어보면 99프로가 제거하지 못하도록 한다는 것입니다. 뿐만 아니라 99프로가 연명장치를 요구한다는 것입니다. 무슨 말이냐 하면, 건강한 정상인보다 질병을 앓고 있는 사람들이 생명연장에 더욱 적극적이라는 것이지요. 어느 여성단체에서 1천여 명의 회원들에게 가상 유언장을 쓰게 했더니, 당신이 떠난 후의 가장 큰 희망은 '형제간의 우애'와 혼자 남게 될 '아버지 돌보기'였고, 다음이 '당신의 시체는 화장하여 산과 바다에 뿌려 달라'였습니다. 유언장이란 일반적으로 작성자가 사망한 후에야 공개되는 것이지만, 그러나 생전에 공개될 가상 유언장에는, 대부분이 당신이 임종에 닿게 되면 구차스런 생명연장 시설은 절대로 하지 말고 곱게 떠날 수 있도록 내버려두라고 했습니다. 그리고 극심한 통증이 올 때는 용량 염려하지 말고 진통제를 주사 하라고 했습니다. 무슨 얘기냐 하면, 건강할 때의 생각과 정작 환자가 되었을 때의 생각이 극과 극으로 다르다는 것입니다. 건강할 때는 마음의 여유가 있고 진정 그러고 싶었던 것입니다. 그런데, 덜컥 병상에 눕게 되면 임종 직전까지 의식이 있는 환자는 의사와 자식들에게 처절하리만큼 간절한 음성으로 '나 좀 살려 달라'고 애원을 한다는 것입니다. 이는 무엇을 말하는 것일까요? 인간은 누구에게나 더 살고 싶은 원초적인 본성이 있기 때문이 아닐까요. 질병으로 위기의식이 느껴질 때 그 본성은 적나라하게 드러나기 때문이 아닐까요?"

"옳습니다. 누구에게나 생명은 최상의 절대적 가치입니다. 어느 누구도 내 생명을 침해할 권리는 없는 것입니다. 하지만 현재 국내 유수병원에서는 존엄사가 허용되기 이전부터 말기 환자가 되면 거의 90프로 이상이 가족에 의해 연명치료가 중단되고 있는 것으로 알고 있습니다. 분명히 불법인데도, 그것에 항의하는 사례는 없었던 것 같습니다."

도빈이 그녀의 말을 긍정하며 뭔가 본말에서 벗어나는 것 같은 내용을 제자리로 다시 끌어놓듯 발언한다. 선우여사의 표정이 한결 밝아지는 것 같았다.

"그렇습니다. 제가 오늘 어르신들께 드리고 싶은 말씀은, 내 생명은 내가 지키자는 것입니다. 막말로, 갈 때 가더라도 나 아닌 남의 뜻에(이 경우는 가족도 남입니다.) 죽임을 당하지 말자는 것입니다. S대학병원 Y대학병원 그리고 가톨릭계통의 대학병원까지도 환자와 직계가족들에게 환자가 위독상태가 되면 심폐소생술이나 강심제투여, 혈액투석, 인공호흡기시설 등 생명연장 치료를 받지 않겠다는 서약을 받으려 하고, 그대로 행하고 있다는 것입니다. A의료원은 아예 문서화하여 입원할 당시에 환자와 가족들에게 보이는데 환자는 10명 중 한두 명으로 서명할 뿐이고, 그것도 가족들이 먼저 서명(90프로)한 사실에 마지못한 듯 동의를 할 뿐이라고 합니다.

이 방법은, 우선 환자에게 최선의 진료를 해야 하는 의료진의 의무와 사명감에도 배치되는 행위이며, 중환자실의 빠른 소통을 위한 병원 측의 상업적 계산으로도 소중한 내 생명이 이용당하고 경시화 되고 있다는 것입니다.

가족들 간에도 개개인의 성향에 따라 환자가 살아만 있어주는 것으로도 고마운 사람도 있을 수 있고, 주치의사 중에서도 환자를 포기하지 않으려는 의사도 있으므로 이들이 이러한 소생술 거부 서약을 인정하지 않고 고발을 한다면, 그것에 동의한 가족이나 의료진은 법적보호를 받지 못할 수도 있는데, 그러한 사례는 불행이도 지금까지 없었습니다. 세상에는 영원한 효자도 없고 사명감에 입각한 참 의료인도 없었던 것입니다. 아마 그것이 순리적인 섭리의 현상일지도 모릅니다."

그때였다.

60대 초반을 조금 넘어섰을 것 같은 비교적 젊은 노인이 손을 번쩍 들며 자리에서 일어났다.

"강사님 말씀을 잘라서 미안합니다. 내용을 듣다보니 두 가지 의문이 생기기 때문입니다. 죽음을 눈앞에 둔 환자가 생명연장 장치 제거를 절대적으로 싫어하고 연명치료를 원한다고 하셨지만, 환자 입장에서는 그럴 수밖에 없잖습니까? 왜냐하면, 낼 모레 죽을 상태인데도 가족들은 환자에게 곧 나을 것이라고, 회복될 것이니 기운내시라고, 하나같이 그렇게 말하거든요. 당신이 지금 임종에 임박해있다고, 어느 누구도 바른말을 해주지는 않고 곧 좋아질 것이라는데, 자기를 회복되게 해준다고 믿는 연명장치를 어느 누가 떼어내라고 하겠어요. 또 한 가지, 존엄사가 인정만 되었지 아직 입법화는 되지 않았는데, 지금의 큰 대학병원들이 말기환자와 그 가족들의 연명치료중단의 서명을 요구하고, 중환자실의 빠른 소통을 원한다는데, Y의료원은 왜 가족들이 연명장치를 제거해 달라는데도 해주지 않고 항소까지 갔던 것인지 이해가 되지를 않습니다."

당연히 생길 수 있는 의문을 제기해온 노인에게 선우여사는 환한 미소를 머금었다. 자신의 강의 내용을 정확하게 파악해야 제기될 수 있는 의혹이라 우선 반가웠던 모양이었다.

"잘 지적해 주셨습니다. Y의료원 경우를 먼저 말씀 드리겠습니다. 개인적인 견해입니다만, 문제의 환자 경우는 병원 측에서도 소홀히 다룰 수 없는 케이스였습니다. 폐종양 조직검사 중에 과다출혈로 의식을 잃었고 이 과정에서 뇌손상을 입어 호흡기능이 사라졌던 환자로서, 의료사고의 혐의를 받을 수 있었으므로 병원측에서 섣불리 연명치료장치를 제거할 수 없었을 것입니다. 또한 Y의료원 측이 자체적으로 만들어둔 '연명치료 중단'의 기준에서 환자는 2단계에 속하는 상황으로 본인의 의사결정이 반드시 따라야하는 경우였던 것입니다. 참고로, Y의료원이 만든 3단계의 존엄사기준은 1단계가 회생불가능한 사망임박환자이고, 2단계는 인공호흡이 필요한 식물인간 상태이며, 3단계는 스스로 호흡할 수 있는 (자발호흡) 경우였습니다. 가장 중증의 1단계는 환자 가족들의 동의만으로, 2단계는 환자본인의 동의, 3단계는 사회적 법률적 합의가 필요한 것으로 되어 있더라구요. 그런데, 어르신들이 아시다시피 김할머니가 평소에 연명장치를 반대했다는 가족들의 한결같은 요구를 대법원은 받아들여 끝내 존엄사를 인정, 판결한 것입니다.

그런데 어찌되었습니까. 김노인에게서 인공호흡기를 떼어내었지만 환자는 곧 사망하기는 커녕 자발호흡으로 2백일을 더 생존했지요. 인공호흡기는 제거했지만 영양과, 수액치료는 계속되었던 것이지요. 장차 존엄사의 입법에 연명치료중단규정으로 영양과 약물투여 수분공급등도 포함할 것인지를 논의하고 있는 것으로 알고 있습니다. Y의료원 항소 건이 이해가 되셨는지 모르겠습니다.

앞서도 언급했지만, 어쨌거나 세상은 존엄사가 입법화 되지 않았어도 실제로는 행해지고 있음은 주지의 사실입니다. 대한의사협회도 만성질병의 말기환자와 3개월 이상 식물인간 상태가 지속된 환자는 그 가족의 요청이 있을 경우 인공호흡기와 심폐소생술, 혈액투석 등의 연명치료를 중단할 수 있도록 규정했고, S대학병원 등 큰 규모의 병원들도 Y의료원처럼 '사전의료지시서'를 마련해 놓고 있다는 것입니다. 심각한 문제는, 이러한 의료계 지침들이 하나같이 당사자가 아닌 보호자에게도 선택권을 주고 있어 '인가된 현대판 고려장' 운운의 말이 나오게 된 것입니다."

선우여사는 말을 끊고 탁자 위의 물을 한 모금 마셨다.

"제 설명이 길어졌던 것 같습니다. 두 번째 질의사항인 환자에게의 진실 속임 문제를 짚어봐야 하겠군요. 대부분의 환자들은 임종직전에야 자신의 연명치료 중단에 가까스로 서명을 한다고 앞서 말씀드린바 있습니다만, 그런 중요한 순간에도 당사자인 환자는 자신이 정말 임종상태라는 것을 알지 못합니다. 누구도 '당신은 지금 죽어가고 있다'는 바른 말을 들려주지 않기 때문입니다. 물론 세상이 많이 바뀌어지기는 했지요. 암 진단이 내려지면 마치 사형선고라도 받은 것처럼 쉬쉬하던 옛날에 비해 환자에게 바로 알리는 세상이 되었지만, 그러나 의사도 임종 시기를 정확히 말하지는 않습니다. 숨이 끊어지는 순간까지 환자는 살 수 있다는 희망 속에서 혼자 헤매게 되는 것이지요.

이제는 모든 것을 자명하게 밝혀야 한다는 것입니다. 의사도 가족들도 환자에게 진실을 밝혀 환자를 더 이상 비참하게 만들지 말아야 하는 것입니다. 환자가 자신의 상태를 알고, 삶의 마지막을 정리하는 여유를 갖게 함이 무엇보다 중요하지만, 그래서 그야말로 인간으로서의 존엄을 유지하며 생을 마감케 해야 되겠지만, 그것 이전에 떠나는 순간까지 기만을 당하게는 하지 말아야 되겠지요. 누군가는 모르는 게 약이라고 환자를 위해 그런다고 쉬운 말을 하지만, 저는 환자를 가장 처참하게 모욕侮辱하는 행위라고 생각합니다.

뿐만 아니라, 환자의 긍정적 선택으로 죽음을 준비할 수 있는 호스피스 병동의 이용도 생각해 볼 문제이기도 합니다. 일부 의료기관과 종교재단 차원에서 현재 행해지고 있을 뿐이지만 더 확대되어야 하고, 또한 질환의 상황을 진실 그대로 환자에게 밝혀 환자 스스로 임종과정을 선택할 수 있는 기회도 주어야 할 것입니다.

결론을 짓겠습니다. 오늘 여러 어르신들, 귀가하시면 유언장을 작성하십시오, 생전에 공개될 수 있게, 진솔한 마음을 담은 글을 적으십시오. 연명치료에 대한 본인의 의지를, 생의 마지막 정리방법에 대한 본인의 선택을, 지장指章 서명으로 분명하게 밝혀두십시오. '평소에 그렇게 말씀 하셨다'로 연명치료가 가족들의 편의에 의해 중단되지 않도록, 확실한 본인 의사를 자필로 쓰시고 서명하십시오. 물론 사후死後 자신의 사체死體 처리건도 분명히 해두심은 나쁘지 않겠지요.

우리는 누구나 다 떠납니다. 생명 있는 모든 것은 소멸합니다.

우주속의 흙으로 먼지로 사라집니다. 그러나 살아있는 내 몸은, 나에게 우주입니다. 타인에 의해 폐기廢棄되는 모습은 아니 되도록, 대자연의 섭리 속에 한 번 존재했음에의 자존으로, 자신을 관리하여야 되리라 믿습니다."

선우여사의 말은 설득력이 있었다. 강연은 끝났어도 박수소리와 함께 한동안 장내가 고즈넉했다. 주제가 유별해서인지 여기저기서 한숨소리도 나고 "까짓것 뭐가 그리 복잡혀… 갈 때 되면 제아무리 발버둥 쳐도 가게 돼 있는 걸…"라고 중얼거리는 노인도 있었다.

도빈은 화들짝 놀라면서 자리에서 벌떡 일어선다.

강연에 이어 복지관 노인들의 전통 춤사위가 다음 순서로 잡혀 있다고 사회자가 말했지만, 관람할 여유가 없었다. 시간이 너무 흘렀기 때문이었다. 중환자실의 오후 면회시간도 이미 지나 있어 큰아들 내외가 그들 집으로 돌아갔는지 자기를 기다리고 있는지 궁금했다.

그는 서둘러 강당을 나서면서 휴대폰을 꺼낸다. 충전이 멈추어져 있었다. 강연장으로 입실할 때 진동음으로 바꾸려다가 이미 꺼져있었음을 떠올리며 마음이 급해진다.

S대학병원까지 짧지 않은 거리였다. 중환자실을 벗어난 후 세 시간여를 소모했는데 돌아가는 시간까지 거의 반나절이나 아내 곁을 비워 두었음이 마음에 걸렸다. 하루 두 번의 면회시간 이후에도 항상 그녀 곁인 중환자실 복도에서 시간을 보내던 그였으니 이 날의 긴 공백이 마음에 걸림은 당연한 현상일 수 있었다.

택시를 탔으나 잦은 신호등에 수차례 멈추어져 그는 다시 지하철로 바꾸어 탔다. 왠지 알 수 없는 불안감이 가슴을 지속적으로 죄어왔기 때문이다. 하필이면 그가 자리를 비운시간에 아내가 잘 못될 까닭이 없다는 생각을 하는데도, 끊임없이 스멀스멀 피어오르는 묘한 불안감은 무엇에서 비롯되는 것인지 그도 알 수 없었다. 오후의 면회시간도 이미 지났으니 타산적이고 냉정한 큰 아들 내외도 그들 집으로 이미 돌아갔을 것 같았다.

그런데 도빈이 중환자실 복도에 이르렀을 때 의외로 큰 아들 내외와 딸 내외 그리고 막내아들까지 함께 어우러져 서성거리고 있음을 볼 수 있었다.

그는 심장이 스르르 내려앉는 기분이 되어 잠시 멈추어 선다. 그들이 그에게로 다가왔다.

"무슨… 일이냐…"

그의 음성은 떨렸다. 주말이라 모두 그냥 어머니를 뵈러왔다는 대답을 기대하면서 큰 아들을 쳐다보았다. 큰 아들은 그의 얼굴을 마주 보지 않았다. 아버지의 휴대폰이 어찌하여 종일 불통이었느냐는 말만 했다. 딸은 고개를 외로 꼬고 있고, 고개를 숙인 막내아들의 눈이 충혈되어 있었다.

"… 어머니… 별, 일 없지?"

그는 중얼거림과 함께 몸을 돌려 중환자실 문을 밀었다. 간호사가 면회시간이 아니라며 앞을 막음과 동시에 "어머니, 떠나셨어요-"하는 딸의 음성이 그의 뒷덜미를 잡았다.

그는 간호사를 떠밀고 아내의 병상이 있는 곳으로 허둥지둥 달려갔다. 비어 있었다. 목표물을 잃은 연명장치 기구들이 늘어져 있고 새 시트가 유난히 하얗게 빛이 났다. 그는 다시 비틀거리며 복도로 나갔다. 3남매가 그를 에워쌌다.

"회진 시간에, 의사가…… 가실 때가 되신 것 같다고 하시더

라구요. 동생들을 불렀어요. 아버지는… 휴대폰이 계속 꺼져 있구
요…"

큰 아들이 차분하게 말했다.

"네 어머니… 지금, 어디 계시냐…"

"영면하셔서 사체실로 안치했어요. 영안실이 빈 곳이 없어 내일
아침에나 자리가 나온다고 해서요. 우선 사방으로 아버지를 찾고
있는 중이었어요…"

큰 아들의 억양은 높지도 낮지도 흥분하지도 가라앉지도 않은
한결 같은 톤으로 이어졌다.

도빈은 복도의 나무의자에 구겨지듯 주저앉는다.

"의사가… 가실 때가 되었다고 해서… 편히, 가시라고… 너희들
이 서명하여… 연명장치를 제거했단 말이지… 그래서… 떠났다는
말이지…"

그의 음성은 쇳소리로 갈라져 있었다.

큰아들 내외도 딸도 사위도 막내아들 내외도 누구도 대답을 하
지 않았다.

도빈은 두 눈을 지긋이 감는다. 생에 대한 욕망이 유난히 강하던
아내의 백랍 같은 얼굴이 머릿속 가슴속으로 가득차면서 호흡이
멈춰질 것 같은 격심한 통증을 느낀다. 풍선처럼 부어오른 아내의
얼굴이, 그를 향해 아주 천천히 고개를 짓는다.

"… 미안하다…"

그는 오열하며 신음을 내뱉는다. 가실 때가 되었다는 말은 소생
불능이라는 말로 의사가 수시로 언질을 주던 말이었다. 도빈이 자
리를 비우는 날을 기다려 그를 제외한 가족 모두가 모여 기어이
연명장치 제거를 서명하고 떠나게 했음을 그는 알고 있었고, 자식

들도 굳이 부정하지 않았지만, 그는 절통했다.

그는 의사와 자식들을 걸어 문제를 삼을 수도 삼지 않을 수도 없는 낭패감과, 심장이 비틀려 쪼여지는 통증 속에서 한참동안 가슴께를 움켜쥐었다.

그런 속에서도, 전신을 엄습하여 쉬임없이 짓누르던 커다란 바윗덩이 한 채가 몸뚱이에서 어이없이 흘러내린 것 같은, 아뜩한 헛함을 느끼기도 한다.

조락의 가을 저물녘에.

| 10 |

어차피 스러질 목숨

" 감정이 바탕이 되는 이성관계의 교접이 오로지
생리적 배설의 거래로만 시종할 수 있음이,
경외로움으로 머리에 남아있었던 탓인지도 몰랐다. "

어차피 스러질 목숨

새 울음소리에 강혁은 눈을 떴다. 눈이 부셨다. 한강 켠의 투명한 창으로 햇살이 금싸라기처럼 부서져들고 새 울음소리는 점차 먼 곳으로 사라지고 있었다. 몸과 머리가 가뿐하니 상쾌했다. 충분히 잠자고 난 후의 개운함과 몸속의 혈류가 막힘없이 잘 돌고 있는 듯한 시원하고 쾌청한 기분 속에서 그는 미소를 머금는다.

고개를 옆으로 돌린다. 상희를 떠올렸기 때문이다. 그녀는 이미 방을 나가고 없었다. 그녀가 누웠던 옆자리는 잘 정돈되어 있었고, 방안의 어느 구석에도 그녀의 흔적은 없었다. 그는 상체를 반쯤 일으키며 침대 옆 미니 냉장고에서 물병을 집어 병째로 입술에 대고 들이킨다. 식도를 통해 위 속으로 들어간 물이 장벽腸壁으로 스며드는 감각까지 느낄 정도로 찬물은 온몸을 쩌르르 훑어 내렸다.

그는 자신의 몸이 공중으로 날 듯 유별스레 가뿐한 것은, 바로 지난밤의 정사情事로 전신의 세포며 혈관이며 뼈며 근육이며가 백

프로 제 기능을 발휘했기 때문으로 안다. 한 달여 간 살 속, 뼈 속, 피 속에 축적되어 경직된 액정液精의 포말들이 한 번의 격정으로 싹쓸이하듯 흘러나갔음을 신체의 상쾌함으로 깨닫는 것이다.

침대 머리맡에 네모로 접혀진 메모지가 있었다.

〈…한참동안 기억될 거야…상희〉

또박또박 각인하듯 쓴 그녀의 글귀가 아니라도, 그녀는 이제 다시 지기 앞에 나타나지 않을 것이란 확신이 왔다. 그는 조금씩 비어지는 가슴의 공동空洞을 감지한다. 허전함은 없었다. 묘한 심성이었다. 인턴을 기점으로 내과 전문의사가 되기까지 15년을 동행하며 생리적 통정 친구였던 그녀가 기어이 매듭을 짓고 떠났는데, 조용한 평화가 세상에 드리워지는 아늑한 기분도 되기 때문이다.

자유를 누리되 생체적 배설만은 소통하던 관계가 정확히 10년 간이었다. 마흔 살을 넘기도록 누구도 구속됨을 원치 않았고 마음이 비낄 때 피차 자유스럽도록 묵약되어 있었다.

그러나 세월이 더할수록 서서히 집착하며 갈등하는 그녀의 낯빛에 그는 생소함을 느끼기 시작했고, 조만간에 그녀가 떠날 것이란 예감이 부연 안개처럼 머릿속에 휘돌았다.

'끼르륵, 끼르륵…'

또 한 묶음의 새소리가 창 켠에서 스쳤다.

그는 가끔씩 한강 주변으로 날아드는 새들의 무리를 아파트의 발코니나 창에서 바라보기를 좋아하고 침대에 누운 채 그들이 쏟아내는 울음소리를 듣는 것을 좋아했다.

오염된 강물 속에서 쪼아 올린 물고기가 행여 새들을 전멸시키는 것은 아닌지 걱정하면서도 그 새들이 무슨 이름을 가진 조류들인지 알지 못했다.

"그래… 10년간, 우리는 실리적으로 잘 처리했어. 얼마나 편안하냐구, 심인성 고통을 앓을 필요는 없었거든…상희! 행운을 빈다…"

이날따라 아침의 강바람이 청량하게 느껴지고 밤 섬 켠으로 무리져 날아가는 새들의 모습이 평화로워 보였다. 그는 출근 준비를 서두르기 시작했다. 샤워를 하고 수염을 깎고 레인지에 덥힌 인절미 두 개와 계란 후라이, 귤 한 개, 커피 한잔으로 조반을 끝낸 후 아파트를 나선다.

그가 Q대학병원의 그의 연구실에 마악 들어섰을 때, 장기은행의 부담당이자 내과 조교수인 박형구가 뒤따라 들어섰다.

"교수님! 지금 수술장 앞이 많이 소란스럽습니다!"

박형구의 음성이 흥분으로 들떠 있음을 감지하면서 그가 무슨 일이냐고 묻는다.

"촌 노인 한 분이 대성통곡을 하면서 '의사가 죽지도 않은 내 아들 내장 떼낸다'고 울부짖고 있습니다."

그는 대답 없이 박형구를 바라보기만 한다.

"심상치가 않습니다. 외과 천교수님의 지시로 사체수술이 진행되고 있음을 수술장 스케줄에서 읽었습니다. 일단 한번 가보시지요!"

그는 벽시계를 쳐다보면서 소파 등받이에 걸쳐두었던 가운을 입는다. 마침 외래 진료시간도 되어 움직여야 했지만 표정은 가볍지가 않았다.

"수술을 받는 자가 장기기증자입니까?"

"그것까지는 미처 알아보지 못했습니다만…"

박형구는 외래로 향하는 강혁을 바짝 뒤따랐다. 그는 박형구가 수술장 앞 보호자의 넋두리만 오로지 그것을 알리기 위해 서둘러 자기 방에 내방했음을 알곤, 무거운 기분이 됨을 어쩌지 못한다. 얼마 전 장기이식 크리닉 월례회 때 천일수 교수에 대해 공개적으로 도전적이던 박형구가 이날 환자 보호자의 울부짖음 내용만을 붙잡고 그의 연구실로 달려온 것은 천교수를 향한 여전한 불신감정에서 비롯된 것임을 알기 때문이다.

"천교수가 수술하는 상대가 설령 장기기증자였더라도 보호자가 적극적으로 반대하면 강제로 장기절제를 할 수 없는 것 아닙니까?"

"그야 물론이지요. 그러나 섣불리 속단하지 않도록 하세요. 좋지 않은 선입견은 정상적 상황도 왜곡되어 보이고 처음부터 잘못 꿴 단추처럼 어긋나게만 보이는 것이니, 닥터 박의 속마음이 밖으로 표출되지 않도록 하십시오."

"무슨 말씀이신지 잘 알고 있습니다. 조심하겠습니다. 그런데 노숙자의 장기절제 건이 문득 생각나서 순간적으로 의혹이 생기더군요. 천교수의 건수 올리기 작전의 욕망이 스러지지 않는 한, 불의는 얼마든지 따를 수 있거든요."

강혁은 더 대꾸하지 않는다. 천일수 교수의 행려사망자 장기이식 수술 건을 후배 조교수가 선명하게 기억하고 있는 상황에서 뭐라고 당장 응답할 말을 찾을 수가 없었던 것이다.

일 년 전 겨울이었다.

새벽 두시 경에 차에 치인 노숙자가 경찰차에 의해 응급실에 실려 오고 뇌손상의 혼수 진단을 받았었다. 연고자가 나타나지 않아 응급처치만 한 채 중환자실로도 옮겨가지 못하고 있었는데, 아침에 출근한 천교수가 그 환자에게 사망진단을 내린 후, 수술실로 옮겨 신장을 적출하고, 그것을 만성 신부전증 환자에게 이식 수술했다. 그때 그 노숙자를 처음 진단한 내과의 당직 수련의사가 그 환자는 혼수昏睡였을 뿐 뇌사腦死 상태도 아니었으므로 그렇게 갑자기 사망할 이유가 없다는 사실을 주장하고 나섰고, 병원 측에서는 천교수가 사망환자의 진단정도를 오진誤診했겠느냐 당치도 않은 말을 당장 거두라며, 그 수련의사를 조용히 있게 했었다. 그러나 수련의사는, "물론 천교수님께서 오진하신 것은 천만에 아니라고 믿는다. 하지만 처음부터 그 환자의 장기적출을 계획하셨던 것 같다. 환자에게 계속하여 관계 검사를 실시했으며 만 하루도 지나지 않고 개복했다."고 맞섰다.

그러나 천교수는 "행려병자는 변사의 가능성을 두고 해부하여 사인死因을 밝힐 의무가 있다. 이러한 목적이 끝나고도 장기의 부활 가능성이 있으면 또 다른 한 사람을 살려내는데 그 장기를 이식함은 도의적으로 용납된다고 믿는다. 어차피 사체는 연고자가 없어 화장되거나 포르말린 탱크에 저장되기 때문이다."고 했다.

그 문제는 수련의사의 어찌할 수 없는 체념으로(그는 거대한 병원조직에 맞서는 자신이, 계란으로 바위에 부딪치는 누군가의 형상과 다름없다는 것을 깨달았던 모양이었다) 그 정도에서 끝나고 말았지만, 병원 의사들은 누구나 그 수련의사의 말이 틀리지 않음을 알고 있었다.

천교수가 끝까지 환자가 사망했음을 고집하더라도, 연고자 없는 그 환자가 혼수상태에서 죽임을 당했으므로 억울하다고 누군가 살인죄殺人罪로 제소提訴하거나 물고 늘어지지 않는 한 그 사건은 그대로 묻혀질 수밖에 없는 사안이었다.

강혁이 진료를 할 내과의 외래병동은 수술장 앞을 지나가야 했다. 그런데 승강기에서 나와 수술장에 미처 닿지도 않았는데 복도

는 온통 여자의 울부짖음으로 소란했다. 하루에 몇 십 명씩 죽어나
가는 장안 굴지의 대의료원이고 보면 울음소리는 굳이 영안실 주
변이 아니라도 수시로 듣는 것이었지만 이날은 좀 유별스러웠다.
숨넘어가듯 꺼이꺼이 잦혀지다가 벼락을 치듯 악을 쓰다가 다시
잦혀지는 등 단순한 설움에 겨운 울음소리만은 아니었다.

수술장 앞은 사람들이 시장통처럼 북적대는 외래진료병동과는
달리 일반인들의 무상출입을 통제하고 있기 때문에 언제나 한산
했다. 따라서 수술실 문의 손잡이를 붙들고 소리를 지르는 촌노村
老의 모습은 금방 한눈에 들어왔다.

"아히구우…세상에, 사람좀 없습니꺼-의사가 내 아들 쥑입니
더-죽지도 않은 내 아들 쥑입니다요-제발, 누가 좀 말려주이소,
내 아들 살려주이소."

강혁이 박형구와 노인 가까이로 다가섰다.

"할머니, 왜 이러십니까? 여기에서 이렇게 소리를 지르시면 안
됩니다."

박형구가 노인을 내려다보며 말했다. 노인이 눈물범벅인 채 붉
게 충혈된 눈을 들어 그들을 돌아보았다. 그러다가 강교수의 바짓
가랑이를 움켜잡았다.

"의사님, 의사님, 내 아들 좀 살려주이소! 금떵어리보다 더 귀한
내 아들입니더, 내 아들은 아즉 숨도 안 떨어졌는디 이리로 밀고
들어갔슴니더, 내 아들이 죽으모 내장 준다고 캤답니더, 나는 그런
소리 꿈에도 들어본 적 없는데 의사가 그랬다면서 내 아들을 이리
로 끌고 들어갔심니다요, 배 갈라서 내장 꺼낼라꼬… 하이고 세상
광명 천지에 이런 일도 있습니꺼, 의사님, 어서 여기 들어가 내 아
들 좀 살려 주시소-"

노인은 바튼 기침을 했다. 예순 대여섯쯤 되어 보이는 노인의 어디에서 그토록 무서운 힘이 솟구치는지 바지를 움켜쥐고 흔드는 그네의 왁살스런 힘에 강혁이 휘청대다가 가까스로 노인의 팔을 풀어낸다.

"할머님이 뭔가 오해를 하신 모양입니다. 자, 바닥에서 이러시지 마시고 저기 의자에 앉으셔서 우선 고정 하십시요!"

때맞추어 병원의 경비원 두 명이 달려와 노인을 마구잡이로 끌어내려 했다. 그러자 노인의 소리는 찢어지고 뜯겨지는 것 같은 비명으로 솟구쳐 오르다가 숫제 복도바닥에 사지를 펼친 채 드러누워 버렸다.

"이놈들아, 나도 쥑이라— 나도 함께 쥑이라— 내 아들 없는 세상 살아서 뭐하노, 나도 죽이라 이놈들아— 쌩사람 쥑이는 이놈들아, 내 내장도 꺼내가라— 돈 없고 빽없고 땅 파묵고 사는 사람은 사람도 아닌 줄 아느냐— 이놈덜아—"

경비원들의 손짓이 거칠수록 노인의 비명은 발작적으로 높아지고 발버둥은 심해졌다. 때 절은 흰 고무신 한 짝이 복도 위에 뒹굴고 꼭지가 깨진 사기비녀가 빠지면서 푸수수한 반백의 머리가 굽은 등짝 위로 흘러내렸다.

강혁은 경비원들을 노인으로부터 물러나게 한다.

"자, 할머니 고정하시고 일어나 앉으십시오. 무슨 일인지 정확히는 모르겠지만 이러신다고 해결되는 것은 아니잖습니까."

강혁이 사지를 뻗고 드러누워 버린 노인의 상체를 부축하여 일으키며 부드럽게 말을 건네자 노인이 서서히 다소곳해졌다. 그리고 박형구가 챙겨준 신발을 발에 꿰고 마른 짚 풀처럼 바스라진 머리칼을 손아귀에 둘둘 말아 깨진 비녀로 다시 쪽을 만들면서 한

풀 꺾인 기세로 말을 이었다.

"건디리지 않으모 나도 애민짓 안합니더, 카지만 의사님, 지금 저 문안에서는 내 아들이 죽고 있습니더, 의사님이 들어가서 좀 살려 주시소, 예, 의사님. 의사님!"

입귀에 허연 침방울을 문 노인이 검붉은 얼굴로 강혁을 쳐다보며 두 손바닥을 합장하고 싹싹 문질렀다.

"할머니 그럴 리가 없습니다. 수술실은 수술의사가 아닌 의사들이 들어갈 수도 없지만, 할머님이 뭔가 크게 오해를 하신 깃 같으니 차근차근 다시 알아보시도록 하십시오."

노인이 완강하게 고개를 흔들었다. 그런데 마침 노인의 며느리인 듯싶은 젊은 여인이 헐레벌떡 뛰어와 노인을 부축하면서 어떻게 된 일이냐며 울음을 터뜨렸다. 강혁은 그 자리에 더 머물 수가 없었다. 외래진료 시간이 이미 10여분이나 넘어 있었기 때문이다. 그는 젊은 여인에게 노인을 안정시키도록 말하곤 그 자리를 벗어나 걸음을 빨리 했다.

그날 늦은 퇴근 무렵 박형구가 강혁의 연구실을 다시 찾았다. 특진환자 폭주로 예정시간보다 두 시간여나 더 진료를 해야 되었던 강혁이 물먹은 솜처럼 무거워진 몸을 소파에 깊숙이 파묻은 채 쉬고 있을 때였다.

"교수님, 노인의 그 아들이, 우리 장기은행에 각막을 제공하겠다고 서명한 적이 있었습니다. 작년 가을 지역주민 장기기증 캠페인 때 서명한 27세의 농산물 전문 트럭 운전기사였어요. 어저께 밤에 교통사고를 당해 응급실로 실려 왔고, 뇌사상태였다고 합니다. 천교수가 각막이 아닌 신장을 적출했고, 그것을 환자에게 직접 이식

수술까지 한 모양입니다.”

수술실 복도에서 울부짖던 촌노村老의 넋두리가 터무니없는 억지가 아니라는 사실을 박형구가 쏟아냈다.

“환자가 뇌사상태였다는 확진을 닥터 박이 직접 하지 아니한 입장이라면, 누구에게도 그 말을 발설하지 마십시오. 그것이 사실이라면 이번 케이스의 불씨는 바로 거기에 있으니까요. 뿐만 아니라 이미 저질러진 행위라면, 그리고 보호자 측이 굳이 따지지 않는다면 그 환자가 안구眼球 기증에만 서명했다는 말도 먼저 할 필요가 없어요. 물론 확인하려 들면 도리 없이 진실을 밝혀야 하겠지만, 그러나 무엇보다 닥터 박이 이번 문제에 지나치게 관심을 보이는 것 같은 인상을, 가능한 주지 않도록 하십시오. 그러지 않아도 장기은행이 협조하지 않는다고 불만이 이만저만이 아닌데 앞으로 문제가 더 어려워질 것 같아서입니다.”

“하지만 교수님, 우리 장기은행이 기증자관리에 소홀했다는 문책이 우리에게도 떨어질 수 있습니다. 천교수는 그 환자가 우리 장기은행의 서명자였음을 알고 날쌔게 이용하면서, 우리 측에 일언반구의 연락도 사전 양해도 없이 일방적으로 감행했습니다.”

따지자면, 천교수는 강교수에게 장기은행장으로서의 예우뿐만 아니라 인공신장실의 책임교수이기도 한 그에게 이식을 받은 오인철 환자에 대한 병력의 설명을 요구해 왔어야 했고, 또한 최소한의 상황 보고도 있어야 했다.

“알고 있어요. 닥터 박의 말이 사실 그대로라면, 이번 문제는 쉽사리 덮여질 성질은 아닌 것 같으니, 이럴 때일수록 우리 장기은행측은 제반사에 신중해야 될 것 같습니다.”

“유념하겠습니다.”

"이식수술 받은 환자의 상태는 어떻답니까?"

"현재까지는 양호하다고 합니다."

"잘됐군요."

어차피 강행된 일이라면 병원 측으로서는 조용히 아무런 말썽 없이 넘어가 주는 편이 가장 좋은 현상이었다. 그러나 가슴을 치던 노인의 서슬로 보아서는 문제가 간단히 끝날 것 같지 않은 예감이 서려들고, 강교수 또한 강 건너 불구경하듯 뒷짐 지고 있을 형편만이 아님을 그는 느끼고 있었다. 의료원 내의 장기은행과 장기이식크리닉의 내과 측 책임자인 그로서는, 지금까지 그 분야의 사소한 어떤 문제도 병원 당국 측의 문의를 받아왔고, 그럴 수밖에 없는 조직 기능상의 문제이기에 그는 이러한 불법적인 행위가 일어날 때마다 적잖이 머리가 무거운 것이었다.

그날로부터 나흘째가 되는 날, 병원장의 비상회의 소집이 있었다. 강혁은 늦지 않게 원장실로 갔다.

비상회의 안건은 예상한대로 천교수의 장기적출臟器摘出문제였다. 죽은 환자의 어머니인 노인과 며느리인 젊은 여자가 영안실로 옮겨진 사체死體를 인수하려 들지 않고, 각 경찰서와 신문사 방송국 등을 찾아다니며 'Q대학병원이 혼수상태의 살아있는 사람의 장기를 떼 내어, 멀쩡한 사람을 죽였다'고 읍소를 하고 다닌다고 했다.

"환자는 분명히 사망했었고, 또한 환자는 장기기증자였기 때문에 당연한 과정으로 신장을 적출하고 이식했을 뿐입니다. 그리고 이식은 백프로 성공하여 어떤 거부도 없는 상태입니다."

당사자인 천일수 교수는 병원장을 비롯한 참석자들을 둘러보면서 자신 있게 그렇게 말했다. 이식移植을 성공했다는 설명에서는 입가에 미소까지 머금는 여유를 보였다. 그의 당당한 말에 어느 교수도 반응을 보이지 않았다. 동조하지도 부정하지도 그렇다고 무관심한 표정들은 아니면서 침묵을 지키고 있었다.

"강교수님, 환자가 장기기증자였음은 분명하지요? 서류상에 미비점이 없었으면 합니다…"

병원장이 강혁을 바라보고 물었다. 천일수 교수의 설명에 진위眞僞여부가 어떠하든 병원 측은 그렇게 밀고 나가야 하는 형편임을 참석자 모두가 알고 있었던 것이고, 병원장은 서류상의 완벽을 기하자는 뜻에서 장기은행 담당교수에게 확인하는 과정에 불과한, 지극히 형식적인 질문을 하고 있는 것이었다.

"작년 중부지역을 대상으로 장기기증캠페인을 벌일 때, 안구眼球를 기증하겠다고 서명한 청년이었습니다."

"신체부위를, 결정해준 케이스입니까?"

"그렇습니다. 규정상 기증자의 부위별 결정을 요구하게 되어있고, 대체적으로 기증자 스스로가 먼저 그것을 요구도 합니다."

강교수는 가능한 필요 이상의 대답을 더할 생각은 애당초부터 갖고 있지 않았다. 잠시 침묵이 흘렀다. 그러자 천교수가 가라앉는 분위기를 휘젓듯 반응했다.

"신장이든 안구든 그것은 중요하지 않습니다. 환자가 사후死後에 자기 몸의 일부를 기증하겠다는 그 점이 중요하지요. 안구도 넓은 의미의 장기임에 틀림없으니까요."

그는 기증 부위가 안구眼球였다는 사실에 참석자들이 예민해질 것이라 보았던지 쐐기를 박듯 힘주어 말했다. 진료부장이 강혁을 바라보았다.

"어떻습니까, 강교수님. 안구를 신장으로 합리화시키는 방법도 있지 않을까요?"

강혁은 기증부위 명칭을 개조改造할 수도 있지 않느냐는 진료부
장의 공공연한 말을 조금은 아연한 기분으로 듣는다. 병원내의 의
료분쟁醫療紛爭이 발생할 때마다 자체 내의 제반행위는 당연한 것
인 양 기정사실로 인정해 버리려는, 위법違法에 면역된 의료원 측
의 풍토가 안타까웠지만, 하루아침에 개선될 것이라 믿지 않기에
적극적인 반론은 삼간다.

"서류는 조작하지 못하게 되어 있어요. 환자에게 안구기증자로
기입된 회원증이 서명 당시에 이미 발급되어 공개화 되어 있기 때
문입니다."

"다행히 유족 측은 아직 장기 부위에까지 관심이 가 있지 않은
상태이니, 우리가 먼저 밝힐 필요는 절대로 없어야 하겠습니다."

그러자 몇몇 교수들의 얼굴에 조소 비슷한 웃음기가 일렁거렸
다. 이미 기증 부위가 기재된 회원증이 발급되어 있고, 설령 그 회
원증이 분실되었다 해도 유족 측에서 문제를 만들려 들면 제일 먼
저 기록 관람을 요구하게 되어 있는데, '절대로 밝혀서는 안 된다'
는 말이 설득력이 없었던 때문이다.

"유족 측이 회원증을 들고 나타날 경우도 생각해야 하고 또한 유
족 측이 요구하면 공개치 않을 수 없는 입장입니다. 그런데 어떻
습니까? 지금 유족 측에서 문제 삼는 것은, 사망하지 않은 사람을
강제로 장기적출하여 사망케 했다고 울부짖는 거 아닙니까?"

그때 천교수가 발끈하여 강혁의 말을 잘랐다.

"말씀 삼가십시오. 그럼 내가 살아있는 사람을 죽였다는 말입니
까? 늙은이가 악을 쓰고 지절대듯이, 내가 죽지도 않은 사람을 강
제로 수술실로 끌고 가 뱃속 내장을 꺼냈다는 말입니까? 말씀을

그렇게 함부로 하셔도 되는 겁니까?"

"제 표현이 지나치게 사실적이었으면 미안하게 생각합니다. 하지만 유족 측의 주장은 결국 그 말이 아닙니까? 그렇다면, 환자가 필히 사망했었다는 확증적인 증거를 들이대어 유족을 설득시켜서, 문제를 더 이상 확대되지 못하도록 방지함이 우선 해결책이 아니겠어요? 기증부위가 안구든 신장이든 그것은 차후 문제라는 것을 말씀드리는 것입니다."

침묵을 지키고 있던 몇몇 교수들이 고개를 끄덕였다. 병원장이 한숨을 뿜어내면서 강혁의 말을 이었다.

"당연한 말씀이지요. 천교수도 환자가 분명히 사망했었음을 확신할 수 있는 증거 확보에 노력하고 있는 줄은 압니다. 다만, 오늘 여러분을 모이게 한 것은 누구의 잘 잘못이든 실수이든 오해에서 빚어진 것이든 간에, 우리가 몸담고 있는 의료원에서 일어난 일이라는 것입니다. 밖으로 확산되는 것은 곧 하늘보고 침 뱉기 격의 현상과 다름없으니, 서로 협조하자는 뜻입니다. 우리들 자신을 위해서 말입니다."

이날의 모임은 병원장이 소집한 비상회의 답지 않게 이렇다 할 결론도 없이 그 정도의 토의로 끝나고 말았다.

강혁은 자기를 향한 천교수의 노골적인 얼굴 굳힘을 보면서 딱하다는 생각을 한다. 전임강사 적부터 몇 년을 지속하여 천적의 라이벌인양 그를 의식하고 살아가는 천교수가, 당연히 협조를 구해야 될 입장인데도 적의의 눈빛으로 외려 화를 내는 그를 강혁은 가만히 지켜보기만 한다.

유족들의 반응은 만만치가 않았다. 끝내 병원과 천교수를 걸어 제소提訴하기에 이르렀고, 신문 잡지사 등에서 사회부 과학부 기자들이 병원장 진료부장 천교수의 방을 번차례로 들락거리기 시작하면서 점점 확대되어갔다.

마침 사회에서는 뇌사腦死를 사망死亡으로 입법화立法化하여 장기 이식 분야를 발전시키자는 관련단체의 방안이 공개되어 있던 터라, 이 문제가 그것과 유관되어 매스컴이 흥미를 갖는 인상이었다.

당사자인 천교수는 끝까지 환자가 폐장사로 사망했었다고 주장하고 유족 측은 뇌사도 아닌 일반 혼수상태였다고 역설했지만 신문들은 하나같이 환자가 뇌사상태였음을 인정사실로 기사들을 작성했고, 이런 사례를 빌미로 뇌사의 입법화 찬성 여부를 각계 인사들에게 묻는 등 기사의 내용이 광범위하게 비약되어져 가고 있었다.

천교수의 입장에서 보면 환자가 일반적인 혼수로 식물인간 상태였든 뇌의 기능이 상실된 뇌사 상태였든, 당시 법으로서는 살인殺人혐의를 받을 수 있는 것이었지만, 따라서 그는 결사코 환자가 완벽한 사망자였음을 시종 강조했고 병원 측으로서도 천교수의 입장을 어떤 분쟁 때나 그러했듯이 적극적으로 도왔다.

천교수가 강행한 이번 케이스의 보다 구체적인 문제점은, 뇌사腦死가 죽음으로 입법화되지 않은 상황에서 뇌사상태 환자의 신장을 떼 내었고, 두 번째는 기증 부위가 본인이 지목한 안구(각막)가 아닌 신장(콩팥)이었다는 점이었다. 병원 측은 사망이었음을 확인하는 각종 자료들을(당시의 병력차트와 검사성적 뇌촬영 자료 등) 보도진들에게 내보였다. 그러나 비전문인인 기자들은 전문용어와 영문으로 휘갈겨진 내용을 정확하게 이해하지 못했으며 다른 병원의 의사에게 자문 의뢰를 해도 Q병원 측과 비슷한 반응이거나 비협조적이었다.

B일보의 최희찬 기자는 병원 측의 주장에 특히 많은 의문을 드러내면서 비판적이었다.

점심시간이었다. 구내식당에서 식사를 하고 있는 강혁 앞에 B일보의 최기자가 다가섰다.

"교수님, 식사 중이신데 정말 죄송합니다. 저는 최희찬 기자입니다. 교수님의 시간을 좀 얻을려고 왔습니다. 20분 정도만 시간을 주시면 됩니다. 뇌사에 관한 문의를 드리고 싶어서입니다."

"…그러십시오. 30분 후에 내 연구실로 오십시오."

관계교수들은 기자 인터뷰를 자제하여 달라는 병원 측의 지시가 있었지만 피하는 것만이 상책이 아니라는 생각에 수락을 했다.

그러나 최희찬 기자는 30분 후가 아니라 식당에서 나서는 그를 곧바로 뒤좇아 함께 연구실로 들어섰다.

"죄송합니다. 교수님! 혹시 또 갑자기 바쁜 일이 생기셔서 뵐 수 없을까봐 뒤따라 왔습니다. 제가 무지막지하게 필봉을 휘두르는 횡포자로 보이는지 교수님들이 여러 가지 이유를 들어 피하기만 하셨거든요."

"허, 완전히 불신시대군! 일단 약속을 했는데, 사람을 그렇게 못 믿으면 어찌하오? 숨 쉴 짬도 주지 않고 원… 앉아요."

"고맙습니다. 교수님을 믿지 못해서는 아닌데, 다른 분들에게서 몇 번 경험을 하고 나니까 조바심이 켜져서요… 현재, 죽음이란 어떤 상태를 말하는 것인지, 물론 심장과 폐장의 기능소실을 말하는 것은 알고 있습니다만, 실제 완전한 죽음은 어떤 것인지."

최기자는 자리에 앉자마자 시간을 아끼려는 듯 질문을 했다. 강혁은 부속실의 비서에게 커피 두 잔을 부탁하고 세면대서 약식 양치질을 한 후, 소파에 편안한 자세로 앉는다.

"순 생물학적인 견지에서 인간의 완전한 죽음은, 개체가 아닌 육체의 모든 세포사細胞死를 말하지요. '참죽음'이라고도 부르지요. 또한 심·폐기능설에 입각한 인간의 죽음은 심장사 또는 폐장사로 각각 부르기도 하고 이를 개체사라 하지요. 이는 비록 순 생물학적인 면에서는 불완전한 사망이라 할지라도, 사회적인 적용에서 합리적인 것으로 받아들여져서 온 세계에서 오랫동안 인간의 죽음으로 판정되어 왔지요. 물론 우리나라도 현행법에 심장과 폐장의 기능정지를 죽음으로 정의하고 있습니다."

"현재의 상황에서 좀 때늦은 질문 같습니다만 뇌사는 어떤 상태를 말하는 것이지요?"

"뇌사는 뇌간腦幹을 포함한 전체 뇌 기능의 불가역적 소실 상태를 말하지요. 각종 뇌 질환이나 교통사고 등으로 뇌의 모든 기능이 파괴되면 대뇌·소뇌뿐만 아니라 뇌간 끝 부분의 숨골에 있는 호흡 및 순환중추도 파괴되어서, 호흡정지와 혈액순환의 장애를 입지요. 그러나 심장은 심장 자체의 자동능력이 있어 서둘러 인공호흡기를 부착하여 산소를 공급할 경우, 심장박동이 일어나면서 맥박과 혈압 체온 호흡 등 네 가지의 살아있는 증후가 나타납니다. 그러나 뇌는 일단 파괴되면 재생이 불가능한 것이, 현대의학의 정설로 되어 있지요."

"그런데, 현대의학으로도 뇌의 구조자체에 아직도 밝혀지지 아니한 부분이 많아서 일본에서도 뇌사 정의에 이론이 분분하다고 들었습니다만…"

강혁은 최기자가 의외로 전문지식을 넓게 습득하고 있음을 느낀다.

"사실 심장사나 폐장사 또는 동공고정확대는 우리가 눈으로 볼 수 있는 죽음의 상태지만, 뇌사는 눈에 보이지 않는 죽음으로 일반인이 알기 어렵고 그 판정방법이 전문적이기 때문에 어려움이 컸던 것이지요. 그래서 당초에 일본 전문가들은 뇌의 죽음을, 뇌가 기능을 잃은 기능사器能死로 할 것이냐, 또는 뇌 세포의 죽음을 뜻하는 기질사器質死로 할 것이냐 등 논란이 많다가 결국 「전뇌의 불가역적 기능정지」를 뇌사로 정의했지요. 이는, 사람 뇌의 일부가 심장 정지 후에도 계속 살아있는 경우가 있고, 또한 모든 뇌 세포의 죽음을 임상적으로 완벽하게 진단하기가 사실상 불가능하다는 이유로 결국 기능사의 입장을 취한 것이지요."

"뇌사가 무엇인지 대충은 알 것 같군요. 그런데 뇌사를 굳이 죽음의 정의로 입법화하자는 의도는 무엇입니까?"

"현재의 죽음의 정의인 심폐사 곧 '심장과 호흡기능의 정지'에 '뇌간을 포함한 전뇌기능의 불가역적 소실도 죽음으로 함께 인정'하자는 것이지요. 이는 아시다시피 의학이 발달하여 심장박동과 호흡을 이제는 인공적으로도 연장시킬 수 있게 됨에 따라, 현행의 죽음의 정의가 의료의 발달과 실용성의 가치를 경감시킨다는 이유 때문이지요."

"보담도, 뇌사가 입법화되지 않으면 장기이식수술의사가 형사처벌을 받기 때문에, 의료단체가 더 앞장서는 것이겠지요? 일반적인 우리의 상식으로는, 뇌는 죽었더라도 몸속의 장기가 살아있다면 사람이 살아있다는 말과 같은데, 어찌해서 굳이 현행법적으로 살아있는 사람의 생명을, 장기를 절제함으로써 완벽하게 명줄을 끊어야 하는지, 이해가 되지 않거든요."

강혁은 최기자가 침울한 낯빛으로 뇌사를 알고자 질의를 하고 있다고는 물론 생각하지 않았다. 의학의 발전이란 커다란 현수막 아래 실제는 장기이식의 실용적인 목적으로 뇌사를 죽음으로 인정하는데 대한 강혁의 개인적인 의견을 듣고 싶어 하는 것임을 알았지만, 그러나 그는 임상적인 측면에서만 설명할 수밖에 없었다. 최기자가 강교수의 얼굴에서 눈을 떼지 않았다.

"강교수님, 심폐사 이후의 장기는 이식효과가 전혀 없는 것인가요? 어떻게 숨을 쉬고 있는 사람의 장기를 떼어낼 수 있다는 것인지… 사람의 생명이 실용성의 가치로 좌우되어야 하는지…"

"뇌사는 뇌의 완전한 기능소실로 죽음의 과정에 있는 상태이지요. 각막과 신장은 현행법적인 사망 직후에 절제하여 이식해도 가능하지만, 심장 간장 폐장 췌장 등은 장기가 살아 있을 때만 성공률이 높지요. 뇌는 죽어도 당분간 각 장기들은 살아있으니까 그 순간을 포착하여 장기를 절제, 이식을 성공시키는 것이지요."

강혁의 대답이 냉혹하게 들렸던 것인지 최기자의 얼굴이 단박에 붉어졌다. 그리고 내쏘듯 대응했다.

"한 사람의 생명연장을 위해 한 사람의 생명을 인위적으로 단축시키자는 것이군요. 어차피 죽을 사람이니까 아직 숨 쉬고 맥박 뛰고 체온이 따뜻한 사람의 가슴과 복부를 절개하고 펄떡펄떡 살아 꿈틀거리는 장기를 떼 내자는 것이군요? 두 눈동자도 파내고… 어차피 죽지 않는 사람이 있습니까? 시간이 좀 더 길다는 것일 뿐, 모두가 어차피 죽을 목숨들 아니냐구요. 오로지 하나뿐인 생명은 누구에게나 천금만금 억만금보다 더 소중한 것 아닙니까? 누가, 감히 무슨 권리로 남의 생명을 단축시킨단 말입니까? 남의 생명에서 얻은 내장으로 얼마나 더 오래 유익하고 사회에 공헌하는 보람있는 삶 살 거라고, 의사는 해서는 안 될 행위를 한단 말입니까? 사람이 의료적 실용적인 삶을 위해 희생되어도 좋은 무생물의 상품입니까? 생명이 아닙니까?"

부속실의 비서가 때맞춰 커피를 끓여 그들 앞으로 내오지 않았으면, 최기자의 흥분은 끝 간 데 없이 이어질 것 같았다. 그는 자신의 흥분에 새삼 놀란 듯 당황하는 얼굴이 되었다.

"죄송합니다. 교수님! 제가 좀 다혈질이거든요. 이렇게 곧잘 물불 못 가리고 뛰는 일이 많아 출세도 못합니다. 이해하여 주십시요. 최근에 아직 뇌사가 입법화 되지도 않았는데, 이 병원 저 병원에서 장기 주인의 의향과는 상관없이, 병원 임의대로 뇌사상태의 환자 장기를 떼 내서, 이식수술에 성공했다느니 대단한 미담美談인 양 떠벌려대고, 특히 어느 소년의 육체가 부모의 동의로 두 눈동자부터 6개의 신체장기를 적출 당한 섬뜩한 일이 떠올려져서, 잠시 분별을 잃은 것 같습니다. 그 소년이… 바로 내 자신이라 가정해 보면 그만 현기증이 나서 생각이 차단되고 말아요. 지금도 궁금한 것은 소년의 부모가 자식의 신체를 만신창이 시키고 거기에 학생들의 해부 실험용으로 시험대 위에 던져 놓고도, 세끼 식사를 잘하고 잠을 잘 자는지, 진실로 궁금해질 때가 있답니다. 제가 소년의 법적인 보호자는 아니지만, 가능하다면, 소년의 부모와 병원의 장기적출이식담당 스텝들을 걸어 살인죄로 제소하고 싶은 심정이었답니다!"

"자, 커피 식습니다… 진부한 말 같지만, 피차간 사고思考의 차이에서 생기는 오해들이 아닌가 생각되기도 해요. 활짝 피지도 못하고 요절하는 아들의 죽음이 너무나 절통하여, 신체의 일부나마 다른 사람 몸에서 살 수 있다면, 살아있는 아들을 보는 것 같은, 그리고 그것이 사회에 유익한 일이라면 기꺼이 하겠다는 그런 생각에 서였겠지요. 어느 부모가 자식을 더 나쁘게 만들겠다는 사람이 있겠어요."

"교수님! 자식은 부모가 좌지우지할 당신의 손발이 아니고, 독립된 삶을 살 권리가 있는 인격체입니다. 본인 아닌 그 누구도 숨을 끊을 권리가 없어요. 무엇보다 소년은 존엄하게 죽을 권리도 있는 것 아니겠어요? 교수님의 말씀처럼, 좋은 의미에서의 행위여서 이해되고 나아가 고창되어야 한다면, 사회는 그런 해석 내의 사건들로 범죄투성이가 될 수 있습니다. 살신성인殺身成仁의 풍조가 만연해질 것 같은 느낌이거든요. 뇌사가 죽음으로 합법화 되면, '뇌사'라는 이름으로 여러 가지 법법행위가 합리화될 것 같거든요. 재산 상속 문제나 장기 거래를 목적으로, 가벼운 혼수상태의 식물인간 상태를 뇌사라 이름 짓지 말라는 보장도 없지 않습니까? 식물인간과 뇌사상태의 차이점을 말씀해 주십시오."

"많은 사람들이 다시 회복할 수도 있는 식물인간 상태일 때 뇌사로 혼돈 · 판정할 것을 염려들 하지만 사실은 그 구분이 크게 난이한 것은 아니예요. 뇌사는 앞서 말한 것처럼 대뇌 · 소뇌 · 뇌간 등 전뇌全腦의 기능이 소멸된 상태이고, 식물인간 경우는, 대뇌의 기능은 정지되었어도 뇌간 끝 부분에 있는 숨골의 생명중추 기능은 유지되어 인공호흡기를 부착하지 않고서도 생체징후가 지속되는 상태를 말하지요. 풀어 설명하면, 식물상태는 운동 감각 기억 사고 등 사람의 동물적 기능은 상실하였으나 호흡 순환 대사 체온 조절 등 식물적 기능은 유지되고 있는 경우이고, 뇌사는 동물적 식물적 기능을 상실한 경우를 말합니다."

"결국 교수님 말씀은 뇌사와 식물인간 상태는 확연히 구분되며 뇌사의 판정 기준도 엄격하고 뿐더러 장기이식 관여 의사 아닌 3명 이상의 전문의사가 참여하여 결정하므로, 뇌사상태가 아닌 환자가 억울하게 장기를 절제당하는 행위는 절대로 없을 것이라는 말씀이시군요, 잘 알겠습니다."

최기자의 얼굴은 강혁에게서 더 이상의 대답을 체념하는 듯한 표정이었다. 젊은 의사들의 추천으로 선택적인 인터뷰를 가졌던 것이지만, 강교수 역시 의사 입장에서의 자세를 흩트리지 않았고, 따라서 일반적 혼수상태에서 장기를 절제 당했다고 믿는 촌노의 아들 건에 대해서는 최기자도 차라리 침묵을 지켜버리기로 한 것 같았다.

강혁은 적극적으로 최기자를 도와 줄 수도 없었지만, 그러나 그의 체념적인 모습에서는 아쉬움이 없지 않았다. 생명을 둘러 싼 문제는 비판적인 주장이 드높을수록 본질의 핵이 드러나면서 모두에게 유익한 결론이 얻어지는 것이기 때문이었다. 심정적으로 그는 최기자의 주장을 동조하고 있었던 것이다.

결국 병원과 천교수를 상대로 한 노인의 제소 건은, 아들이 뇌사도 아닌 완전한 사망자死亡者로 판결되고 말았다. 병원과 천교수가 승소하고 노인측이 패소한 것이다. 다만 안구기증이 신장으로 바뀐 사실에 대한 병원 측의 도의적인 책임을 물어 유족 측에 얼마간의 보상을 권유한 조항은 첨부되어 있었다.

"빽 없고, 돈 없고 무식한 촌무지랭이는 아들 쥑임 당하고도 죽은 듯이 살라는 세상인지 몰라도, 내 두 눈에 흙덩어리 들어 갈 때꺼정 해볼낀께- 그냥은 죽어지지 않을끼다- 억울해서 그럴 수가 없어, 억울혀, 억울혀…"

재판 판결이 난 이틀 후, 며느리와 두어 사람 시골 친척들의 도움으로 도리 없이 병원영안실에서 냉동된 아들의 사체를 인수하면서, 노인은 꺽쉰 목소리로 가슴을 쳤다. 노인은 몇 달 새에 10년 도 더 살아버린 사람처럼 폭삭 늙어 휘청거렸다. 충혈된 두 눈만 번쩍거릴 뿐 피골이 상접해 있었던 것이다.

"내가 청아(瓦)대로 대통령을 찾아갈긴께…, 억울할 때 치는 북은 없어도 내 몸뚱이로 청아대 문을 칠긴께네- 내 목심걸고 억울하게 죽은 내 아들 원혼 풀어줄긴께네…"

노인은 꺼이꺼이 울고 있었으나 뱃속에서 끌어올리는 꺽쉰 소 리만 커질 뿐, 눈물은 이미 바싹 말라버린 것 같았다. 유족들의 시 체 인수과정을 지켜보던 사람들은 누구도 그 노인이 더 이상 항소 抗訴를 할 수 있을 것이라곤 믿지 않았다. 무엇보다 경제적 능력도 없어 보였지만 보담도 노인은 이날 밤 바로 쓰러져 일어나지 못할 것처럼 보였던 것이다.

강혁은 영안실 입구에서 팔짱을 낀 채 노인의 형상을 바라보곤 심장이 저며지는 통증을 느낀다. 애당초부터 계란이 바위에 부딪 치는 결과만 빚을 것이라 알고 있었지만, 그래도 비판적 여론이 형 성되면 전례를 깨트릴 가능성도 없지 않을 거라 기대도 했는데, 역 시 암반巖盤같은 거대한 병원조직에 일갹일 뿐이었다.

한때 노인 측의 입장에서 반짝 반응을 보여주던 매스컴도 또한 유독 비판적이던 B일보 최희찬 기자도 언제부터인지 유족 측에 서있지 않았던 것이다. 매스컴의 이러한 변심은 병원 측에서 청년 의 신장을 이식 받은 환자가 죽은 노인의 아들에게 감사하는 미담 美談기사를 대대적으로 보도 의뢰한 탓도 있었지만, 뇌사입법화를 위한 의료단체들의 여론형성 이유도 있었다. 장기이식이 마치 모 든 질환에 만병통치의 치료방법인양 신문·방송마다 턱없이 클로 즈업되고, 병원마다 장기이식센터 설립이니 첨단시설 도입이니 활

성화하여 적극적으로 홍보하고 있었기 때문이다.

그는 한숨을 뿜어내면서 영안실을 벗어났다.

"뇌사가 입법화도 안 된 상황에서, 나라의 수반이 위법을 조장한 유족에게 장기를 기증했다고 상을 내리는 모습은, 어떻게 해석해야 되지? 보담도, 최기자의 말마따나 본인의 의사와는 상관없이 생명이 완전히 가시지도 않은 아들의 몸을, 존엄한 죽음을 맞이할 권리가 있는 아들의 몸을, 각종 장기 절제로 난도질시키는 부모는 어떤 해석에서든 결코 숭고한 행위라고 만은 볼 수 없을 텐데… 도대체 자식의 신체를 부모가 마음대로 손상해도 무관하다는 사고는, 어디서 비롯된 것이란 말인가…"

물론 현재의 실제 상황이 뇌사가 죽음으로 입법화되지는 않았어도 환자가 뇌사상태임이 의학적으로 확진 판명되고, 환자가족이 장기이식(특히 심장부분)을 위해 장기를 기증할 것을 명시적으로 승낙했다면, 의사가 심장을 떼어내는 행위는 사회상규社會常規에 위배되지 않는다 하여, 살인죄가 거의 성립되지 않고 있음은 알고 있었다. 마치 장기이식을 위해서는, 그러니까 한 사람의 생명을 좀더 연장시켜 주기 위해서 그보다 훨씬 더 짧게(뇌사에서 폐·장사로 진행과정) 살 한 사람의 생명은 살상殺傷해도 좋다는 논리가 성립되는 현재의 상황이, 문제가 적지 않다고 생각했지만, 의학발전을 위하고 형사적 처벌을 면해야 되는 의사의 입장에서는 내색을 할 수도 없는 처지였다.

문득 홀연히 그의 곁을 떠나간 상희 생각이 떠올라 강혁은 곤혹스런 낯빛이 된다. 생명의 존엄함에 대한 원천적 사고보다 더 오래 생존할 수 있는 사람의 숫자가 훨씬 더 많다는 이유로 즉 실리적 실용적 가치 면에 인간의 생명이 좌우되는 현실이, 10여년 통정의 소통을 이루고도 가볍게 너무나 간단히 떠날 수 있는 자신들의 상황과 궤를 함께 한다는 느낌이 강하게 다가와 얼굴을 붉혔다.

감정이 바탕이 되는 이성관계의 교접이 오로지 생리적 배설의 거래로만 시종할 수 있음이, 경외로움으로 머리에 남아있었던 탓인지도 몰랐다. 그러나 실제 자신이 외경스런 감정을 갖고 있는지의 진실여부는 스스로도 알 수 없었다. 세상이 온통 시야에 드러난 실물적인 형상에 혈안이 되어 정서나 정신적인 분야에 건성이듯이 그 또한 다른 동료들처럼 현실 속의 시류에 익숙해 있다는 감도 없지 않았던 것이다.

환자를 진단함에 전적으로 의료기기나 검사수치에 의존하고 환자의 얼굴이나 마음은 보이지 않는, 환부患部의 모습만으로 환자를 기억하는 경우가 보편화되어 있기 때문이었다. 의사 로빈 쿡의 소설 '코마'에서, 장기이식으로 이득을 본 등장인물(내과과장)이 혼수상태의 코마 환자가 인격체의 인간이기보다 생체 내의 장기臟器로만 보인다는 내용이 때 맞춰 떠오름에, 그는 고개를 젓는다.

그리고 혼자 중얼거린다.

"환자의 몸에 칼을 댈 수 있는 의사의 전권專權으로 병원마다 장기이식을 위한 불법 장기적출이 경쟁적으로 시술되고, TV와 신문에서는 미담으로 대서특필화 하고 대통령은 살아있는 장기기증자와 유족에게 상賞을 주는 세상이지만…. 생명의 소유권은 어떤 상황에서도 그 자신일 수밖에 없어. 몇 시간 후에 끝내 사망할 목숨이라 해도 살아있는 한, 본인 외에 누구도 감히 손댈 수 없는 거야. 생명은 유일하고, 존엄하고 경외스런 거야…."

강혁은 연구실로 향하던 걸음을 돌려 병원 뜰로 나선다. 하늘이 뿌옜다. 홀홀히 떠나버린 상희가 다시 떠올려지면서 새삼 눈귀가 더워진다.

"세상은 원래 미완성 투성이고… 너, 나 다투어 아득한 곳으로 떠나기 위해 갈등하며 사는 것이거늘… 뭘 답답해한단 말인가…"

그는 병원 뜰에서 한 시간 여나 망연히 서 있었다.

※ 1997년도에 뇌사가 드디어 죽음으로 입법화 되었다.

김지연 단편소설

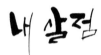

1판 1쇄 발행 2019년 4월 5일

지 은 이 ㅣ 김지연
펴 낸 이 ㅣ 노용제
펴 낸 곳 ㅣ 정은출판
편집·디자인 ㅣ 서용석

출판등록 ㅣ 제2-4053호(2004. 10. 27)
주   소 ㅣ 04558 서울시 중구 창경궁로1길 29 (3F)
전   화 ㅣ 02)2272-8807
팩   스 ㅣ 02)2277-1350
이 메 일 ㅣ rossjw@hanmail.net

ISBN 978-89-5824-389-2   (03810)

ⓒ 정은출판 2019
값 12,000원